KB059229

그 가련한 소녀는 마녀이자 여행자였습니다.
──그래요, 그건 바로 저랍니다.

The pretty girl was a witch and was a traveler.

재의 마녀 일레이나

약관 15세에 최고위 마법사

『재의 마녀』의 칭호를 얻은 천재 소녀.

Azure

"저도 여러분을 잊지 않을게요."

©Azure

별무리의 마녀 프랑
+일레이나의 스승++

"당신의 여행을 진심으로 응원합니다."

부디, 그 사실을 잊지 마세요.

마녀의 여행
THE JOURNEY OF ELAINA

CONTENTS

©Azure

마녀의 여행
THE JOURNEY OF ELAINA

Shiraishi Jougi
시라이시 죠우기

Illustration
아즈루

험준한 산악 지대에 그 나라는 고요히 존재하고 있었습니다.

높은 벽에 둘러싸여 있어 밖에서 나라 안을 들여다보기란 불가능합니다.

햇볕을 받아 열기를 띤 바위 위를 날아가는 빗자루 하나가 미지근한 공기를 가르고 있습니다.

빗자루를 다루는 이는 한 명의 아름다운 소녀. 검은 로브와 삼각 모자를 몸에 걸쳤고, 잿빛 머리카락은 바람에 흩날렸습니다.

그곳에 다른 누군가가 있었다면 분명 모두 돌아보며 한숨을 흘리고 말 정도의 미모를 겸비한 그녀는 대체 누구일까요?

그렇습니다. 바로 저입니다.

아, 농담이었습니다.

"……얼마 안 남았네요."

원래 산이었던 것을 깎아 만든 듯한 높다란 벽. 시선을 조금 아래로 내리자 문이 보였습니다. 저는 그쪽을 향해 빗자루를 움직였습니다.

참으로 번거로운 장소에 있는 나라입니다만, 그러나 이것은 그들 나름의 배려겠지요── 그만 실수로 들어오는 일이 없도록 하기 위한. 특별한 사정이 없는 한 이런 곳에 있는 나라를 찾아오는 일은 절대 없을 테니까요.

문 앞에 도착한 저는 빗자루에서 내려섰고, 입국 심사를 하는 한 병사가 저를 맞아주었습니다.

그는 머리부터 발끝까지 제 모습을 찬찬히 살피더니, 제 가슴께에 있는 브로치로 시선을 되돌리며 상냥한 미소를 지어 보였습니다.

"마법사의 나라에 오신 것을 환영합니다. 어서 안으로 들어오시죠, 마녀님."

"응? 어라? 마법사인지 아닌지 심사하지 않아도 괜찮은가요?"

저는 그렇게 물었습니다. 이 나라의 방문자는 모두 문을 지키는 병사에게 마법을 보여주어야 한다고 합니다. 그때 일정 이상의 능력을 보여주지 못하면 입국은 허가되지 않습니다.

"당신이 날아오는 것을 봤습니다. 게다가 그 브로치는 틀림없이 마녀의 것. 어서 들어가십시오."

그랬군요. 그랬네요. 빗자루로 능숙하게 날아다니는 것이 입국의 최저 조건이었지요. 생각해보니 이 문에서는 제가 날아오는 모습이 그대로 보였을 테지요. 부끄러워라.

저는 병사에게 가볍게 인사를 하고 커다란 문을 통과했습니다.

여기는 마법사의 나라. 마도사, 마녀 견습생, 마녀── 즉, 마법사가 아닌 사람은 입국하지 못한다고 하는 기묘한 관습을 가진 나라입니다.

문을 빠져나온 순간, 저는 고개를 갸우뚱했습니다.

이상한 표지판 두 개가 나란히 있었기 때문입니다.

빗자루에 걸터앉은 마법사가 동그라미 안에 그려진 표지판이 하나. 그 옆에는 걷고 있는 병사가 삼각형에 감싸인 표지판이 하나.

뭘까요? 이 표지판은.

하지만 그 답은 위를 올려다보고 바로 알았습니다── 비좁게 다닥다닥 늘어선 벽돌로 지어진 집 위, 혹은 태양 아래를 마법사가 날아다니고 있었기 때문입니다.

그렇구나, 하고 생각했습니다.

그것은 마법사만이 입국 가능한 나라이기에 있는 룰이겠지요. 모두가 하늘을 날아다니고, 땅 위를 걷는 사람은 극히 적은 모양입니다.

간판의 의미를 이해한 저는 빗자루를 꺼내 옆으로 걸터앉았습니다. 그리고 지면을 차고 둥실 공중으로 떠올랐습니다.

표지판의 의미를 짧게 말하자면.

"하늘을 나는 편을 장려한다는 건가요──."

이렇게 마법사의 나라는 진정한 모습을 드러냈습니다.

메마른 대지처럼 펼쳐진 밤색 지붕들 위를 마법사들이 날고 있습니다.

빗자루를 멈추고 담소를 나누는 사람부터 빗자루에 짐을 동여맨 사람, 보기에도 수상한 마녀 같은 노파, 하늘을 누비며 속도를 겨루는 아이들의 모습까지.

그들은 하늘에서 생활하고 있는 것이겠지요.

그것은 무척 멋진 광경이었습니다. 절로 숨을 삼키게 될 만큼.

저는 그들 사이에 섞여 그 나라 위를 날았습니다. 느긋하게 흐름에 몸을 맡기고 있던 도중에 문득 지붕 위에 달린 간판이 눈에 띄었습니다. 『여관』인 모양입니다. 그대로 그곳을 통과하자 이번에는 『채소 가게』라는 글자. 그 외에 『정육점』과 『보석점』까지. 역시 지붕 위에서 생활하는 곳답습니다. 지붕 위에 간판을 두는 것이 주류겠지요.

살펴보면 대부분의 집 지붕에는 한 사람이 지나다닐 수 있을 만한 창문이 달려 있습니다. 멍하니 바라보고 있으려니 갑자기 그 창문이 열리고, 안에서 한 남성분이 빗자루를 타고 날아 나왔습니다. 즉, 그런 용도인 모양입니다.

저는 그저 여유롭게 나라의 경관을 즐기며 이리저리 날아다녔습니다.

변화라고 할 만한 변화가 일어난 것은 그 후로 얼마쯤 지난 무렵입니다.

"안 돼애애애애애애애애애애애애애앳!"

등 뒤에서 들려온 절규.

저는 빗자루를 한 손으로 잡고 모자가 날아가지 않도록 누르며 뒤돌아보았습니다.

그리고 '아, 늦었네'라고 생각했습니다.

"아아아아아아아아아아아아아아앗!"

운석처럼 말도 안 되는 속도로. 절규와 눈물을 흩뿌리며 제 쪽을 향해 일직선으로 날아오던 모양이었던 그것은, 제가 깨달았을 때는 이미 지붕 하나 정도를 사이에 둔 거리까지 닥쳐들어 왔던 것입니다.

피할까? 말도 안 돼.

반사적으로 상체를 틀었지만 역시 격돌은 면하지 못했습니다. "으갹"이라든가 "꿰엑" 하는 귀엽지 않은 비명을 지르며, 저와 그 사람은 서로 뒤엉켜 지붕 위를 향해 추락했습니다. 늘어서 있던 기와는 드드득 후두둑 벗겨졌고, 이어 저희는 지붕에서 떨어지기 직전에 겨우 멈추었습니다. 눈 아래로 보이는 지면에서 기와 하나가 튕겨 오르는 모습이 보였습니다. 보행자가 없었던 것이 다행입니다.

각도가 얕았던 것과 제가 정면충돌을 피한 것, 그리고 날아온 수수께끼의 인물이 기와의 공격을 혼자 받아내 준 덕분에 저는 그다지 상처를 입지 않았습니다.

검은 로브에 달라붙은 밤색 파편을 털어내며 저는 일어섰습니다.

"…………."

"으그그그그……."

눈이 빙글빙글 도는 모습으로 묘한 신음 소리를 낸 것은 저보다 조금 어려 보이는 10대 여자아이였습니다. 검은색 머리카락은 끝을 맞춰 짧게 잘랐고, 중성적인 생김새였습니다. 복장은 검은 망토 아래에 하얀 블라우스와 체크무늬 스커트. 제 아래 깔렸던 지라 그 복장들은 훌륭하리만치 너덜너덜해졌습니다.

가슴께에는 브로치는 물론 아무것도 달려 있지 않으니, 아마도 마도사겠지요.

"……저기, 괜찮은가요?"

쓰러진 여자아이의 어깨에 손을 대자 그녀는 눈을 떴습니다.

"…………."

"…………."

그리고 침묵.

아무래도 상황을 이해하지 못한 것 같았기에 "빗자루 조작이 서투른가 보죠?"라고 말해주었습니다.

빈정거린 거죠. 예.

"……아."

"드디어 머리가 제대로 돌아가기 시작한 모양이네요."

저는 웃는 얼굴을 만들어 보였습니다.

"으아아아아."

그녀는 다시 눈을 이리저리 굴렸습니다.

"어, 어어어어쩌지? 어쩜 좋지? 나, 이렇게 많은 기와, 못 고쳐……."

어머?

"그 전에 사과가 먼저 아닐까요?"

"아, 죄, 죄송합니다! 일부러 그런 게 아니에요! 정말이에요!"

그건 압니다.

"그런데 당신, 괜찮은가요? 엄청 호쾌하게 날아왔는데."

"아, 저는 괜찮습니다! 보시는 대로 말짱합니다!"

머리에서 붉은 액체가 흘러내리는 상태로 그녀는 말했습니다. 망설임 따위는 전혀 보이지 않는, 맑은 눈동자였습니다.

………….

"피가 나는데요. 그것도 머리에서."

"이건 땀입니다!"

"그렇게 쇠 냄새가 나는 땀이 있을성싶나요?!"

"저기, 그럼, 저기…… 땀입니다!"

"이제 됐으니까, 좀 진정하세요."

"네!"

"…………."

어째서일까요? 갑자기 날려갔던 탓인지, 매우 피곤합니다.

설교를 한 다음에 기와를 고칠 셈이었지만, 이제 됐습니다. 이렇게나 위험한 상태인 아이에게 그런 짓을 하면 제가 악마처럼 보일 테니까요. 저는 주머니에서 손수건을 꺼냈습니다.

"이거 줄게요. 머리를 누르고 있어요."

"아…… 하지만."

"그리고 저는 지금부터 기와 수리를 할 테니까, 그 근처에서 좀 쉬고 있으세요."

"아뇨, 저도 돕겠습니다!"

"그런 상태로 도와주는 건 방해일 뿐입니다. 쉬고 있어주세요."

저는 단호하게 말했습니다.

"하지만——."

"방, 해, 입니다."

"……네."

그녀는 버림받은 고양이처럼 축 쳐진 모습으로 지붕 꼭대기에 앉아서 머리를 손수건으로 눌렀습니다. 씩씩해 보였지만 역시 무리를 하고 있었던지, 그녀는 앉자마자 축 늘어지고 말았습니다.

그녀에 관한 것은 일단 뒤로 미뤄두기로 합시다. 저 정도 상처라면 죽지는 않을 겁니다.

우선은 이 참상을 어떻게든 하죠―― 저는 손에 마력을 불어넣었습니다. 순간 어렴풋한 빛과 함께 가늘고 긴 지팡이가 제 손에 나타났습니다.

지팡이에 마력을 주입하고, 저는 마법을 발동시켰습니다.

시간 역전의 마법.

그 이름대로 흘러간 시간을 역전시켜서 망가진 물건 따위를 수리하거나 상처를 치료할 수 있는, 약간 고도의 기술을 필요로 하는 마법입니다. 그러나 이 나라에 사는 마녀라면 누구나 할 수 있는 일이겠지요. 뒤에 늘어져 있는 마도사에게는 어려운 일이겠지만.

마법을 쓴 직후, 기와는 움직이기 시작했습니다. 깨진 기와들이 제각기 이어지더니, 마치 퍼즐 조각처럼 원래 형태로 돌아갔습니다.

그리고 파편이 사라지고 깨졌던 흔적이 완전히 보이지 않게 되었을 때 마법 방출을 멈춘 저는 뒤를 돌아보았습니다. 다음은 그녀 차례입니다.

"그럼, 다음은 당신이에요."

"아니, 저기……."

저는 몸을 일으키고 머리를 누른 채 움찔거리고 있는 그녀에게 다가가 마법을 걸었습니다. 너덜너덜해진 옷과 그녀의 상처가 부드러운 빛에 감싸여 원래 상태로 돌아갔습니다.

"우와아……."

대단해, 하고 중얼거리는 소리가 들렸습니다.

아니, 마녀라면 이 정도 일은 당연히 할 수 있답니다.

그녀가 원래 모습으로 돌아간 것을 확인한 후, 저는 지붕에 굴러다니고 있던 빗자루를 서둘러 주우러 갔습니다. 소란이 커지기 전에 이곳을 벗어나는 것이 상책이라고 생각했기 때문입니다.

"저, 저기!"

저는 무언가 말하려 하는 그녀를 반쯤 무시하는 듯한 태도로 빗자루에 올라탔습니다.

"감사라면 됐어요. 앞으로 빗자루를 타고 날아다닐 때는 주위를 잘 확인하도록 하세요. 알았죠?"

"기다려주세요, 뭔가 답례를——."

"필요 없습니다. 제가 바빠서요. 그럼 이만, 이름 모를 마도사님."

그리고 빗자루를 띄웠습니다.

○

마도사란 단적으로 말하자면 마법을 쓸 수 있는 인간. 누구든 될 수 있는 것이 아니라, 대부분의 경우 유전에 의해 결정됩니다. 제 부모님도 마도사였습니다.

마녀 견습생은 마도사의 상위 단계이며 마녀보다 한 단계 아래입니다. 그 이름대로 여성에게만 주어진 칭호입니다. 어째서인지, 마법을 만들어내는 능력은 남성보다도 여성 쪽이 강하답니다. 그래서 여성에게만 마도사보다 위의 지위가 준비되어 있는 것이지요.

마녀 견습생이 되는 길은 하나, 시험에 합격하여 마녀 견습생이라는 증거인 코르사주를 받는 것. 이것뿐입니다. 하지만 그 시험이 죽을 만큼 어렵기 때문에 도중에 포기해버리는 사람이 많다고 합니다.

마녀 견습생이 된 다음에는 마녀가 되기 위한 수행이 기다리고 있습니다. 진짜 마녀 아래에서 인정을 받을 때까지 노력하는 나날이지요. 그것이 하루일지, 아니면 10년일지. 모두 본인의 노력과 선생님에 해당하는 마녀님의 재량에 달렸다고 할까요?

정식 마녀로 인정받으면 뒤에 이름이 새겨진 별 브로치와 마녀로서의 이름을 선생님에게 받게 됩니다. 저는 『재의 마녀』라는 이름을 갖고 있습니다.

설명이 길어지고 말았습니다만, 즉 저는 이 나라에 있어서 최고위에 있는 존재인 것입니다. 아무튼, 마녀니까요.

하늘을 날아다니면 선망의 시선으로 바라보고, 레스토랑에 가면 "마녀님! 저희 가게 요리는 전부 할인해드리겠습니다! 부디 원하시는 만큼 드십시오!"라고들 하려나, 하는 기대를 했습니다만.

"뭐? 할인? 그런 거 없어. 아가씨, 설마하니 돈이 없는 거야?"

"…………."

뭐, 그렇겠죠. 마녀를 일일이 우대해주면 가게가 돌아가지 않기 때문이겠죠.

레스토랑을 나온 저는 이어서 보석 가게로 향했습니다. 전에 방문했던 나라에서 손에 넣은 보석을 팔고 싶었기 때문입니다. 가격이 꽤 나가리라 생각하면서 가게로 들어갔습니다.

"아, 이건 완벽한 가짜네. 가격 같은 걸 매길 수 없겠는데."

"그런 말도 안 되는! 좀 더 자세히 봐주세요."

"몇 번을 봐도 마찬가지야. 어쩔래? 필요 없으면 우리가 처분해줄까?"

"……말은 그렇게 하고, 실은 제게서 빼앗으려는 꿍꿍이속이죠?"

"너무하네, 아가씨. 그런 짓을 할 리가 없잖아? 그래서, 어쩔래?"

"돌려주세요."

보석 가게에서 나온 저는 무척이나 화가 난 상태였습니다.

하지만 뭐, 저 보석 가게 주인이 나쁜 사기꾼일 뿐, 딱히 저를 무시하거나 한 것은 아니겠지요. 그렇죠?

불안한 마음을 품으며 저는 숙소를 찾아 나섰습니다. 곧 해가 질 무렵이었기 때문입니다.

하지만.

"어엉? 여기는 너 같은 꼬맹이가 올 데가 아냐. 자, 어서 돌아가."

……으음?

어째서?

혹시 부유한 어른들만 들어갈 수 있는 숙소였던 걸까요? 으으음.

어쩔 수 없습니다. 다른 가게로 가지요.

저는 한눈에 봐도 싸 보이는, 낡은 간판이 세워진 숙소 위에 빗자루를 멈춰 세웠습니다. 여기라면 당연히 괜찮겠죠.

저는 지붕에 달린 창문을 열고 안으로 뻗어 있는 사다리를 내려갔습니다. 하지만 도중에 귀찮아졌기 때문에, 점프. 쿵, 마치 쇠공이 떨어진 것만 같은 소리가 울려 퍼졌습니다. 저는 그렇게 무겁지 않다고요. 실례로군요.

내려선 곳은 접수처였습니다.

카운터에 앉아 있는 여성이 저를 보고——.

"어서 오세……."

경직.

그녀도, 그리고 저도.

단정하게 자른 짧고 검은 머리카락. 어딘가 남자아이처럼도 보이는 중성적인 얼굴 생김새. 그곳에 있던 이는 몇 시간 전에 저와 충돌(물리적인 의미로)했던 여자아이였습니다.

"…………."

"…………."

얼어버린 시간에서 먼저 풀려난 것은 그녀 쪽이었습니다.

"히, 히이이이이이이이이이이익! 죄죄죄죄죄죄송합니다! 죄송합니다! 보복인가요? 보복이군요! 잘못했습니다! 목숨만은! 목숨만으은!"

"아니, 저기."

"으아아아아아아아아앙! 죽기 싫어어어어어어어어!"

"그러니까……."

그렇게까지 겁먹지 않아도.

카운터에 머리를 박은 채 "부디 목숨만은……"이라며 흐느껴 우는 그녀의 어깨에 저는 살며시 손을 얹었습니다.

"끼아아아악! 어깨 위를 뎅강 할 셈인가요오오오오! 싫어어어어엇!"

"입 좀 다물어주세요."

아, 아니, 그게 아니라.

"저기, 괜찮아요. 저는 여기서 묵으려고 온 거니까."

"싫어어어어——아, 뭐야. 그랬던 거예요? 그럼 이 용지에 기입해주세요."

"…………."

여러 가지로 해주고 싶은 말이 있습니다만, 인내. 또 소란을 피우면 큰일입니다.

저는 그녀가 내민 용지를 받고, 카운터에 놓여 있던 깃펜을 빼 들었습니다. 용지 기입란은 매우 단순해서 숙박 인원과 숙박 일수와 대표자의 이름을 쓰기만 하면 됩니다. 여행자이기 때문에, 이미 익숙한 서류입니다.

제가 깃펜을 종이 위로 미끄러뜨리자 그녀는 무척이나 밝은 목소리로 말했습니다.

"낮에는 정말로 죄송했습니다. 훈련 중에 딴생각을 하다 보니 빗자루를 잘 조작할 수 없게 돼서……."

"과연."

즉, 빗자루 조작이 서툴다는 뜻이로군요.

"사실은 제대로 인사를 드리고 싶었는데, 금방 어딘가로 가버리셔서── 아, 이름은 일레이나로군요. 저는 사야예요."

그녀는 내 손 근처를 들여다보고 방긋 웃었습니다.

"딱히 답례 같은 건 됐어요. 마법 연습 중에 다른 사람을 휘말려들게 하는 일은 흔히 있는 거니까요."

저는 글씨를 쓰면서 그렇게 말했습니다.

생각해보면 저도 초에 불을 붙이려다가 집에 불을 내서 부모님에게 무지막지 혼났던 일이 있었지요. 그것 참, 옛날 생각이 나네요.

"하지만, 제가 뭔가 해드릴 게 없을까요? 그렇게 폐를 끼치고, 게다가 상처까지 치료해주셨는데, 아무것도 안 하다니 너무한 것 같아요."

"딱히 필요 없는데요……."

"그걸 좀 어떻게 해주세요! 부탁드립니다! 일레이나 씨!"

답례를 하게 해달라고 조르는 여자아이에게 고개를 가로젓는 저. 어쩐지 특이한 광경이네요.

뭐 딱히 귀찮은 일을 부탁하는 것도 아니니, 무리해서 거절할 필요는 없겠지요. 저는 글씨를 쓰면서 잠시 생각했습니다.

"음…… 그러네요, 그럼──."

숙박비를 할인해주겠어요?

그렇게 말하려다 그만두었습니다.

용지의 한 항목이 눈에 들어왔기 때문입니다. 거기에는 이렇게 쓰여 있었습니다—— 마녀님 전용 할인(1박 반액)이라고.

오호라. 이것 참.

"아, 그건 마녀님이 아니면 할인이 안 되거든요. 마법사분들은 통상 가격 쪽에 동그라미를 해주세요."

그녀는 미간을 모으며 말했습니다.

"그렇군요."

저는 마녀님 전용 할인(반액) 쪽에 동그라미를 쳤습니다.

"어? 아니, 저기…… 으음?"

그 반응은 뭔가요? 실례로군요.

"전 마녀인데요?"

"무슨 그런 농담을…… 아, 잠깐, 그게 제가 그쪽에게 폐를 끼치기도 했으니까…… 아! 그럼 할인 대상으로 해드릴게요!"

그녀는 그렇게 말하며 짝 손뼉을 쳤습니다. 뭔가 대화가 미묘하게 어긋났다고 할까, 묘한 위화감을 느낀 저는 고개를 가로저었습니다.

"아니아니아니아니, 그게 아니라. 그러니까 저는 마녀라니까요. 차림새는 이렇지만."

"네에?"

그녀는 말했습니다.

제 가슴을 가리키며.

"하지만 마녀님의 브로치가 없는데요."

"네?"

저는 그녀의 손가락을 따라 제 가슴께로 시선을 떨어뜨렸습니다.

그곳에 있을 터였던 브로치는 사라지고 없었습니다.

○

마녀의 브로치는 말하자면 신분증명서. 그게 없으면 저는 그저 마법을 쓸 수 있을 뿐인 여행자입니다.

그래서 앞서 들렀던 숙소에서도 평범한 어린아이 취급을 했었던 것입니다. 과연, 그랬던 거군요.

그보다, 어째서 이제껏 눈치채지 못했던 걸까요? 마녀가 드물지 않은 곳이라고는 해도, 그런 취급들을 조금이라도 이상하게 여겼더라면 더 빨리 대응할 수 있었을 텐데. 저는 바보인 걸까요? 바보인 거죠? 죽어버려.

그렇게 자신을 저주하고 욕하며 곧바로 브로치를 찾으러 나갔습니다. 하지만.

"……없어."

없었습니다.

사야 씨와 격돌했을 때 떨어뜨렸으리라 예상하고 찾아보았지만, 밖은 이미 완전히 어두워졌고, 무엇보다 찾는 물건은 손바닥 안에 들어갈 정도의 작은 브로치. 잠깐 찾아다닌 정도로 찾을 수 있을 리가 없습니다.

"······우으."

기와 틈새까지 살피며 지붕 위를 이리저리 걸은 후, 지면으로 내려와 집 주변을 빙빙 돌았습니다.

하지만 역시 찾을 수 없었습니다. 눈물 날 것 같아.

"틀렸어요! 일레이나 씨, 역시 이쪽에도 없어요!"

지붕 위에서 지나치게 큰 목소리가 쏟아져 내려와 길에 울려 퍼졌습니다. 고개를 드니 달빛에 비친 사야 씨의 모습이 보였습니다.

브로치 분실이 밝혀진 직후에 "저에게도 책임이 있으니, 함께 갈게요!"라며, 제 말을 듣지 않고 따라왔기 때문에 함께 찾는 중입니다.

여관 일은 다른 사람에게 맡겨두었다든가 뭐라든가.

제가 아래를 걸어 다니는 사이에 그녀는 위를 맡아주었습니다. 혹시 제가 못 보고 놓쳤을 가능성도 있으니까요.

결과는 마찬가지였지만.

저는 빗자루로 지붕까지 올라갔습니다.

"이만큼 찾아도 없다는 건, 누군가가 주워 갔을 가능성도 생각해야만 할 것 같네요······."

무심코 한숨이 새어 나왔습니다.

"밤이 어두워서 찾기 어려운 점도 있다고 봐요. 내일 아침, 다시 한 번 이곳을 찾아보는 게 좋지 않을까요?"

어깨를 축 늘어뜨린 제게 그녀는 밝은 목소리로 말해주었습니다. 조금 고맙네요.

"그렇게 하죠……."

그녀의 조언을 순순히 받아들인 저는 숙소로 돌아가기로 했습니다.

저는 빗자루를 타고 비틀비틀 날아갔습니다. 빗자루 조작이 서툰 마법사처럼. 아아, 누군가가 근처를 날아간다면 그만 실수로 격돌해버릴 것만 같아.

그 브로치는 고생해서 손에 넣은 것인 데다, 선생님과 저의 추억도 담겨 있습니다. 잃어버린 충격은 말로 다할 수 없을 정도입니다.

갓 마녀가 되었을 무렵이라면 잃어버리자마자 눈치챘을 텐데.

2년이라는 시간 동안 쭉 몸에 지니고 있다 보니, 너무나도 당연하게 지니고 있으리라 여겼던 걸까요.

"……하아."

좌우간 저는 풀이 죽었습니다.

그리고 숙소로 돌아온 저는 반쯤 넋이 나간 상태로 저녁밥을 먹고, 사야 씨에게 받은 열쇠로 방에 들어간 다음, 그러고 보니 목욕을 안 했다는 사실을 떠올리고 바로 대욕탕으로 향했습니다.

멍한 상태로 뜨거운 물에 몸을 담그고, 아아 역시 사야 씨와 격돌한 그 근처에서 잃어버렸다고밖에 생각할 수 없네 하지만 거기엔 없었지 신기한 일이네 같은 생각을 약 한 시간 동안 계속했습니다. 현기증이 나기 직전까지 대욕탕(저 혼자뿐이었습니다)에 앉아 있다가, 뜨거운 물에 흐물흐물해질 무렵에 무겁게 몸을 일으켰습니다.

그리고.

"아, 안녕하세요."

방에 돌아가니, 어째선지 사야 씨가 있었습니다.

저는 문을 닫았습니다.

한 걸음 물러나서 방 번호를 확인. 응, 분명히 열쇠에 쓰여 있는 번호와 일치합니다. 이상하네.

혹시 잘못 본 건가?

저는 다시 문을 열었습니다.

"아, 안녕하세요."

악몽이라면 좋겠다고 생각했지만, 제 방에는 분명히 사야 씨가 있었습니다. 심지어 딱딱한 침대 위에서 태연하게 손을 흔들고 있습니다.

"…………."

"……제 방에서 뭘 하는 건가요?"

"일레이나 씨와 이야기를 좀 하고 싶어서 기다리고 있었어요."

"문을 잠가뒀을 텐데요?"

"흐흥, 저는 이 숙소에서 일하고 있거든요?"

그녀는 의기양양하게 열쇠 다발 몇 개를 보란 듯이 꺼내 들었습니다.

저는 아무 말 없이 그녀에게 다가갔습니다.

"…………."

그리고 양손으로 그녀의 볼을 잡았습니다.

"아, 아햐! 아햐여!"

"멋대로 남의 방에 들어오다니, 대체 무슨 생각인가요? 네에?"

꾸욱꾸욱꾸욱꾸욱.

"떠러져어! 빠미 떠러져여!"

떨어져, 뺨이 떨어져요. 그렇게 말하고 싶은 모양입니다.

"네? 뭐라고요? 안 들리는데요?"

"으아아아아아아······."

그 후로 한동안 그녀의 부드러운 뺨을 잡아당기고 비틀며 질릴 정도로 실컷 논 다음 저는 그녀를 풀어주었습니다. 살짝 붉게 물든 뺨을 양손으로 감싸며 "너무해······"라고 말하고 있습니다만, 너무한 건 과연 어느 쪽일까요.

"그래서, 용건이 뭔가요? 일부러 제 방에 잠복해 있었다는 건, 뭔가 용건이 있다는 뜻이겠죠?"

사야 씨는 뺨을 문지르며 말을 꺼냈습니다.

"일레이나 씨는 정말로 마녀인가요?"

"네, 뭐."

저는 긍정했습니다.

"브로치는 없지만, 분명히 마녀예요."

"그럼 마녀 견습생 시험도 합격했다는 거죠?"

"그렇죠."

너무 쉽게 합격해버리는 바람에 맥이 풀렸던 일은 지금도 기억이 납니다. 사야 씨는 잠시 저를 가만히 응시하더니, 갑자기 침대에서 내려와 바닥에 무릎을 꿇고 양손을 마루에 짚으며 이마를 바닥에 닿도록 푹 숙였습니다.

"부탁드려요! 부디 제게 시험의 비법을 가르쳐주세요!"

"……저기, 뭔가요 그 자세는."

"이건 저희 고향에서 전해져 내려오는 전통문화, 도게자라는 거예요! 상대에게 너무나도 죄송한 일을 했을 때 사용하는 필살기지요."

묘한 전통문화로군요……. 그녀의 고향에서는 문화가 생길 정도로 타인에게 사과할 일이 많았던 걸까요? 하지만 성의는 분명하게 느껴집니다.

뭐랄까, 이렇게…… 움찔움찔하게 된다고 할까, 뭐라고 할까, 이상한 느낌이 듭니다. 머리를 밟으며 "뭣이? 남에게 부탁하는 태도가 겨우 이 정도냐?"라고 말해주고 싶은 것을 참으며, 저는 무릎을 꿇고 앉았습니다.

"저기, 일단 머리를 드세요."

"가르쳐주시는 건가요?!"

그녀는 휙 고개를 들었습니다.

"아뇨, 그건 아니고요."

저는 이어서 말했습니다.

"하지만, 일단 무슨 사정인지 이야기해주겠어요?"

결정은 그 다음입니다.

그녀를 다시 침대에 앉힌 저는 책상 앞에 있던 싸구려 의자를 꺼내 와서 그녀를 마주 보고 앉았습니다. 사야 씨는 검은 머리카락을 살짝 흔들며 고개를 기울이더니, 주저하듯 "그게……" 하고 입을 열었습니다.

"저한테는 여동생이 있어요. 무척 귀여운 여동생이."

"네에……."

뭐랄까 의미를 알 수 없는 도입부였지만, 일단 들어보도록 하죠.

"저희는 동국(東國) 출신이에요. 여동생과 단둘이서 마녀 견습생이 되기 위해 멀리 떨어진 이 나라까지 왔답니다──. 저희 고향에는 시험을 시행하는 조직이 없거든요. 그래서 둘이 함께 이 숙소에서 일하며 돈을 벌고, 시험을 치르는 생활을 최근 몇 년 동안 해왔는데……."

"두 사람 다 아직까지 마도사인 채라는 건가요?"

그러자 그녀는 눈을 내리뜨며 천천히 고개를 저었습니다.

"여동생만 지난 시험에 붙었어요. 그래서 그 아이만 먼저 돌아갔고요."

"……흐음."

과연, 그런 거군요. 무슨 이야기인지 알 듯한 기분이 듭니다.

즉.

"그 귀여운 여동생에게 뒤쳐져서 조급해진 참이었는데, 마침 우연히 알게 된 마녀가 생겼으니 도와달라고 하자. 그런 얘기인가요?"

"음, 뭐…… 그렇다고나 할까요?"

사야 씨는 겸연쩍은 듯 뺨을 긁적이며 중얼거렸습니다.

"다음 시험은 언제인가요?"

"일주일 후예요…… 이미 시간이 얼마 없어요…….'

뭐, 마녀 견습생 승격 시험은 몇 번이고 볼 수 있으니, 조급해할 필요는 없다고 봅니다만.

그렇게나 여동생과 만나고 싶은 걸까요?

"…………."

저는 잠시 침묵한 다음 말했습니다.

"제가 브로치를 찾을 때까지라면, 좋아요."

어차피 브로치를 찾을 때까지는 이 나라를 떠날 수도 없고, 그 사이에는 한가하기도 하고, 어쩌면 숙박비를 무료로 해주거나 할지도 모르니 괜찮을라나 하고 생각했습니다.

○

마녀 견습생 승격은 필기시험에 합격한 후 마법시험에 합격하면 됩니다.

필기시험은 마법 이론과 역사 등을 머리에 쑤셔 넣으면 간단히 붙을 수 있는지라, 솔직히 말해 더할 나위 없이 쉽습니다. 하지만 마법시험. 이건 어떻게 해볼 수가 없습니다. 실력이 갖춰지지 않았다면, 몇 번이고 다시 치러야 합니다.

마법시험의 내용은 빗자루에 의한 부유와 공격 마법의 조작, 이 두 가지를 주로 보며, 시험 합격 인원은 매회 한 사람뿐입니다. 지금부터 일주일 후에 행해지는 시험에서도 그것은 변함이 없겠지요. 빗자루로 계속해서 날아다니고, 서로 죽지 않을 정도의 공격을 하면서 적을 제거하고, 마지막까지 살아남은 사람이 합격. 떳떳한 마녀 견습생이 되는 것입니다.

그 다툼은 정말이지 눈뜨고 보기 힘들 정도로 추악합니다. 인간의 가장 야비한 부분을 또렷하게 드러내서 보여주는 기분이 되지요.

두 번 다시 치르고 싶지 않은 시험입니다.

"사야 씨, 분명하게 말할게요. 지금 당신의 실력으로 정직하게 싸워봤자 다른 녀석들에게 이길 확률은 한 없이 제로에 가깝습니다."

그녀와 약속한 다음 날 이른 아침.

저는 빗자루 위에서 그녀에게 말했습니다.

"하지만 다른 녀석들에게 절대로 이길 수 없다는 것도 아닙니다. 그러니 안심하세요."

"어, 어떻게 하면 되겠습니까?!"

이른 아침부터 기운이 넘치는지, 그녀는 반짝반짝 눈을 빛내고 있습니다. 마치 조금 전 잠에서 막 깨어난 태양처럼.

저는 지붕의 기와 위에 무릎을 꿇고 앉아 있는 그녀 곁으로 빗자루를 움직여 갔습니다.

"우선 빗자루 조작에서 저와 대등, 혹은 그 이상이 될 수 있어야 합니다."

"저기, 그건 좀 힘들 것 같은데요……."

그녀는 떨떠름한 표정을 지어 보였습니다.

뭐가 힘들다는 건가요? 어리광 부리지 마시죠.

"그것 말고 마법시험에서 살아남을 수 있는 방법은 없습니다. 그렇다기보다, 아마도 지금 당신의 실력으로 시험장에 가봤자 개막 직후에 빗자루에서 떨어져서 끝일 겁니다. 그것만은 피해야 하지 않겠습니까?"

"으우우……."

이런 느낌입니다.

저는 우선 그녀의 기초적인 마법 실력부터 키우기로 했습니다. 역시 제가 상상했던 대로, 제대로 날지도 못할 정도로(마법사라 불러도 될지 망설여질 만큼) 서툴렀기 때문에 정말이지 참으로 고생을 해야 했습니다.

아아, 아이에게 빗자루로 나는 법을 가르치는 어머니는 이런 기분이로구나 하는 걸 절절히 깨달으며, 아침부터 밤까지, 시간이 허락하는 한 특훈을 했습니다. 하늘을 자유롭게 날아다니는 어린아이들에게 손가락질 당하며 바보 취급을 받아도, 어른들에게 비웃음을 사도, 우리는 특훈에 몰두했습니다.

당연히 브로치 탐색도 잊지 않았습니다. 그녀가 점점 성장해가는 반면, 이쪽은 전혀 진전이 없지만.

제 브로치는 어디로 가버린 걸까요? 정말로.

"다음은 선회입니다. 체중을 잘 이동해서 깨끗하게 방향을 돌려주세요."

"네!"

"다음은 급제동, 급발진입니다. 몸 전체를 써서 빗자루를 억지로 멈춘 다음, 대기를 박차는 듯한 느낌으로 날아가세요."

"네!"

"다음은 공중 이탈입니다. 공중에서 빗자루를 놓은 다음에 마법으로 빗자루를 불러들이세요. 위험해지면 제가 구해줄 테니까 안심하고 날아도 괜찮습니다."

"네!"

"다음은——." 이하 생략.

결국 사야 씨는 순식간에 저와 비슷할 정도로 빗자루를 조작할 수 있게 되었습니다. 여기에 이르기까지 며칠이 걸렸는가 하면, 단 이틀.

사야 씨의 무시무시한 성장에는 약간 질릴 정도였습니다. 대체 지금까지 뭘 해왔던 건가 싶습니다. 아니면 혹시 제 교육 방법이 무척 훌륭한 걸까요?

물어보니, 그녀는 부끄러워하며 "지금까지 독학으로 해와서……"라고 대답했습니다. 뭐여 그게.

그렇게 이 나라에 체재한 지 나흘째—— 특훈 사흘째.

여전히 진전이 없는 브로치 탐색(단순한 탐문 조사)과 달리, 사야 씨의 특훈 쪽은 시원시원할 정도로 순조롭습니다.

"다음은 공격 마법도 배워보도록 하죠—— 바람 마법 같은 건 어떤가요?"

"바람 마법?"

다갈색으로 변색된 지붕 위, 고개를 갸웃거리는 그녀를 향해 저는 고개를 한 번 끄덕여 보인 후 말했습니다.

"네, 바람이요. 공기의 흐름을 조작하여 다른 참가자를 방해하는 겁니다."

이것은 제가 마법시험에서 실제로 썼던 약간 비겁한 방법입니다. 의외로 공기의 흐름을 바꾸는 것만으로도 효과가 있어서, 밸런스가 무너져 빗자루에서 떨어지는 사람이나 비틀거리다 건물에 부딪히는 사람이 있었던 것을 지금도 기억하고 있습니다.

바람의 조작은 간단히 할 수 있고, 강력한 무기가 됩니다. 시간이 있다면, 부디 배워두도록 합시다.

"그럼 저쪽에 놓인 항아리에 바람을 맞춰보세요."

지붕 꼭대기, 우리 맞은편 끝에 놓인 항아리를 가리켰습니다. 그 사이의 거리는 그대로 집 한 채의 거리가 되지만, 결코 어렵지는 않습니다.

"공기를 뭉쳐서 던지는 이미지로 하면 잘됩니다. ——이런 느낌으로."

저는 지팡이를 휘둘렀습니다.

순간, 강풍이 항아리를 스치고 지나가 달캉달캉 윗부분이 흔들렸습니다.

못 쓰러뜨렸는데요? 실패인가요? 하는 얼굴로 사야 씨가 저를 바라보고 있습니다만, 저건 일부러 그런 겁니다. 정말이라고요!

"그럼, 해보세요."

"……이, 이렇게요?"

휙, 사야 씨는 지팡이를 휘둘렀습니다. 바람 마법은 워낙 초기에 배우는 마법인지라, 그녀도 바람을 만드는 것 자체는 가능했습니다. 하지만, 그녀가 만들어낸 바람은 항아리 위를 그대로 스쳐 지나가 버렸습니다.

아까워라.

"지팡이를 쥐는 방법이 틀렸습니다. 그리고 가리키는 방법도. 바람 마법은 무척 섬세한 것이라, 무리하게 흔들어서는 제대로 되지 않습니다."

"엇, 그럼, 이렇게요?"

휭. 바람은 스쳐 지나갔습니다.

전혀 달라지지 않았습니다.

"아니에요. 이렇게."

제가 지팡이를 휘두르자 항아리가 달캉달캉 흔들렸습니다. 제가 일부러 항아리를 쓰러뜨리지 않고 있다는 사실을 이제야 겨우 깨달았는지, 사야 씨는 "와아" 하고 감탄한 목소리를 냈습니다.

그리고 그녀는 살며시 지팡이를 다시 잡았습니다.

"에잇."

이번에는 완전히 제 모습을 그대로 흉내 냈습니다만, 너무 약했습니다. 실바람이 불었습니다.

……잘 안 되는군요.

"그게 아닙니다. 이렇게요."

"이렇게요?"

헛방입니다.

"전혀 아닙니다. 이렇게요."

"이, 이렇게 말씀인가요?!"

바람은 스치지도 않았습니다.

"정말이지 전혀 완전히 틀렸습니다. 이렇게요, 이렇게."

"이런 느낌인가요?!"

…………

전혀 틀려먹었습니다. 정말로. 가르치는 보람을 하나도 느낄 수 없습니다.

강경 수단을 써야겠군요. 저는 그녀의 등 뒤로 돌아가 양쪽 손목을 잡았습니다. 그리고 한순간 움찔 어깨를 떤 사야 씨의 귓가에 대고 이야기를 시작했습니다.

"알겠습니까? 지금부터 제가 당신의 지팡이를 경유해서 바람 마법을 날리겠습니다. 그걸 몸으로 기억해주세요."

"모, 몸으로 말씀인가요?!"

"네. 몸으로, 말입니다."

어째선지 귀를 새빨갛게 물들인 그녀에게 저는 그렇게 답해주었습니다.

"그럼, 해볼까요――."

이렇게.

그런 느낌으로. 우리의 사흘째는 해가 저물 때까지 쭉 연습 삼매경이었습니다. 그녀가 바람 마법을 완전히 조작할 수 있게 되었는가 하면, 완전히 틀려먹었습니다.

오히려 제가 등 뒤에 선 다음부터 더욱 못하게 된 듯한……?

어째서일까요? 모를 일입니다.

제가 쭉 사야 씨와 딱 붙어 있는 것은 아닙니다. 점심 무렵이 되면 저도 혼자서 행동합니다. 브로치를 찾기 위해 마을 이곳저곳을 날아다니고, 여러 사람들에게 이야기를 묻거나 하고 있습니다.

할 수 있는 일이라고는 그저 끈기를 갖고 탐문, 또 탐문.

당연히 그리 간단히 정보를 발견할 수 있을 리도 없는지라, 모두 입을 모아 "모른다"며 고개를 저을 뿐인 상황.

진전이 찾아온 것은 사야 씨의 선생님이 된 지 나흘 째였습니다. 즉, 이 나라에 머문 지는 닷새째입니다.

"봤지."

그렇게 쾌활하게 말한 것은 그야말로 마법에 숙련된 듯 보이는 아주머니였습니다. 찬찬히 보니 그녀도 가슴에 별을 본뜬 브로치를 하고 있습니다. 그것도 꽤 오래된 것인 듯, 그야말로 훌륭하게 낡았습니다.

오오, 이건 기대해도 될 것 같습니다(뭘?).

"어, 어디서 보셨나요?!"

달려들 듯 매달리는 저를 보며 정체 모를 아주머니는 힛힛힛 하고, 그야말로 마녀다운 웃음소리를 냈습니다.

"글쎄, 어디서 봤으려나……."

"가르쳐주세요! 멋진 아주머니."

"힛힛히."

쓱, 아주머니는 손바닥을 이쪽을 향해 내보였습니다.

"……이 손은, 뭔가요?"

"얼마 낼 텐가? 응?"

아주머니는 저를 향해 손을 내민 상태로 움직임을 멈추고 있었습니다. 다음을 듣고 싶다면 돈을 내라, 라는 뜻인 것 같습니다.

……치사하다. 역시 마녀.

"…………."

조용히 지갑에서 금화 한 닢을 꺼내 아주머니의 손에 올려놓았습니다. 그러자 아주머니는 태엽이 감긴 인형처럼 재가동.

"내가 본 건 말이지——."

아주머니는 이야기했습니다. 어렴풋이, 저 자신도 희미하게 느끼고 있던 것을.

느긋한 이야기는 이렇게 끝을 고했던 것입니다.

○

밤. 이곳에 머문 지 닷새째와 엿새째의 사이.

침대에서 창밖에 떠오른 달을 바라보고 있자 문득 문이 열렸습니다. 그쪽을 보니 그녀가 주저주저하는 모습으로 이쪽을 보고 있습니다.

그녀—— 사야 씨였습니다.

"저기, 일레이나 씨."

"무슨 일이죠?"

"하, 함께 자도 되나요?"

저는 침대 위로 시선을 떨어뜨렸습니다.

………….

"좁은데요."

"저희 숙소가 싸구려 여관이라, 정말 죄송합니다."

아, 아니, 그런 의미로 한 말이 아닙니다만. 여기는 1인실이고, 이 침대도 혼자 자는 걸 상정하고 둔 물건이고.

"뭐, 답답해도 괜찮다고 한다면 딱히 상관없습니다만."

"신난다!"

사야 씨는 서둘러 문을 닫고 안으로 들어오더니, 침대로 파고들었습니다.

지금 막 목욕을 마친 듯, 달콤하고 부드러운 향기가 풍겨 옵니다. 숙소에 구비된 똑같은 비누를 쓰고 있을 텐데, 제게서 나는 향기와는 전혀 다른 것 같은 느낌이 드는군요. 머리카락을 코에 대봐도 제 머리카락에서는 사랑에 빠진 소녀 같은 향기는 나지 않습니다. 그녀에게서만 좋은 냄새가 나는 것은 왜죠?

뭐, 상관없나.

저도 눕기로 하죠.

달에 시선을 고정한 채 몸을 뉘이고, 시트를 덮었습니다. 바로 뒤에서 느껴지는 사람의 기척.

"누워서 달을 보고 있으면 눈부시지 않나요?"

"조금은요."

그렇게 답하며 저는 몸을 돌렸습니다.

그러자 방금 전의 저와 마찬가지로 창가를 향해 누운 그녀와 시선이 마주쳤습니다.

"……말과 행동이 모순된 거 아닌가요?"

"저는 그다지 눈부시지 않으니까 괜찮아요."

그녀는 그렇게 말하며 미소 지었습니다. 달빛에 비친 그 미소는 어딘가 덧없었고, 만지면 부서질 것만 같았습니다.

"오늘은 고생 많았습니다. 처음과 비교하면 무척 실력이 늘었네요. 이제 내 도움 같은 건 필요 없을 만큼."

"네? 그렇지 않아요. 저, 아직 일레이나 씨에게 배우고 싶은 게 잔뜩 있으니까요."

"……저는 여행자입니다. 조만간 이 나라를 떠날 겁니다."

"하지만 그때까지는 쭉 함께하니까요."

이불 속이 꼼지락꼼지락 움직이는 것 같다고 생각하고 있으려니, 제 손에 차가운 무언가가 겹쳐졌습니다. 사야 씨가 제 손을 잡은 것입니다.

그녀는 저를 똑바로 바라보며 말했습니다.

"더 많은 걸, 제게 가르쳐주세요."

"…………"

눈동자 속에서 달빛이 흔들리고 있습니다.

이 천진한 여자아이는 진심으로 저 같은 사람을 따르고 있는 것일 테죠. 하지만 저는 지금부터 그녀에게는 잔혹한 일을—— 저에게는 최선의 선택을 해야만 합니다.

가슴이 저릿하고 아픈 것은 죄악감 때문인지, 아니면 실망 때문인지. 죄악감 때문이라고 믿고 싶습니다.

"무리한 부탁이에요. 사야 씨."

저는 말했습니다.

겹쳐진 손을 떨쳐내며.

"브로치, 돌려주지 않겠어요?"

○

언뜻 보기에는 복잡하게 여겨졌던 브로치 소실의 진상은 그렇게 간단한 것이었습니다.

"당신과 부딪혔던 여자아이가 있었지? 당신이 서둘러 날아간 후에 그 아이가 줍더군."

금화를 뻔지레한 얼굴로 바라보며 아주머니는 그렇게 말했던 것입니다. 그것은 저 자신도 어렴풋이 생각하던 일이었습니다. 이렇게 찾아다녀도 찾을 수 없다면, 그건 누군가가 주웠기 때문이라고.

위화감은 처음부터 있었습니다.

…………

사야 씨.

당신은 빗자루 조작이 너무나도 서툴렀습니다―― 마치 일부러 서툴게 나는 것은 아닐까 싶을 정도로.

이 나라에 들어올 수 있는 최저 조건은 빗자루를 제대로 잘 탈 수 있는가, 인데 말이죠.

맨 처음에는 사야 씨가 이 나라 출신인 것인가 생각했지만, 이야기를 들어보니 동국에서 일부러 여기까지 온 마법사라고 했습니다. 그렇다면 더욱, 빗자루로 제대로 날지 못하는 것은 이상합니다. 그러니까——.

그러니까 사실. 저는.

처음부터 당신을 의심하고 있었답니다. 그리고 쭉 기다렸죠. 당신이 제게 브로치를 돌려주기를.

"하지만 당신은 수중에 감춰둔 채 돌려주지 않았죠. 그러기는커녕 쭉 함께 있어달라는 말까지 하는군요."

이제, 여기까지가 한계예요——라고 저는 말했습니다.

침대 위에 앉아 고개를 숙인 그녀는 대체 어떤 표정을 하고 있을까요? 처음 만났을 때처럼 어깨에 손을 올려주는 일 같은 건 하지 않았습니다. 애석하게도 저는 그렇게까지 상냥한 인간은 아니랍니다.

단지 저는 그녀를 기다렸습니다. 달빛을 피하듯 고개 숙인 그녀를.

그 후로 대체 어느 정도의 시간이 흘렀을까요? 1분일지, 10분일지. 어쩌면 10초 정도가 지났을지도 모릅니다.

"……어째서."

희미하게 들려온 것은 아주 작은 목소리.

"뭐라고요?"

"어째서 절 추궁하지 않았나요?"

이번에는 확실히 그렇게 들렸습니다.

"확증이 없었기 때문, 이라는 게 제일 큰 이유입니다. 증거도 없이『당신이 범인이야!』라고 말한들, 시치미를 떼면 거기서 끝이니까."

"…………."

"그리고 당신이 언젠가 돌려줄 거라고 믿었으니까. 제게는 사야 씨가 도저히 나쁜 사람으로는 보이지 않았어요."

마치 엄마에게 어리광 부리는 아이처럼.

제 눈에는 천진난만하게 떠드는 그녀가 그렇게 보였습니다.

"그래서 쭉, 기다렸습니다."

저는 그리 말했습니다.

그제야 그녀는 겨우 고개를 들었습니다. 눈물로 얼룩져서 예쁜 얼굴이 엉망이 되었습니다. 사야 씨는 눈물을 훔치고 흐느낌 섞인 목소리로 말했습니다.

"외로웠어요."

"나는 당신의 여동생이 아닙니다."

"알아요. 알고 있어요. 하지만…… 하, 함께 있고 싶었어요."

당장에라도 사라질 것 같은 목소리. 그것은 그녀의 여동생을 향한 것일까요, 아니면 저를 향한 것일까요.

만난 지 얼마 안 된 제가 사야 씨의 무엇을 알고 있는가 하면, 기의 아무것도 모르는 것이나 마찬가지겠지만, 하지만 그녀가 어떤 인간인지는 어쩐지 알 수 있었습니다.

귀여운 여동생에게 언제나 어리광 부리는 부족한 언니. 분명 그녀는 쭉 그래왔을 겁니다.

그래서 여동생이 두고 가버린 것을 견딜 수 없었겠죠.

"외톨이인 게 싫어서, 너무 싫어서, 무서워서, 그래서 저는——."

"에잇."

손가락으로 그녀의 이마를 튕겼습니다. 딱콩, 단단한 소리가 울렸습니다.

"그건 이유가 못 됩니다."

혼자인 것이 싫어서 누군가에게 의존하고, 외톨이라고 비웃음 당하는 것이 싫어서 필사적으로 친해질 상대를 찾고, 고독이 무서우니까 필사적으로 도망친다.

정말로 버려야 할 습성이라고 생각합니다.

"외톨이인 게 어떻다는 건가요? 고독이 어쨌다는 건가요? 그런 걸 두려워해서 마녀 견습생이 될 수 있겠습니까? 정말 진심으로 어떤 일을 해낼 때, 인간은 언제나 고독합니다. 오히려 혼자가 아니면 곤란하다고요. 누군가와 친밀해지면 끝입니다."

당신의 여동생도 그것을 전하고 싶어서 사야 씨를 두고 간 게 아닐까요? 진실은 알 수 없지만.

"……하지만."

"아아아아. 듣고 싶지 않아요. 당신의 변명 같은 건 제 귀에 들리지 않습니다."

저는 양손으로 귀를 막고, 좌우로 고개를 저었습니다. 붕붕, 하는 느낌으로. 머리카락이 엄청난 기세로 흩날려서 그녀의 얼굴에 닿았습니다.

아, 지금 좀 울컥했죠?

"분명, 혼자서 싸우는 건 괴롭겠죠. 무섭겠죠. 그건 저도 압니다. 그래서——."

말하면서 저는 마법으로 삼각 모자를 꺼냈습니다. 제가 쓰는 것과 완벽하게 같은 모양입니다.

그것을 그녀의 머리에 씌웠습니다.

"그러니까, 이걸 줄게요. 혼자서도 괜찮도록, 제 분신을 당신 옆에 두게 해주세요."

사야 씨는 꾸욱 모자챙을 움켜쥐며 말했습니다.

"하지만, 이걸 받으면 일레이나 씨 게……."

"아, 괜찮아요. 그건 여분이니까."

저는 마법으로 모자를 하나 더 꺼내 보였습니다. 완벽하게 똑같은 그 모자를 저도 머리에 썼습니다.

"이걸로 한 쌍이에요. 당신은 이제부터 혼자가 될 거예요. 하지만 외톨이는 아니에요. 저와 당신의 여동생은 언제나 당신을 지켜보고 있으니까."

그러니 브로치를 돌려주세요—— 저는 타이르듯 말했습니다.

모자를 깊이깊이 눌러쓰고, 챙을 단단히 움켜쥐고, 어깨를 떨면서 그녀는 조용히 고개를 끄덕였습니다.

그 모습은 너무나도 덧없고 연약해 보였습니다.

저는 그녀의 가느다란 어깨를 끌어안아 주었습니다.

그날.

우리는 둘이서 마지막 밤을 보냈습니다. 엉엉 우는 그녀를 달래고, 마법시험 돌파 방법을 이것저것 전수하고, 그녀와 여동생의 고향에 관해 듣고, 저의 지금까지의 여행 이야기를 해주고, 그

외에도 여러 이야기를 하며.

아, 그러고 보니 사야 씨는 사실 꽤 강한 마법사인 모양입니다. 뭐, 알고 있었습니다만. 하지만 그럼 어째서 바람 마법을 다룰 때만 점점 서툴러졌던 걸까요? 그에 관해서는 아무리 물어도 얼굴을 새빨갛게 붉힐 뿐, 대답해주지 않았습니다. 뭐여 그게.

결국, 태양이 떠오르기 시작할 무렵에야 우리는 잠에 빠져들었습니다. 길고 긴 밤이었습니다.

하지만, 소중한 추억입니다.

○

마법사의 나라를 떠난 다음 몇 개월이 흘렀는지 계산해보았습니다.

약 6개월.

그녀와 만나고 브로치를 돌려받은 후로 반년이나 지나가 버렸습니다―― 정말이지, 시간의 흐름이라는 건 빠르네요. 정말로.

벌써 "어? 마법사의 나라? 그게 어딘데?"라는 말을 들을 정도로 멀리 떨어진 나라까지 오고 말았습니다.

그런 여행길에서 그녀를 떠올린 것은 우연히 들어간 서점에서 그녀의 이름을 발견했기 때문입니다.

『이번 회 마녀 견습생 승격 시험 합격자 일람』

정말이지 싸구려 같은 갱지 다발에 인쇄된 그것은 마녀 견습생 승격 시험 등을 집행하는 마녀 총괄 협회라는 수수께끼의 조직이

매월 발행하는 신문이었습니다. 전 세계에서 행해지는 승격 시험의 결과와 합격자의 코멘트 등이 한 면을 장식하고 있습니다.

거기에 그녀의 이름도 있었습니다.

"거기, 사서 보라고!"

안에서 나온 서점 주인에게 신문지를 빼앗겼습니다.

"……아아."

다음이 읽고 싶었는데.

"읽고 싶으면 사든가."

"얼마인가요?"

"동화 한 닢."

돈을 냈습니다.

그리고

신문지를 옆구리에 끼고 콧노래를 부르며 숙소로 돌아온 저는 창가로 의자를 끌고 가서 다음 내용을 읽었습니다.

이어서 쓰인 것은 그녀의 고뇌에 찬 날들과 장래의 희망이었습니다.

몇 년 전에 동생과 둘이서 마법사의 나라에 왔던 일. 여동생만 금방 마녀 견습생이 되어 고향으로 돌아가 버린 일. 어느 여행자와 만나, 그 사람에게 혼자 싸울 용기와 멋진 모자를 받은 일. 그 여행자가 떠난 후에도 몇 번인가 도전했지만, 전혀 소용없었던 일. 그래도 포기하지 않고 노력을 계속했고, 겨우 마녀 견습생이 되었다는 것. 이제 고향으로 돌아가 마녀가 되기 위한 수련을 쌓아갈 예정이라는 것.

무심코, 뺨이 풀어지고 말았습니다.

길고 길게 쓰인 그녀의 이야기는 이 한마디로 마무리되었습니다.

"고향에 돌아가서 한 사람 몫을 하게 된다면, 정말로 좋아하는 그 여행자를 만나러 갈 겁니다."

신문지를 책상 위에 올려두고, 저는 하늘을 올려다보았습니다. 한없이 청명하고 옅푸른 하늘이 저 멀리까지 이어져 있었습니다.

저 너머에, 그녀가 있을까요?

"여행을 하며 느긋하게 기다릴게요── 사야 씨."

봄이라고도 여름이라고도 할 수 없는 어중간한 계절의 일이었습니다.

보송하고 시원한 공기를 가르며, 저는 활엽수 숲속을 날고 있었습니다. 그 숲은 꽤 넓은지 아무리 시간이 흘러도 끝이 보이지 않았습니다.

좁디좁은 길 사이, 시야를 가로막는 나무들을 피하듯 빗자루를 좌우로 흔들 때마다 가지가 스치며 소란스러운 소리가 났습니다.

그곳에서는 하늘이 보이지 않았습니다. 아주 살짝, 녹색의 틈새 너머로 눈부신 무언가가 보이는 정도일 뿐. 그 정도로 숲에는 나무들이 무성하게 자라 있었습니다.

"……아이쿠."

위를 올려다보며 날고 있던 탓에 삼각 모자가 나뭇가지에 걸려 벗겨지고 말았습니다.

멈추고, 돌아가서, 회수하고, 저는 좁은 나무숲 사이를 다시 나아갔습니다.

이렇게 날기 힘든 숲이라면 차라리 숲 위로 날아갔으면 좋았을걸—— 하고 후회했습니다만, 이미 늦었습니다.

돌아가기에는 시간이 너무 걸리는 곳까지 와버리고 말았습니다. 여기에서 억지로 위를 향해 날아가려고 한다면, 이번에는 피해가 삼각 모자만으로는 끝나지 않을 것 같습니다.

뭐랄까, 여러 가지로 돌이킬 수 없는 상황에 빠진 듯한 기분입니다.

어째서냐? 누구를 향한 것인지 모를 불만을 마음속으로 중얼거리며 저는 계속 날았습니다.

길이 갑자기 넓어진 것은, 그 이후로 얼마나 지났을 무렵이었을까요?

"우와아……."

무심코 목소리가 나오고 말았습니다.

그곳에 있던 것은 꽃밭.

저는 꽃밭 위를 날고 있습니다.

한 면 가득 펼쳐진 것은 빨강, 파랑, 노랑 등의 꽃들. 그것들은 모두 태양을 향해 생생하게 뻗어 있습니다. 빗자루에 끌려 생긴 바람이 꽃들의 머리를 쓰다듬자 상쾌한 향기와 함께 꽃잎이 흩날렸습니다.

마음 깊은 곳을 씻어낼 것만 같은 좋은 향기가, 선명한 색깔의 꽃잎들과 함께 날아올랐습니다. 바람에 모자가 날아가 버리지 않도록 한 손으로 누르며, 저는 빗자루의 속도를 낮추었습니다.

정신이 들고 보니 저는 꽃밭에 완전히 마음을 빼앗긴 상태였습니다.

"……어라?"

꽃들 속—— 눈부신 색깔 속에 사람의 형체가 섞여 있는 것이 보였습니다.

이 꽃밭을 관리하는 사람일까요? 저는 빗자루를 그쪽으로 돌렸습니다.

"저기, 실례합니다."

빗자루 위에서 말을 걸자 그 사람은 앉은 채 뒤를 돌아보았습니다. 저와 또래로 보이는 귀여운 여자아이였습니다.

"어머, 안녕하세요."

"안녕하세요. 이 꽃밭을 관리하는 분이신가요?"

그녀는 고개를 저었습니다.

"아뇨. 이 꽃밭에 관리인은 없답니다. 저는 그저 단순히 꽃이 좋아서 여기 있을 뿐이에요."

"관리인이 없다고요……? 그럼 이 꽃들은 제멋대로 피어난 건가요?"

"네, 그래요."

호오, 하고 감탄했습니다.

꽃밭이란 인간의 관리에 의해서만 만들어지는 것이라고 알고 있었기 때문입니다. 뭐, 인간이 태어나기 전부터 꽃은 지상에 존재하고 있었으니, 사람 손이 없으면 살지 못한다는 것은 아니겠지만요.

그러나 이 정도로 훌륭한 경관이 인간의 손을 빌리지 않고 자연의 힘만으로 존재할 수 있단 말인가요?

엄청나다.

"당신은 마녀인가요?"

"네. 여행을 하고 있지요."

"대단해라── 아, 맞다. 그렇다면 부탁이 하나 있는데요."

"제가 할 수 있는 거라면."

그러자 그녀는 몇 송이의 꽃을 꺾더니 겉옷을 벗어 그것들을 감싸 저에게 내밀었습니다.

즉석 꽃다발입니다.

"혹시 괜찮다면, 앞으로 갈 나라에 이 꽃다발을 전해줬으면 해요."

"음? 누구에게 주면 될까요?"

저는 꽃다발을 받아 들며 고개를 갸웃거렸습니다.

"누구든 상관없어요. 다른 누군가에게 건네지고, 그걸 아름답다고 여겨주는 게 중요해요."

즉, 이 꽃밭을 알리고 싶다는 뜻이겠죠?

확실히 이 아름다운 광경을 누군가에게 보여주고 싶어지는 마음은 알 것도 같습니다.

"즉, 저에게 꽃밭 선전을 해달라는 거군요."

"싫은가요?"

"아뇨, 전혀."

오히려 기꺼이 받아들이겠습니다—— 라고 제가 대답하자 그녀는 진심으로 안도한 듯 "다행이다"라며 미소를 보여주었습니다.

그 후로 한동안 의미 없는 수다를 꽃피웠습니다. 제가 이때까지 방문했던 나라들의 이야기, 그녀가 제일 좋아하는 꽃에 관해. 분명, 그런 내용의 이야기를 나누었다고 기억합니다.

그렇게 둘이서 즐거운 시간을 보낸 후.

"그럼, 저는 길을 서둘러야 하니—— 꽃은 다음 나라에 도착하면 누군가에게 전하겠습니다."

"잘 부탁해요, 여행자님."

그녀는 미소 띤 얼굴로 손을 흔들어주었습니다.

"…………."

문득 저는 무언가가 마음에 걸렸습니다.

"당신은 여기에서 벗어날 수 없는 건가요?"

"네. 이 꽃밭에 있으면 괴로운 일 같은 건 아무것도 일어나지 않는걸요. 쭉 꽃과 놀다 보면 하루가 끝나요. 햇볕을 쬐는 것만으로 행복해질 수 있죠. 이건 정말 멋진 일 아닌가요?"

그녀는 딱 잘라 말했습니다.

변함없이 그 자리에 앉은 채.

○

"거기 계집, 멈춰라. 어이, 멈추라고 했잖아."

꽃밭을 출발해서 몇 시간 정도 빗자루로 날아가, 어느 한 나라에 도착한 저를 검은 옷을 입은 문지기 병사가 온건하지 않은 말투로 맞아주었습니다.

처음 보는 사람에게 갑자기 고압적인 태도를 취하다니, 게다가 계집이라고 부르기까지. 이런 일을 당하고 좋은 기분인 사람이 있을 리 없으니, 저도 당연히 그의 대응에 살짝 발끈하고 말았습니다.

하지만 태도에는 드러내지 않습니다. 저는 훌륭한 어른이니까.

"여행자인가?"

"네. 보면 알지 않나요?"

"그 꽃다발은 뭐지?"

"딱히 아무것도 아닌데요."

"…………."

"응? 대체 왜 그러죠?"

"잠깐 그걸 보여줘 봐."

그는 거칠게 이쪽으로 다가오더니 제 손에서 꽃다발을 빼앗아 갔습니다.

"아, 잠깐!"

이건 아무리 그래도 간과할 수 없습니다. 재빨리 빗자루에서 내린 저는 꽃다발을 잡아 다시 가져오려 했습니다.

하지만 그는 제 손을 쳐내더니 꽃을 빤히 바라보았습니다—— 구멍이 뚫릴 것 같을 정도로. 제 반응 따위는 안중에도 없는 것처럼.

덤으로 "이거…… 설마 그 녀석의——"라며 안색을 바꾸더니 무언가를 중얼거리기까지. 의미를 모르겠습니다.

"너, 이걸 어디서 손에 넣었지?"

"어디든 상관없잖아요? 돌려주세요."

"혹시 꽃밭에서 얻은 것 아닌가?"

"당신하고는 관계없습니다."

완전히 얕보고 계시는군요. 어떻게 해줄까요? 숯으로 만들어 버릴까요—— 저는 지팡이를 꺼냈습니다.

"어이, 무슨 일이냐?"

맨 처음에는 돌풍으로 날려버려야겠다며 지팡이를 들었을 때였습니다. 등 뒤에서 목소리가 울렸습니다. 그리고 이번에도 고압적인 태도.

뭐냐, 대체 뭐냐고. 이 나라에는 사람을 깔보는 놈들밖에 없는 거냐? 어엉? 하고 분노에 몸을 맡기며 저는 뒤를 돌아보았습니다.

"그건 여행자분 거잖아? 돌려드려."

거기에 있던 것은 초로의 남성 ──젊은 문지기 병사와 같은 검은 옷으로 몸을 감싸고 있습니다── 으로 제가 아니라 젊은 병사를 매섭게 노려보았습니다.

젊은 병사 쪽을 다시 돌아보니 그는 난처한 표정을 하고 꽃다발을 움켜쥐고 있었습니다.

"하지만 선배님, 이건…… 이건…….."

"보면 알아. 뒤는 내가 알아서 할 테니 그만 물러나."

"아닙니다. 이건──."

"물러나라고 했다. 못 들은 건가? 넌 좀 쉬고 있어."

"……큭." 혀를 차며 저를 원망스레 노려본 다음, 그는 그 자리를 떠나려 했습니다.

"아, 꽃다발 돌려줘요."

"…………"

젊은 병사는 귀찮다는 것을 온몸으로 표현하며 이쪽으로 돌아왔습니다.

"……자."

그리고 꾹 하고 억지로 떠넘기듯이 꽃다발을 돌려주었습니다.

"감사합니다."

대답은 없었습니다. 그리고 이번에야말로 그는 어디론가 가버렸습니다. 마지막까지 깔끔할 정도로 열 받게 하는 문지기 병사 놈 같으니.

다음에 만나면 그냥은 돌려보내지 않을 테다.

그가 보이지 않게 된 것을 확인한 다음, 선배라고 불린 초로의 문지기 병사가 면목 없다는 듯한 표정을 만들어 보였습니다.

"미안하군, 마녀님. 저 녀석은 얼마전 여동생이 행방불명이 되어서 말이지. 그 후로 쭉 저런 상태야. 용서해주게."

"마음에 두지 않았습니다."

거짓말이지만.

"그런데 그 꽃, 미안하지만 우리 쪽에서 처분하게 해주지 않겠나? 그건 이 나라에는 반입 금지인 물건이야."

"네? 반입 금지? 이 꽃이 말인가요?"

의미도 의도도 모르겠군요.

저는 무의식중에 꽃을 품에 안았습니다.

"그 꽃에는 독이 있어."

억지로 빼앗으려 하지 않고, 그는 담담하게 이야기했습니다.

"마녀인 당신에겐 무해하지만, 그 꽃에는 마법을 다루지 못하는 인간들의 마음을 미치게 하는 마력이 섞여 있다는 모양이야—— 나도 자세한 건 모르지만, 아무튼 그렇다고 하네."

"……독."

그는 고개를 끄덕였습니다.

"그 꽃에 사로잡힌 인간은 꽃의 자생지까지 이끌려가지. 그리고 꽃의 양분이 되어 일생을 마친다고 하네. 그래서 반입이 금지되어 있어."

"…………."

"왜 그러지?"

"……아뇨."

만약, 정말로 내 손안의 꽃에 독이 있다면.

어쩌면, 하고 저는 생각했습니다.

저에게 이 꽃다발을 준 그녀. 어째서 한 번도 일어서려 하지 않았던 것인가── 어째서 꽃밭에 앉은 채였는가, 쭉 이상하다고 생각했습니다.

하지만 그것은 일어서지 않은 것이 아니라, 일어서지 못한 것이 아니었을까?

그녀의 하반신은 이미 그녀의 것이 아니었던 것은 아닐까?

…………

"저기, 조금 전 문지기 병사의 여동생은."

"음, 며칠 전에 예의 그 꽃밭이 있는 숲까지 간 이후로 행방불명이네."

그는 시선을 떨구었습니다. 그 시선 끝에 있는 것은 꽃다발.

"저기, 아가씨. 이건 누구에게 받은 건가? 설마하니──."

"아뇨."

저는 그의 말을 끊었습니다.

"이건 제가 직접 꺾은 겁니다. 꽃을 감싼 옷은 제 여벌 옷 중 하나고요."

그러니까 젊은 문지기 병사님의 여동생을, 저는 모릅니다──하고 시치미를 떼며 잘라 말했습니다.

○

그렇게 입국을 한 후, 특별히 관광이라고 불릴 만한 것도 하지 않고 숙소로 향한 저는 1박으로 방을 빌리고 그대로 목욕을 한 다음, 정해진 흐름대로 침대에 누웠습니다.

얇아빠진 나무판이 나란히 죽 늘어선 천장을 바라보며 저는 생각했습니다.

꽃밭에 관해.

그곳에 앉아 있던 그녀에 관해.

──옛날에 읽은 『니케의 모험담』이라는 소설에도 기묘한 식물에 관한 내용이 쓰여 있었습니다.

분명히 그 이야기 속에 쓰여 있던 전말은, 갑작스런 변이로 원래 뱉어야 할 마력을 빨아들이게 된 식물이 자아를 손에 넣어 폭주하게 되었다──라는 것이었습니다.

애초에 마력이라는 것은 자연계의 어디에든 흔하게 있습니다. 특히 풀과 나무 등의 식물이 햇볕을 받아 마력을 내뱉습니다. 대체 왜 그런지는 모르겠습니다만.

그리고 본래 인간의 신체로는 빨아들일 수 없는 마력을 빨아들이고, 자유롭게 조종할 수 있는 자들—— 그것이 마법사입니다.

그러니 마력이 흘러넘치는 숲속에서는 힘을 최대한으로 사용할 수 있게 되기도 합니다. 제가 마녀가 되기 위해 선생님과 함께 수행했던 장소도 숲이었습니다.

우리 마법사들도 『니케의 모험담』 속에 나오던, 갑작스레 변이한 식물과 비슷한 존재라고도 할 수 있습니다. 인간이 다룰 수 없는 것을 다룰 수 있게 되었으니까.

……아니, 어쩌면 마법을 사용할 수 없는 쪽이 평범하지 않은 것일지도 모릅니다.

어느 쪽이 어느 쪽인지는 모릅니다. 머리를 굴린 결과가 이런 말이어서는 대충 포기하고 던져버린 것 같은 기분도 들지만, 애초에 생각해봐야 소용없는 일입니다. 그런 건 닭이 먼저인지 달걀이 먼저인지를 논하는 것과 마찬가지로, 전혀 소득이 없는 일이니까요.

"……후아암."

하품을 눌러 삼키며 눈을 부빕니다. 아직 졸리지 않습니다. 괜찮아요. 졸리지 않아, 졸리지 않아.

——이번에 본 꽃밭.

아마도 마력이 너무 많은 탓에 꽃밭이 이상한 방향으로 진화를 해버린 거겠지요. 소설 속에 나왔던 자아를 손에 넣은 식물처럼.

생각해보면 예의 그 꽃밭이 있는 숲은 아래에서 하늘을 올려다보아도 제대로 빛이 닿지 않을 정도로 나무가 무성하게 자란 곳이었습니다. 거기서 발생한 마력은 그 양이 꽤 많을 터입니다.

충만하고 충만하게 더해져 간 마력에 의해 꽃밭이 다른 무언가가 되어버렸다고 해도, 이상하지 않을지도 모릅니다.

그리고 꿀처럼 독을 뿜고, 인간을 유혹하게 된 꽃밭은──.

"…………."

그 꽃밭에 이끌려 간 사람은 어떻게 되는 걸까요?

개운치 않은 기분이 언제까지고 제 머릿속에 달라붙은 채 떨어지지 않았습니다.

○

"어라? 마녀 씨, 벌써 떠나는 건가?"

다음 날 이른 아침.

나라의 문을 지키고 있던 것은 어제 만났던 초로의 문지기 병사였습니다. 저를 기억하고 있는지, 그는 쾌활한 미소로 저를 맞아주었습니다.

저는 마찬가지로 웃음을 지어 보이며 말했습니다.

"네. 그리 크지 않은 나라여서 하루 만에 다 돌아봤어요."

"지루한 나라지?"

"아뇨. 무척 즐거웠습니다."

"하핫. 농담도."

간파당했군요.

"그런데, 어제의 그 젊은 병사는요?"

"응? 오늘은 쉬는 날이야. 어제 저녁부터 나라 밖으로 나가서
는, 아직까지 돌아오지 않았어. 뭐야? 만나고 싶었던 건가?"

"무슨 그런 농담을."

만나고 싶지 않아서 물어본 겁니다.

"뭐, 오늘 밤까지는 돌아오겠다고 했었으니까. 만나고 싶다면
기다리게."

"됐습니다."

"흠. 그럼 이제 가는 건가?"

"네. 길을 서두르는 건 아니지만, 아침에 이 나라를 떠나지 않
으면 해가 지기 전에 다음 나라에 도착할 수 없을지도 모르니까
요."

게다가 들르고 싶은 곳도 있고.

저로서는 이 나라보다도 그쪽이 신경 쓰입니다.

"그런가. 그럼, 조심하게."

"네, 감사합니다."

저는 그 나라를 나왔습니다.

그리고

저는 멀리 보이는 숲—— 어제 그 장소를 향해, 빗자루를 타고
날아갔습니다.

숲에서 밀려나오듯 나무들이 약간 듬성듬성 모여 있어, 한 면
에 펼쳐진 녹색에 배색을 더하고 있습니다.

광대한 대지에는 열기를 잃은 차가운 바람이 휘감기듯 거칠게

불어오고 있습니다. 하늘에 뜬 구름이 햇빛을 가로막고 있습니다.

어느샌가 잿빛 하늘이 납빛으로 물들기 시작했습니다.

금방 비가 쏟아질 것 같습니다.

○

숲속, 빽빽하게 서로 어깨를 기댄 나무들 사이를 빠져나가자 확 트인 공간이 저를 맞아주었습니다.

이곳은 꽃밭.

하늘의 상태와 더불어, 선명했던 어제와는 달리 탁하게 빛이 바래 보였습니다.

"…………."

색뿐만이 아니라, 그 분위기에도 아주 조금 위화감이 들었습니다.

제 나름대로 어제와 같은 길을 반대로 거슬러 왔다고 생각하지만, 아주 비슷한 다른 장소……일 리는 없겠지요. 하지만 사라지지 않는 위화감이 분명히 느껴졌습니다.

빗자루에서 내린 저는 위화감의 근원을 향해 걸어갔습니다. 파삭 하는 운치 없는 소리와 함께, 꽃잎이 발아래에서 죽어가는 것을 느꼈습니다.

기분 좋은 향기를 풍기던 꽃밭. 그 너머에는 사람의 모습.

위화감의 정체는 그것이었습니다. 그 사람의 모습이 바로 위화감의 원인이었습니다.

"…………."

저에게 꽃다발을 주었던 여자아이. 그녀와 마주 앉는 형태로, 한 남자가 있었습니다── 어제와는 옷이 다르지만, 분명히 눈에 익은 얼굴이 꽃밭에 주저앉아 여자아이에게 미소를 보내고 있습니다.

그것은 어제 만난 문지기 병사였습니다.

"안녕하세요."

"아, 어제의 여행자인가. 안녕하시오."

그는 무척이나 담백한 반응을 보여주었습니다.

"그건 여동생인가요?"

저의 물음에 그는 고개를 끄덕였습니다.

"그래. 겨우 발견했지. 설마 이런 데 있을 줄이야."

그리고 다정한 표정을 지은 채, 여자아이의 손을 잡았습니다.

기이하게도 보면 볼수록, 어째서인지 저는 그가 손을 잡고 있는 그녀를 인간으로 인식할 수 없었습니다.

피부에는 녹색 반점이 생겼고, 덩굴이 몸을 타고 올랐고, 공허한 눈동자는 깜빡이지도 않고 흐린 하늘을 올려다보고 있습니다. 입은 공동처럼 뻐끔히 벌리고 있어, 그 끝으로 침이 흘러내렸습니다.

무엇보다도 이상한 것은 하반신입니다. 그녀의 허리 아래는 무척이나 큰 붉은 꽃잎에 감싸여 있었습니다.

마치 거대한 꽃에서 인간이 자라난 듯. 꽃과 인간을 억지로 붙여놓은 듯. 이상한 모습이었습니다.

그는 넋을 잃은 눈으로 그런 그녀를 바라보고 있습니다.

"정말로 예뻐. 이런 데서, 이렇게 예쁜 모습으로 있다니."

"…………."

"응? 왜 그러지?"

저는 고개를 저었습니다.

"아뇨, 어제와는 꽤나 모습이 달라져서 놀라고 있는 겁니다."

"아아, 어제 말이지. 미안했어, 어제는 여동생의 행방을 알 수 없어서 당황했었거든."

살짝 시선을 아래로 내리자 덩굴이 얽힌 그의 다리가 보였습니다. 분명 그도 그녀와 마찬가지로 움직일 수 없는 것이겠지요.

움직일 수 없다기보다 움직일 의지를 잃었을지도 모릅니다.

"…………."

그는 저의 존재 따위는 신경도 쓰지 않았습니다. 제가 말을 걸지 않으면 바로 그녀 쪽을 향해 앉아 감정이 담기지 않은 눈동자로 그녀에게 계속해서 말을 걸었습니다.

"——정말이지, 이런 멋진 장소를 독차지하고 있었다니."

"——아, 맞다. 있지, 다음에 둘이서 우리 나라 사람들을 모두 여기 초대하자. 모두에게 보여주면 분명 기뻐할 거야."

"——그리고 예뻐진 너를 모두에게 자랑하고 싶어."

"——어때? 좋지?"

"——그래. 고맙다."

어쩌면 그에게는 제게는 들리지 않는 말이 들리는 것인지도 모릅니다. 제게는, 여동생이었던 무언가에게 일방적으로 말을 거는 것으로 보이지만.

어제는 저와도 이야기할 수 있었던 여동생은 이미 표정의 변화조차 없습니다. 무언가를 말로 표현하지도 않습니다.

감정도, 몸도, 모든 것을 꽃밭 어딘가에 버려버린 것이겠죠.

그녀는 사랑받는 것밖에 할 수 없게 되었습니다.

마치 꽃처럼.

○

저는 빗자루로 초원 위를 날아갔습니다.

다행이도 제가 빗자루에 올랐을 무렵에는 아직 비가 내리지 않았습니다. 비가 내리기 전에 다음 나라에 도착하고 싶은 마음이지만, 과연 어찌 될까요?

"……어머."

잿빛 하늘 아래. 제가 나아가는 방향에서 무언가가 꿈틀대는 것이 보였습니다.

다가갈수록 그 윤곽이 어렴풋이 떠올라 사람이라는 것을 알 수 있었습니다. 저는 속도를 늦추지 않고 그 사람 옆을 스쳐 지나갔습니다.

"…………."

그것이 남성인지 여성인지는 알 수 없었습니다. 나이조차 불명입니다. 그저 인간이라는 것만을 알 수 있었습니다.

그 사람은 어딘가를 향해 걷고 있었습니다. 그 사람이 향해 가는 곳에는 어쩌면 한 나라가 있을지도 모릅니다.

모든 것이 애매하게 섞여 있는 듯 흐릿해 보이는 중에, 유일하게 선명하게 보인 것이 있었습니다. 보이고 만 것이 있었습니다.

그 사람이 소중하게 양팔로 끌어안은 것.

꽃다발이었습니다.

이 앞, 지름길.

그런 안내판이 세워져 있기에 저는 순순히 안내판에 쓰인 그 말을 따랐습니다. 길이 너무 좁아서——라고 할까, 거의 길이라고는 부를 수 없는 단순한 짐승들이 다니는 길이라 빗자루는 쓸 수 없었습니다. 억지로 날 수는 있겠지만, 길이 이리저리 꺾여 있는지라 빗자루로 나는 것은 그만두었습니다.

어쩔 수 없었기에 포장은커녕 아무것도 되어 있지 않은 길 아닌 길을, 수풀을 헤치며 걸어갔습니다.

아침 이슬에 젖은 풀들은 제게 밟히기 직전에 톡톡 물방울을 튕겨냈습니다. 옷자락은 이미 젖어 물방울만큼의 무게를 더하고 있습니다.

분명 걸어가면 지름길이겠지만, 저는 빗자루를 사용하기 때문에 이래서는 오히려 멀리 돌아가는 셈입니다. 젠장.

그나저나.

다음 나라는 어떤 나라일까요?

이런 포장도 안 된 길을 걸어가야만 하는 곳이니 분명 교역이 활발하지 않은 나라이지 않을까? 하고 생각했습니다.

즉, 이 숲과 마찬가지로 미개척의 나라일지도. 아뇨, 어디까지나 제 추측입니다만.

……으—음, 어쩐지 가고 싶은 마음이 급격하게 사라졌습니다.

그냥 돌아갈까요? 농담입니다.

이런 식으로 머릿속으로 불만을 중얼거리며 걷기를 수십 분.

똑같은 경치가 계속되던 숲에 드디어 변화가 생겨났습니다.

"······어라."

나무가 쓰러져 있습니다. 수령 수백 년은 되어 보이는 커다란 나무가 풀썩 누운 상태로 있었습니다.

그것도 한 그루가 아니라, 무수히.

우와, 성가시네.

하지만 앞으로 나아가지 않을 수는 없습니다. 저는 쓰러진 나무 위를 건너갔습니다.

줄타기를 하듯 양팔을 펼치고 걷다 보니 검은 무언가가 숲의 그림자 속에서 꿈틀거리는 것이 눈에 띄었습니다.

응? 곰?

○

아쉽게도, 사람이었습니다.

그것도 근육이 불끈불끈한 거한이었습니다. 무서워라.

"이 근처의 나무는 전부 내가 이 손으로 쓰러뜨렸지. 어때? 대단하지?"

훗, 하며 자신의 근육을 과장해 보이는 듯한 포즈를 취했습니다. 근육만으로 나무를 쓰러뜨릴 수 있는 것인지 궁금하기는 했지만, 그건 제쳐두고.

"혹시 이 앞에 있는 나라에 사는 분이신가요?"

그는 다른 포즈를 취하며 대답했습니다.

"그래. 나는 이 나라 출신이야. 어떻게 알았지? 이 근육을 보고 안 건가?"

"네? 혹시 이 앞에 있는 나라의 사람들은 모두 당신처럼 근육질들인가요?"

그냥 돌아갈까?

"아니, 그렇지 않아. 반대로 저 나라에는 근육이 부족한 비쩍 마른 콩나물들밖에 없어."

"댁은 대체 무슨 소리를 하고 싶은 건가요?"

"그것보다 이 근육, 어때?"

그렇군요. 의사소통을 할 수 없는 분이었군요.

저는 그에게 맞춰주기로 했습니다.

"와, 엄청난 근육이네요. 만져봐도 되나요?"

"그럼 물론이지. 자."

근육남은 알통을 만든 팔을 쑥 내밀었습니다.

어떻게 만지면 될지 잘 알 수 없었기 때문에 검지로 꾹 찔러보았습니다.

"우와, 대단하다."

돌처럼 단단했습니다.

"…………."

"저기, 왜 얼굴이 빨개지신 건가요?"

"……미안. 여동생 이외의 여자아이가 만진 건 처음이라……."

그 논리대로라면, 여동생이 만지는 건 아무렇지 않은 건가요?

그런 건가요? 뭔가요 그 쓰레기 같은 논리는. 죽어버려.

어두운 감정을 떨쳐내고 저는 말했습니다.

"그런데, 당신은 이런 데서 뭘 하고 있는 건가요? 일인가요?"

그리고 그는 대답해주었습니다.

여동생이 얼마 전 정체모를 녀석들에게 납치당했다는 것. 당시 부재중이었던 탓에 여동생을 구해주지 못했다는 사실.

여동생을 데려간 놈들은 무척 힘이 센 남자들이었다는 말을 목격자에게 들었다는 것. 강해 보였다는 그 남자들을 때려눕히기 위해 이렇게 수행을 계속해왔고, 드디어 나무를 쓰러뜨릴 수 있게 되었다는 것.

……그런 김에 나무꾼 아르바이트를 해서 돈을 벌고 있다고.

"……역시 일이잖습니까?"

"무슨 말이지? 돈벌이는 겸사겸사야. 나는 더더욱 근육을 키우지 않으면 안 돼."

흥분하며 부정한 그의 언동에 저는 일말의 위화감을 느꼈습니다.

"응? 본래 목적은 여동생을 구출하는 거 아닌가요?"

"그건 언젠가는 해야 할 일이지. 여동생을 데려간 강한 남자들을 쓰러뜨리기에는 아직 근육이 부족하다고."

아니, 이미 인간을 초월하셨으니 부디 지금 그대로 여동생을 구출하러 가주십시오.

······라는 말을 하면 쓰러진 나무와 같은 운명을 맞이할 것 같은 기분이 들었기 때문에 저는 호들갑스럽게 고개를 끄덕였습니다.

그러자 그가 말했습니다.

"우선은 이 숲의 대장── 곰을 쓰러뜨리겠어. 그게 첫 목표지."

"곰인가요······."

"그래. 그 녀석은 무섭다고. 강에서 헤엄치는 물고기를 맨손으로 잡을 수 있을 정도니까. 나는 그런 섬세한 일은 못 해."

"아, 네······."

"그 다음은 숲 안쪽에 산다고 하는, 큰 도끼를 짊어진 수상한 사람과 결투야. 그 이상한 사람은 숲의 대장인 곰과 씨름을 해서 이겼다는 모양이야. 무서운 사람이지."

"아, 네······."

그 사람과의 씨름 대결에서 졌다는 게 사실이라면, 곰은 이미 숲의 대장이 아닌 거 아닐까요?

"그 다음은──."

그로부터 한 시간 정도 앞으로의 예정을 들어야만 했습니다만, 여동생이라는 단어는 한 번도 나오지 않았습니다. 과연 정말로 구하러 갈 마음이 있는 걸까요?

단련을 지나치게 한 탓에 뇌까지 근육에 오염됐는지, 그는 아무래도 본래 목적을 잃어버린 것 같습니다.

아니, 그렇다기보다는 우선순위가 한없이 낮아져버린 모양입니다.

그가 본래의 목적을 떠올리고 여동생을 구출하는 것은 과연 언제일까요?

뭐, 저와는 상관없는 이야기입니다.

"……아, 이건 심각하네."

아무런 특색도 없어 보이는 작은 나라. 제가 한탄한 것은 거리의 모습이 진부했기 때문이 아닙니다. 지갑 속 상황이 너무나도 비참해서입니다.

입국비로 은화 세 닢을 빼앗긴 제 지갑에는 동화 세 닢과 은화 한 닢만이 쓸쓸하게 서로 몸을 기대고 있었습니다.

게다가 슬프게도 은화는 꽤나 나이를 잡수셨는지, 대강 보면 동화와 구별이 가지 않을 정도. 쓸 수 있을지 모르겠습니다.

동화의 가치는 일반적으로 빵 하나를 살 수 있을 정도입니다.

은화는 싸구려 여관에서 하루 묵을 수 있고, 금화가 있으면 고급스런 장식품을 살 수 있습니다.

즉, 제가 지금 할 수 있는 일이라고 하면, 외풍이 술술 들어오는 싸구려 여관에서 빵을 베어 물고, 주린 배를 견디며 얇은 이불을 둘둘 말고 잠드는 정도입니다.

요약하자면, 곧 죽습니다.

"……어쩌지."

돈은 없을수록 쓰고 싶어지는 법입니다. 꼬르륵 비명을 지르는 배를 누르며 저는 걸었습니다.

큰길가의 노점에 늘어선 빵과 과일과 채소 등이 보석처럼 반짝반짝 빛났습니다. 굶주린 저를 유혹하듯.

아아, 먹고 싶다…….

69

먹고 싶다——.

"저기, 빵, 주세요."

정신을 차리고 보니, 저는 향긋한 밀가루 냄새를 풍기는 노점 앞에 서 있었습니다. 가격은 쓰여 있지 않습니다.

빵을 사이에 둔 저편에 앉아 있던 마음씨 좋아 보이는 아주머니는 저를 보며 미소 지었습니다.

"동화 세 닢이야."

이런 실수. 잘못 봤습니다.

가난뱅이에게서 돈을 긁어가는 망할 아줌마였습니다.

"네? 죄송합니다. 아무래도 저, 귀가 잘 안 들리나 봅니다. 다시 한 번 말씀해주시겠어요?"

"동화 세 닢이야."

"그렇군요. 빵 세 개에 동화 세 닢인가요."

"하나인 게 당연하잖아? 무슨 잠꼬대를 하는 거야?"

댁이야말로 무슨 잠꼬대 같은 소리를 하는 겁니까? 바보입니까? 어째서 밖에 장시간 방치되어 있던 바싹 마른 빵에 동화 세 닢이나 내야 하는 겁니까?

이런 불만을 한마디라도 쏘아붙이고 싶었지만, 애석하게도 제게는 소리를 지를 만한 기운도 없었습니다.

결국 저는 힘이 빠진 채, 아무런 말도 못 하고 그곳에서 물러났습니다.

공기와 군침을 삼키며, 저를 유혹하는 못된 노점들을 지나쳐 갑니다.

큰길을 곧장 걸어가자 광장이 나왔습니다.

커다란 분수가 하늘을 향해 뻗어 오릅니다. 특별한 것 하나 없는, 어디에나 있을 법한 광경입니다. 그리고 분수 옆에 있는 벤치에서 주변 시선은 신경도 쓰지 않고 꺄아꺄아 우후후 하며 시시덕거리는 남녀가 있는 것도 매우 평범한 광경입니다.

………….

어쩐지 울적해졌으므로 숯으로 만들어줄까 하는 기분이 들었던 것이 매우 당연한 감정이었을까는 제쳐두고, 저는 분수 쪽으로 걸어갔습니다.

그리고 떨어지는 물을 양손으로 받아 마셨습니다. 차가운 액체가 목을 따라 넘어가고, 제 몸에 촉촉함을 전해주었습니다.

"저기 좀 봐, 달링. 저 마녀 분수 물을 마시고 있어."

"정말이네. 정말이지 처량하군! 하하하하하!"

"…………."

저는 손에 마력을 담아 지팡이를 불러내고 아무 말 없이 휘둘렀습니다.

순간.

뽀각, 하는 평범한 소리와 함께 벤치가 두 동강 났습니다.

"꺄아! 벤치가 어떻게 된 거지?"

"우리가 너무 뜨거워서 질투했나 보군! 하하하하하!"

"…………."

뭐랄까, 너무나도 바보스러워서 화를 낼 기분도 사라졌습니다.
물을 마셔서 공복을 조금 달랜 저는 지팡이를 넣고 걸음을 옮겼습니다.

우선은 오늘 밤 묵을 곳을 찾아야만 합니다.

○

"숙박료? 은화 세 닢인데."

"3박에요? 죄송합니다만, 1박으로 부탁드리고 싶은데."

"아니 1박에 은화 세 닢이야."

"…………."

이것으로 여섯 곳째. 싸 보이는 숙소부터 우선적으로 찾아다니고 있다고 생각합니다만, 어째서일까요? 어느 숙소도 보통 시세의 세 배는 됩니다.

벽에 구멍이 뚫렸고 욕실도 없는 낡은 숙소이건만, 이 여관 주인은 1박에 은화 세 닢이라는 말을 지껄이는 것입니다. 웃기는 소리 하지 마.

저는 사정을 했습니다.

"어떻게 좀 안 될까요? 저, 은화 한 닢과 동화 세 닢뿐이라……."

지갑을 카운터 위에서 뒤집어 탈탈 털었습니다. 땡그랑, 덧없는 소리가 울렸습니다.

"동화 네 닢이잖아."

"아, 이거 은화예요."

"……정말이군. 꽤나 더러워졌네."

"어떻게 안 될까요?"

"무리야."

주인아줌마는 한숨을 내쉬었습니다.

"이해해줘, 아가씨. 이쪽도 장사라서."

"가난뱅이에게서 돈을 뜯어내는 게 장사인가요?"

"장사란 게 원래 그런 건데."

"우으으으으……."

부정하지 않습니다.

아무래도 이 숙소에 묵는 것은 무리인 모양입니다.

저는 동전을 하나씩 하나씩 주우며 가게 주인을 바라보았습니다.

"다른 걸 좀 묻고 싶은데요."

"뭐지?"

"이 나라, 물가가 좀 높은 거 아닌가요? 마을 경관도 딱히 눈에 띄는 곳은 전혀 없는 데다, 물가를 올릴 정도의 특산품도 없어 보이는데."

"아아……."

아가씨는 여행자라 모르는 건가—— 하고 가게 주인은 중얼거렸습니다.

역시 사정이 있는 모양입니다.

가게 주인은 주변을 살피는 기색을 보이며 목소리를 낮추었습니다.

"최근에 막 즉위한 국왕이 멍청한 남자라, 화폐를 대량으로 위조했거든."

"위조? 가짜 동전이 시장에 나돌고 있다는 말씀인가요?"

주인은 고개를 끄덕였습니다.

"맞아. 그리고 그 돈이 시장에 나도는 바람에 화폐 가치가 폭락했어. 여행자인 당신이 보기에 이 나라의 물가는 다소 높아 보이겠지만, 이 나라에 사는 사람들로서는 타당한 가격이야."

"타당하다니…… 하지만 위폐잖아요? 사용할 경우 처벌을 내리거나 하지 않는 건가요?"

"위조 화폐를 유통시킨 게 국왕이야. 처벌 같은 걸 받을 리 없잖아."

그렇군요.

이 국가의 실태가 보인 듯한 기분입니다. 국왕의 목적이 무엇인지는 모르지만, 가짜 동전을 유통시킴으로써 국가에 활력을 더하려 한 것이라면 꽤나 심각한 멍청이로군요.

하지만 국민은 가짜 통화가 쓰이는 상황에 저항하지 않는 걸까요——?

"특별히 우리가 쓰는 동화가 진짜든 가짜든 상관없지. 국왕이 돈을 늘리면 국민은 물가를 올리면 될 뿐이니, 그게 진짜든 가짜든 국민이 곤란할 일은 없어. 곤란한 건 당신 같은 여행자들뿐이겠지."

"……그러네요. 외부에서 온 사람들은 높은 물가에 마음이 꺾여버릴 거라고 생각합니다."

저처럼.

가게 주인은 슬쩍 제 등 뒤로 시선을 주었습니다.

살펴보니 다른 손님이 제 뒤쪽으로 줄을 서 있었고, 그 손에는 은화 세 닢이 쥐어져 있습니다—— 여기에서 1박을 할 예정인 거겠지요.

보통의 세 배 가격이라는 것은 분명 이 나라 사람들에게는 타당한 가격인 모양입니다.

"이제 그만 됐을까? 아가씨."

"네. 귀한 이야기를 들려주셔서 감사합니다."

저는 인사를 한 후 숙소를 나왔습니다.

○

숙박비를 벌기 위해서는 일할 수밖에 없습니다.

저는 빵을 사지 못했던 큰길로 돌아갔습니다. 그리고 길가에 털썩 주저앉았습니다. 길을 오가는 사람들을 바라보니, 뭐 무척이나 느긋한 표정으로 장을 보고 있습니다.

가짜 통화라는 걸 알면서도 참으로 뻔뻔하기 짝이 없습니다.

"…………."

저는 여행자인 몸이라, 자금은 조만간 바닥을 드러낼 겁니다. 한곳에 자리 잡고 일하지 않으니, 그건 필연이라고도 할 수 있습니다.

그런고로, 자금 융통에 어려움을 겪은 일은 지금까지 몇 번이고 있었습니다. 돈이 떨어지면 입국하는 일조차 쉽지 않습니다.

평소라면 장사꾼 흉내를 내거나 곤란한 사람을 돕거나 하며 푼

돈을 법니다만.

하지만, 하고 저는 생각합니다.

이 나라에서 유통되는 동전이 가짜든 진짜든 어찌 됐든 상관없지만, 이용하지 않을 수 없지 않겠습니까?

이번에는 저도 평소의 세 배 가격으로 장사를 해야겠군요——이런 생각을 해버린 저도 이 나라의 사람들과 다를 바 없는, 위폐를 사용해도 전혀 마음에 거리낌이 없는 인종인 걸까요?

"거기 당신."

길을 걷던 우울한 표정의 청년에게 말을 걸었습니다.

청년은 움찔 어깨를 떨더니 이쪽을 바라보았습니다.

"어, 나?"

저는 고개를 끄덕이며 그를 손짓해 불렀습니다.

"당신, 고민이 있군요."

"저기, 당신은?"

"어이쿠, 이런 실수. 인사가 늦었습니다. 저는 떠돌이 점술사입니다."

능청스럽게 말한 저는 삼각 모자를 밀어 올리며 우울한 표정을 한 청년을 응시했습니다.

그는 의심스런 표정을 그대로 유지한 채 말했습니다.

"고민이라니…… 나, 그렇게 고민이 있어 보이나?"

"네. 고민이 있어 보입니다."

"그런가…….."

"그렇습니다."

저는 고개를 크게 끄덕여 보였습니다.

지금까지의 경험상, 장사할 때 망설임을 보이면 그것은 실패로 직결됩니다. 망설임을 보인 순간── 틈이 보인 순간, 상대는 이쪽에게 의심을 품기 시작합니다.

즉, 당당하게 행동하는 게 제일입니다.

그러므로 저는 단언했습니다.

"자신이 무엇을 고민하고 있는지는, 자신도 잘 모르는 법입니다── 예를 들면 자기 외모에 자신이 없거나, 일이 잘 풀리지 않거나, 또는 아무리 시간이 지나도 운명의 상대와 만나지 못한다는 데 불안을 느끼거나──."

"…………!"

그의 표정이 한순간 변화한 것을 저는 놓치지 않았습니다.

과연, 애인이 생기지 않은 걸 고민하고 있는 건가요. 그런가요.

"당신은 연인이 생기지 않는 것에 불안을 느끼고 있다── 그렇지 않나요?"

"……뭐. 아마도."

시선을 피하는 그에게 저는 말했습니다.

"점을 봐드리죠── 언제, 당신의 눈앞에 운명의 사람이 나타날지를."

저는 지팡이를 꺼내 마력을 실어 보냈습니다.

퐁, 귀여운 소리를 내며 불꽃이 생겨났습니다.

"……앗."

그리고 생겨나자마자 바람이 불어 꺼지고 말았습니다.

아무래도 마력이 너무 약했나 봅니다.

가느다란 연기가 지팡이 끝에서 피어오릅니다. 사실은 불꽃 모양을 통해 점을 본다——라는 전개로 진행할 생각이었습니다만, 그건 이제 무리입니다.

저는 바람을 불어 연기를 완전히 없애고, 지팡이를 휘둘렀습니다.

"과연, 알았습니다."

"뭐? 지금 그걸로?"

"네. 지금 그건 연기 점이라고 해서, 연기 모양을 보고 운세를 보는 형식의 점입니다."

거짓말이지만.

"들어본 적 없는데."

"그야 그럴 테죠. 이 점은 저희 집안에 대대로 전해 내려오는 비술이니까. 다른 사람이 알 리가 없습니다."

들통이 나면 안 되기 때문에, 저는 그런 쓸데없는 이야기를 강제적으로 중단하고 다음으로 넘어갔습니다.

"그나저나, 당신의 운명의 상대 말입니다만."

"아, 응. 어때? 언제 만날 수 있겠어?"

"오늘이로군요."

"뭐? 오늘? 그 말은 즉, 네가——."

"오늘 밤, 운명의 사람이 당신 눈앞에 나타날 겁니다."

청년이 무언가 의미를 알 수 없는 말을 꺼내려 했던 듯한 기분이 듭니다만, 그런 농담은 무시하는 게 최고입니다.

그가 실언을 계속하기 전에 저는 서둘러 말을 이었습니다.

"이곳을 곧장 가다 보면 분수가 있는 광장이 나오죠? 그 옆에 부서진 벤치가 있을 겁니다."

저는 지갑에서 어떤 물건을 꺼내 그에게 건네며 말했습니다.

"벤치 옆에서 이걸 손에 감고 서 있으면, 운명의 사람이 반드시 당신 눈앞에 나타날 겁니다."

그는 제 손에서 그것을 받아 들며 고개를 갸우뚱했습니다.

"……이건? 단순한 끈으로 보이는데."

"그게 단순한 끈이라니, 말도 안 됩니다. 그건 제 마력이 담긴 마법의 끈입니다. 운명을 끌어당기는 힘이 있지요."

당연하게도 저는 끈에 마력을 담지 않았고, 애초에 마력을 담는다고 한들 운명을 끌어당기는 힘 같은 건 생기지 않습니다.

게다가 이 끈은 조금 전 노점 근처에서 주운 겁니다.

"이 끈이 있으면…… 운명의 사람과……."

"네. 만날 수 있고말고요. 자, 제대로 차려 입고 밤까지 기다리는 편이 좋습니다. 운명의 사람을 실망시키면 안 되니까요."

무언가를 잠시 고민하던 청년은 드디어 끈을 움켜쥐었습니다.

"알겠어. 나, 이 끈을 감고 벤치 앞에서 기다려볼게."

그는 시원시원한 미소와 함께 자리를 떠나려고 했습니다. 저는 허둥지둥 남자를 멈춰 세웠습니다.

"손님, 끈 값과 복채 다 해서 금화 한 닢입니다."

노골적으로 얼굴을 찡그린 청년에게 저는 마법의 말을 걸어주었습니다.

"안심하세요. 혹시라도 운명의 사람과 만나지 못한다면 전액 환불해드릴 테니."

우울한 표정의 청년이 떠나간 후 한 시간 정도가 지났을까요?
한 여성이 제 눈앞을 지나갔습니다.
무척이나 수수한 차림을 한, 수수한 생김새의 수수한 여성이었습니다. 나이는 저와 비슷해 보였습니다. 소재는 나쁘지 않지만, 옷장에서 대충 꺼내 입은 듯한 복장과 손질하지 않은 얼굴과 머리 모양이 그녀의 장점을 죽이고 있습니다.
마치 녹슬어 흐려진 은화처럼.
아무튼 다음 손님은 그녀로 결정했습니다.
"거기 당신…… 연인이 생기지 않아서 고민하고 있지 않나요?"
고개를 숙이고 걷던 그녀에게 그렇게 말을 걸었습니다.
그녀는 움찔 어깨를 떨더니 이쪽을 바라보았습니다.
"……저, 저요?"
"네, 당신이요."
"저기, 당신은?"
"어이쿠, 이런 실수. 인사가 늦었습니다. 저는 떠돌이 점술사입니다."
능청스럽게 말한 저는 삼각 모자를 밀어 올리며 그녀를 응시했습니다.
육식동물의 날카로운 시선 앞에 놓인 초식동물처럼 몸을 가늘게 떨며 그녀는 조심스런 느낌으로 저에게 물었습니다.

"어, 어떻게 아셨나요?"

"알고말고요. 저는 점술사니까요—— 당신의 고민부터 운명의 사람까지, 모두 알 수 있습니다."

"우, 운명의 사람까지? 저, 정말인가요?"

"네. 제 눈에는 확실히 보이고 있습니다."

당연하게도 새빨간 거짓말입니다.

"그럼, 제 운명은 사람은 언제 나타나나요?"

"오늘이군요."

"오, 오늘……?"

운명의 사람이라는 단어에 가슴 두근거리던 그녀도 너무나도 갑작스런 전개에 고개를 갸웃거렸습니다. 하지만 저는 당황하지 않습니다. 여기까지 전부, 제 계획대로 일이 진행되고 있기 때문입니다.

"이곳을 곧장 가다 보면 분수가 있는 광장이 나오죠? 그 옆에 부서진 벤치가 있을 겁니다."

그리고 지극히 평온한 말투를 유지하며 저는 말을 계속했습니다.

"오늘 밤, 손에 낡은 끈을 감은 남성이 그곳에 나타날 겁니다. 그 사람이 바로 당신의 운명의 상대입니다."

○

그리하여, 이런 느낌으로.

운이 좋아지기 위해서라며 근처에서 주운 돌멩이를 떠넘기거나, 운명의 사람과 만나게 하기 위한 획책을 하거나.

그런 멋진 장사를 며칠 동안 계속한 결과, 제 지갑에는 대량의 금화가 가득 담겼습니다. 이만큼 있으면 앞으로 수개월은 편하게 지낼 수 있을 것 같습니다.

그것 참, 위조 화폐를 만든 임금님에게 감사하지 않으면 안 되겠군요.

이 나라의 물가가 높은 덕분에, 체재하는 것만으로도 돈의 소비량은 꽤 커지지만 그 대신에 평소보다 비싼 금액으로 장사를 해도 모두 기꺼이 돈을 내줍니다.

이 나라에서는 돈의 가치가 원체 다른 나라보다도 낮으니까.

"——네, 그러니 제 마력이 담긴 이 『반액』 간판을 가게에 장식해두면 빵은 금세 날개 돋친 듯 팔리게 될 겁니다."

"정말인가? 바로 해보지."

"그렇습니까. 아, 간판 값과 상담료를 합해 금화 세 닢입니다."

"간판을 세 개 주는 건가?"

"하나인 게 당연하잖습니까? 무슨 잠꼬대를 하시는 겁니까?"

또 지갑의 금화가 늘었습니다.

소문을 듣고 찾아온 빵가게 아줌마에게 호객용 간판을 팔아넘긴 것을 끝으로, 오늘 일은 마무리합니다.

완전히 무거워진 지갑에서는 잘그락잘그락 행복의 소리가 울리고 있습니다.

그럼 낡은 숙소로 돌아갈까요. 저는 자리에서 일어나 가볍게

기지개를 켜고 짐을 정리했습니다.

"거기, 자네."

그건 정말로 갑작스런 일이었습니다.

누군가가 등 뒤에서 제 어깨를 잡은 것입니다── 저는 깜짝 놀라서 몸을 돌렸습니다.

그곳에 서 있던 이는 병사였습니다.

아니. 병사들, 이라고 해야 할까요.

약 열 명 정도, 같은 차림을 한 그들은 조금씩 움직여 저를 빙 둘러쌌습니다. 한 손에는 창을 쥐고 있고, 등에는 총을 메고 있습니다.

약간 엉뚱해 보이는 차림입니다.

"자네가 떠돌이 점술사인가?"

제 눈앞에 선 남자가 입을 열었습니다.

"아뇨, 사람 잘못 보셨습니다."

"거짓말 마. 우리는 자네와 손님의 모습을 숨어서 지켜보고 있었어."

"…………."

식은땀이 뺨을 타고 흘러내렸습니다.

큰일입니다. 큰일이다큰일이야큰일.

어쩌면 좋을까요. 사기 같은 짓을 당했다고 누군가가 고발한 것일까요── 아니, 하지만 저는 딱히 속이지는 않았습니다. 하지만, 아아, 어쩌지요……. 둘러싸고 있으니 도망칠 수도 없습니다. 마법을 써서 도망칠 수는 있겠지만, 한 나라를 적으로 돌리는 건 피하고 싶은지라……

"동행해주시지."

담담하게 눈앞의 남자가 말했습니다.

"국왕 폐하께서 자네를 만나고 싶어 하시네."

그 말에 제가 귀를 의심했다는 것은 말할 필요도 없습니다.

사방을 남자들에게 둘러싸인 채, 아무런 특징도 없는 길을 걸어 끌려간 곳은 역시 아무런 특징도 없는 왕궁이었습니다.

물가가 높다는 것뿐, 그것 말고는 특징이라고 할 만한 부분이 아무것도 없는 나라인 모양입니다.

왕궁에서 제일 넓은 방의 옥좌가 놓인 공간, 한 젊은 남자가 높다란 의자에 앉아 있었습니다.

계단을 사이에 둔 저 너머에 앉아 있는 젊은 왕은 저를 내려다보며 말했습니다.

"네가 떠돌이 점술사인가. 꽤 젊군."

"국왕 폐하도 꽤 젊으시군요. 더 나이 드신 분일 거라고 생각했습니다."

제 말에 병사들이 차가운 시선을 보내왔습니다. 아니, 절대 비아냥거린 게 아닙니다. 정말입니다.

국왕은 병사들을 흘낏 쳐다보더니 "자네들은 그만 됐으니 물러나도록"이라고 말하며 손을 내저었습니다.

병사들이 방을 나가고, 넓은 방에 단둘이 남게 되자 그는 다시 입을 열었습니다.

"자네의 점이 아주 잘 맞는다는 소문을 들었다만, 정말인가?"

"네, 뭐—— 맞게 한다고 말하는 편이 옳을지도 모르겠습니다만."

"그건 사람에 대해서만 유효한 건가?"

"네? 무슨 의미신지요?"

"물건이나 개념에 대해서도 유효한지를 물었다."

실로 침착한 말투로 그는 말했습니다—— 대체 무슨 생각인지 전혀 읽을 수 없습니다. 제 능력을 믿는 것인지, 의심하는 것인지, 혹은 제 거짓말을 꿰뚫어 보고 있는 것인지——.

저는 돌려 물어보기로 했습니다.

"어떤 것의 미래를 알고 싶으신 건가요?"

"이 나라의 미래다."

젊은 왕은 즉답했습니다.

"나라의 미래……인가요?"

기묘한 표정을 만들면서 고개를 끄덕이며 저는 그런 것쯤, 하고 생각했습니다.

이 나라의 미래를 예측하는 정도는 점을 볼 것도 없습니다. 너무나도 쉬운 일입니다.

아뇨, 애초에 저에게는 점을 보는 능력 같은 건 없습니다만.

"그 질문에 대답하기 전에, 저도 한 가지 묻고 싶은 것이 있습니다. 국왕 폐하."

"음? 무엇이냐."

저는 말했습니다.

"이 나라에 위조 화폐를 유통시킨 이유를 알려주십시오."

그러자 그는 미간을 모으고 한숨을 내쉬었습니다.

"그건 지어낸 엉터리 같은 얘기다."

"그럼, 진짜 동전인가요?"

지갑을 압박하고 있는 금화에 시선을 주며 물었습니다.

이게 전부 진짜라면, 저는 엄청난 부자입니다. 만세.

"……그래. 내가 유통시킨 건 틀림없는 진짜 화폐—— 아니, 내가 유통시킨 건, 아니지만."

"누군가의 지시였나요?"

젊은 왕은 긍정했습니다.

"전 국왕 때부터 국왕의 측근인 자가 있다. 나는 국왕으로 즉위한 지가 얼마 안 되어 경제 정책은 전부 그에게 일임하고 있지. 경제 활성화를 위해 새로 만든 화폐를 국내에 유통시킨다는 것도 그 측근의 제안이었다. 뭐, 잘 풀리지는 않았지만."

"…………."

잘 풀리지 않은 정도가 아닌 듯한 기분이 듭니다만…….

"갑자기 화폐가 늘어나다 보니, 국내에서는 돈이 위조되었다는 이야기도 나오고 있지만, 그건 완전히 뜬소문이다."

"……그 측근이 당신에게 거짓말을 할 가능성은 없는 겁니까?"

"그건 아니다. 측근이 눈치채지 못하도록 몰래 전문가를 왕궁으로 불러 조사를 해보았지만, 새로 만든 화폐는 분명 틀림없는 진짜 동전이었다."

그러니 내가 위조 화폐를 국내에 유통시켰다는 소문은, 허튼소리다── 젊은 왕은 그리 말하고 자리에서 일어났습니다.

그는 계단을 천천히 내려와 제게 다가왔습니다.

"그 측근은 정말로 잘 해주고 있다. 사실은 내가 아니라 그가 국왕이 되어야 한다고 생각할 정도야. ──세속제인 탓에 그것은 불가능하지만. 나라의 정책을 진행하는 데 있어 그는 언제나 내 곁에서 조언을 해주고 있다. 그가 없었다면, 나는 이미 국왕의 자리에서 실각되고 말았을 테지."

"…………."

눈앞에 선 그는 씁쓸한 표정을 짓고 있습니다.

"단, 이번만큼은 모르겠어── 그가 내게 시킨 일이 미래의 번영과 이어진다고는 생각되지 않아. 그를 의심하고 싶지 않지만, 현 상황을 보면 이 나라의 경제 상황은 너무나도 혹독해. 가짜 화폐가 나돌고 있다는 근거 없는 소문이 도는 데다, 물가가 높아서 여행자들의 발길도 끊어지고 있어. 외교도 잘 풀리지 않게 되었고."

그의 고뇌를 들은 제가 떠올린 것은 단 하나입니다.

이 젊은 왕은 안심하고 싶어 한다.

나라의 미래를 봄으로써, 그는 안심을 얻으려 하고 있다. 이 나라의 미래는 평온하다고. 신뢰하는 측근이 거짓말을 하고 있지 않다고.

이 얼마나 올곧은 사람인가요── 아니, 우직하다고 표현하는 쪽이 옳을지도 모릅니다.

"그러니 자네가 이 나라의 미래를 봐주었으면 하네. 가능하겠나?"

그는 그리 물었습니다.

제 대답은 이미 정해져 있습니다.

"가능합니다."

긍정하자, 젊은 왕은 눈을 빛냈습니다.

"그게 정말인가?!"

기세를 타고 제 손을 잡으려 하기에 저는 손을 빼고 한 걸음 물러나 말했습니다.

"네. 저는 거짓을 말하지 않습니다."

숨을 쉬듯 거짓말을 한다는 건 그야말로 이런 것을 두고 하는 말이군요.

"하지만 나라의 미래를 점치기 전에 조건이 있습니다."

"그게 뭔가?"

저는 검지를 세워 보였습니다.

"우선 첫째. 저를 하룻밤 여기 묵게 해주십시오. 나라에 관한 점을 보는 것은 큰 힘을 들이는 작업입니다. 우선은 나라의 중심이기도 한 왕궁에서 나라 전체를 파악할 필요가 있습니다."

"음. 허락한다. 바로 준비하마."

크게 고개를 끄덕이는 젊은 왕. 저는 중지를 검지 옆에 나란히 세웠습니다.

첫 번째 조건은 어디까지나 덤 같은 것입니다. 제가 지금부터 하려 하는 것을 원만하게 진행시키기 위한 사전 준비라고 말해도 그리 큰 차이는 없습니다.

중요한 것은 다음 조건입니다.

"그리고 둘째——."

○

저는 머릿속으로 작전을 되짚어 보며, 젊은 왕에게 허락받은 방에 놓인 푹신푹신한 침대에서 오랜만에 편히 잠들었습니다. 작전을 결행할 수 있는 시간이 되기를 기다리며.

창밖에 있던 태양이 완전히 기울고, 색을 덧칠한 듯 밖이 어두워졌을 무렵 저는 눈을 떴습니다.

슬슬 시간이 됐군요.

저는 지팡이를 꺼내 그 끝을 머리에 댔습니다.

"에잇."

퐁, 하는 맥 빠지는 소리와 함께 저는 작은 생쥐 한 마리가 되었습니다.

자신에게 마법을 걸어 일시적으로 모습을 바꾼 것입니다. 쓰고 나면 매우 지치기 때문에 그다지 쓰고 싶지 않습니다만, 어쩔 수 없습니다.

행동하기 쉬운 모습이 된 저는 젊은 왕이 보여주었던 왕궁 도면을 떠올리며 목적지로 달려갔습니다.

복도를 지나가면 마주친 사람에게 참살당할 가능성이 있기 때문에, 지붕 아래로 이동 중입니다. 화려한 성의 내부와는 비교할 수 없을 만큼 먼지투성이인 지붕 아래를 종종거리며 나아갑니다.

그리고 측근의 방 바로 위에 도착했습니다.

틈새로 아래를 살펴보니, 초로의 남자가 책상에 팔을 괴고 있는 모습이 보였습니다. 그 앞에는 병사가 한 명 서 있습니다. 낮에 저를 둘러쌌던 병사와 같은 차림새입니다.

두 사람이 담소를 나누는 중이 아니라는 사실은 분위기를 통해 알 수 있었습니다.

"그래서 어떻게 할 건데? 아버지."

젊은 남자가 말했습니다.

"어떻게, 라고 말한들 말이지."

초로의 남자는 머리를 긁적이며 대꾸했습니다.

"순조롭게 진행되고 있다는 건 틀림없어. 조만간 그 국왕은 실각될 거다."

"조만간이라는 게 언젠데? 전부터 쭉 그런 상태였잖아."

젊은 남자는 화가 난 듯 거친 목소리로 말했습니다.

그나저나, 어디선가 들은 적 있는 듯한 목소리입니다만── 하고 작은 머리로 생각해보니, 그에 해당하는 한 인물이 떠올랐습니다.

아마도 초로의 남자와 이야기를 하는 젊은 남자는 낮에 제 어깨를 잡았던 그 병사인 것 같습니다. 제 착각이 아니라면 말이죠.

"그 국왕, 떠돌이 점술사를 성에 불러들였다고. 분명 나라의 미래를 점치게 했겠지. 우리 계획이 국왕에게 알려졌을지도 모른다고."

초로의 남자는 웃었습니다.

"나를 완벽하게 믿는 그 꼬맹이가 그런 짓을 할 리가 없다. 아마도 내일 운세라도 점쳐 본 거겠지."

"…………."

"게다가 그 떠돌이 점술사란 것도 의심스럽다. 사실은 사람을 속여 돈을 벌고 있을 뿐인 잔챙이 악당일지도 몰라."

흠칫.

"……점술사는 아직 나이도 얼마 안 된 여자애라고."

"사람은 겉만 보고 모르는 거다."

그렇습니다. 그 말씀대로입니다. 나이도 얼마 안 된 여자애가 아닙니다. 마녀입니다. 마녀.

대꾸하기도 지쳤는지, 젊은 남자는 탄식하며 "아무튼 약속은 지켜달라고" 하고 말했습니다.

"그래, 지키고말고. 그러니 너도 제대로 일을 하거라. 내 계획에는 네 행동이 반드시 필요하니까."

"……알아."

그렇게 대답한 젊은 남자가 방을 나가려 했을 때였습니다.

천장이 삐걱대더니 순식간에 우직우직 절규하며 부서지고, 안에서 잿빛 머리카락을 가진 마녀가 지팡이를 들고 나타났습니다.

대체 그 사람의 정체는 무엇인가? 그렇습니다, 접니다.

"……하아, 하아, 후우……."

아아, 쓸데없는 짓이 되고 말았습니다.

도중에 마법이 풀려버렸습니다. 익숙하지 않은 짓은 하는 게 아니로군요.

틈새로 아래를 살피던 천장은 아무래도 제 몸을 숨기기에는 충분하지 않을 만큼 좁았던 모양입니다. 제 몸이 원래대로 돌아온 순간 부서졌습니다.

혹시 노후화된 탓에 부식되어 있었던 걸까요?

아무튼, 결코 제가 무거워서가 아닙니다. ……아마도.

"웨, 웬 놈이냐?!"

몸에 달라붙은 먼지를 털며 일어서 보니, 초로의 남자가 총을 들고 있었습니다. 아마도 책상 안에 숨겨두었던 것이겠지요.

용의주도합니다.

"안녕하세요. 처음 뵙겠습니다."

저는 지팡이를 흔들었습니다.

순간, 총구에서 꽃이 피어났습니다.

무척이나 훌륭한 꽃꽂이 장식이 완성되었군요.

"네놈은──! 에, 에잇."

제가 만든 꽃이 너무나도 아름다웠기 때문에 등 뒤에 한 사람이 더 있다는 것을 완전히 깜빡하고 말았습니다.

하지만 돌아보는 것도 귀찮습니다── 저는 지팡이로 바닥을 통 두드리고, 흩어진 나무 파편에 생명을 부여했습니다.

파편은 덩굴을 만들어냈습니다.

덩굴은 두 남자를 향해 날아갑니다.

그리고 그들을 붙잡았습니다.

"당신은 국왕의 측근이지요?"

손발을 덩굴에 붙들린 초로의 남자를 저는 빤히 바라보았습니다. 그는 당황과 증오를 담은 시선을 제게 보냈습니다.

"네놈은 누구냐."

"아버지, 이 녀석이 떠돌이 점술사야."

젊은 남자가 등 뒤에서 외쳤습니다.

저는 솔직하게 고개를 끄덕였습니다.

"그 말대로입니다. 저는 떠돌이 점술사입니다."

꼼짝도 할 수 없는 초로의 남자는 도롱이벌레처럼 몸을 떨었습니다.

"……내게 무슨 용건이 있는 거지?"

"어라? 스스로도 알고 계시지 않나요?"

"…………."

침묵.

저는 몸을 돌렸습니다. 낮에 저를 여기까지 연행해 왔던 그가 저를 노려보고 있습니다.

"뭘 할 셈이지? 넌."

저는 대답했습니다.

"이 나라의 평화로운 미래를 점칠 생각입니다."

○

그 다음, 소란을 듣고 달려온 성의 병사들에게 두 사람은 체포되었고 국왕 앞에서 사실을 몽땅 털어놓게 되었습니다.

아버지와 아들은 나라를 탈취하려는 계획을 세우고 있었던 모양입니다.

나라에 유통시킨 것은 역시 가짜 화폐였습니다. 젊은 왕에게 동전이 진짜라고 고한 전문가는 측근이 뇌물로 매수한 추잡한 가짜였습니다.

세습 제도를 왜곡하기 위해 그는 일부러 나라를 위기에 빠뜨린 것일 테지요. 곧 모든 책임을 젊은 왕에게 전가하고, 실각시킬 셈이었다고 자백했습니다. 아마도 그 측근이 왕이 된 다음에는 아들에게 뒤를 잇게 할 예정이었을 것입니다.

뭐, 실패로 끝났지만.

지금은 옥에 갇혀 있지만, 그들 두 사람이 앞으로 어찌 될지는 알 바 아닙니다. 제가 관여할 만한 문제가 아닌 겁니다.

그리고 두 사람을 힐문한 다음, 왕좌가 놓인 곳으로 불려간 저는 왕에게서 예의 그것을 건네받았습니다.

"감사드립니다."

내용물을 확인한 저는 고개를 끄덕였습니다. 그 속에는 오래된 금화가 잔뜩 들어 있습니다.

나라의 미래를 점치는 두 번째 조건으로, 벌어들인 금화를 전부 오래된 것으로 바꿔달라고 했던 것입니다. 가짜 금화를 완전히 제거하기 위해서.

"국내에 나도는 가짜 금화는 회수하겠네."

젊은 왕은 지쳐 보였습니다.

"네 지갑에 있던 금화도 거의 다 가짜였다는 모양이야."

"그랬겠죠."

나라의 미래를 점쳐주겠다는 약속은 유야무야되었습니다. 젊은 왕이 염려하던 문제가 사라졌으니, 미래를 알 필요도 사라진 것이겠지요. 저도 거짓말을 늘리지 않고 마무리되어 안심했습니다.

　저 역시 이 나라의 미래가 살짝 신경 쓰이기는 했습니다만, 여행자인 저는 곧 이곳을 떠나야만 합니다.

　이 나라가 앞으로 어떠한 길을 따라 나아갈지, 그것은 이 나라의 미래라도 점쳐 보지 않는 한, 아무도 알 수 없습니다. 당연히 저도.

　"그나저나 안타까운 일이야. 설마 그가 내게 쭉 거짓말을 해왔다니."

　탄식하는 젊은 왕에게 저는 대답했습니다.

　"거짓말쟁이란, 언제나 태연한 얼굴을 하고 있는 법이니까요."

제 5 장

완만한 초원 지대를 빗자루로 나아가고 있으려니, 바람이 풀꽃들을 쓰다듬는 소리가 제 귀에 들려왔습니다. 적당히 따뜻한 햇볕과 시원한 바람이 적절하게 어우러진 날입니다. 이곳을 쭉 날아다니고 싶을 정도로.

빗자루를 움직여 뱀처럼 좌우로 구불구불 날자 횡횡 바람을 가르는 소리가 들려와서 살짝 즐거워졌습니다.

하지만 즐거운 시간이라는 것은 언제나 순식간에 끝나 버리는 법입니다. 이번에도 예외 없이, 바람이 잡음을 주워 올리며 강제 종료.

"어엉? 뭐라고? 다시 한 번 지껄여보시지, 망할 형님."

"어엉? 그러니까 이 몸이 더 위라고 말했다, 망할 동생."

모처럼 산뜻했던 분위기가 박살 나고 말았습니다.

목소리가 들려온 쪽을 확인하기 위해 고개를 돌리자 초원 한가운데에 무언가로 말다툼을 하고 있는 두 남자의 모습이 보였습니다.

두 사람은 색만 다른 옷을 입었고, 조금 전 대화를 통해 유추해 보면 형제일 것입니다.

"아아니, 나 님이 더 위야. 절대 위라고."

"아아니, 이 몸 쪽이 위인 게 당연하잖아. 왜냐하면 형보다 뛰어난 동생 같은 건 없으니까."

"하핫! 그건 고리타분한 생각이야. 골동품적 사고방식이라고.

어느 시대든, 형의 실패를 보고 동생은 성장하거든. 실패를 미리 피할 수 있는 동생 쪽이 최강이지."

"하핫! 무슨 바보 같은 소리를. 그건 형이 못난 인간이었을 때 얘기잖아? 하지만 이 몸은 이미 완성된 완벽한 인간이란 말이다. 실패 따위 하지 않고, 만약 했다고 해도 그건 너는 할 수 없는 고도의 실패다."

의미를 알 수 없는 비난을 서로 해대는 두 사람은 "어엉?"이나 "해볼 테냐" 하고 으르렁거리며 서로 노려보고 있습니다.

그런데 골동품적 사고방식이란 뭔가요? 고도의 실패란 건 또 뭔가요?

제가 고개를 갸웃거리고 있을 때, 스스로를 이 몸이라고 칭한 쪽의 남자(아마도 형)와 시선이 마주치고 말았습니다.

그러자 그는 커다란 목소리로 말했습니다.

"그럼 이 몸과 너, 어느 쪽이 뛰어난지 저 여자아이에게 봐달라고 하는 게 어떠냐?!"

스스로를 나 님이라고 하던 남자(아마도 동생)가 고개를 끄덕였습니다.

"바라던 바야. 뭐, 이기는 건 나 님이겠지만."

정말이지 안 좋은 예감이 들었습니다.

"그래서, 두 사람은 무슨 일로 말다툼을 하고 있던 건가요?"

초원에 앉은 저는 두 사람을 올려다보며 물었습니다.

두 사람은 똑같은 생김새와 머리 모양을 하고 있었습니다. 단

하나 다른 것은 옷 색깔 정도로, 빨강이 형이고 파랑이 동생입니다.

그리고 빨강과 파랑 형제는 둘이 동시에 대답했습니다. "마술이다!"라고.

"하아, 마술이요?"

"마술이다!"

"알았으니까 두 번이나 말하지 않아도 됩니다."

"마수――." "어이, 방금 한 말 못 들었냐? 이래서 어린애는……." "어엉? 나 님보다 3년 먼저 태어났을 뿐이면서 우쭐대지 말라고, 망할 형님 놈아." "그 3년의 차이를 모르니 어린애란 거다, 이 꼬맹아." "그 3년이나 되는 차이가 있으면서도 나 님과 비슷한 정도의 마술밖에 못하는 거냐? 엉?"

"잠깐, 두 사람 다 입 다물어 주시겠어요?"

"옙." "넵."

입 다물게 했습니다. 입 다물었습니다. 응, 조용해졌군요.

하지만, 마술인가요…… 저, 마녀라서 마술에 관해서는 잘 모르는데요.

곤란하군요. 으으음…….

두 사람이 동시에 떠들기 시작하면 귀찮으니, 한 사람씩 발언하게 하죠. 저는 동생 쪽을 보며 말했습니다.

"어떤 마술인가요?"

"나 님들의 나라는 마법사가 한 명도 없거든. 작은 나라인 탓도 있지만, 종교상의 이유인가 뭔가로, 아무튼 마법을 배제해온 역사를 갖고 있어."

"흐음 흐음."

아무래도 무거운 이야기가 시작될 듯한 예감이 들었습니다.

동생에 이어 형이 말을 계속했습니다.

"하지만 금지된 것에 매력을 느끼고 마는 게 본능이라서 말이지, 이 몸들처럼 젊은 사람들 중에는 마법사를 동경하는 녀석이 많았던 거야."

"그래서 나 님들은 생각했지. 『어라? 마법사인 척을 하면 한몫 잡을 수 있는 거 아냐?』라고."

"그래서 이 몸들은 길바닥에서 『마법사에 가장 가까운 마술사』로서 활약을 했지."

아, 전혀 무거운 이야기가 아니었군요.

저는 의기양양한 태도로 사이좋게 이야기하는 두 사람 사이에 끼어들었습니다.

"그거, 혼나지 않았나요?"

대답해준 것은 파랑 옷을 입은 쪽—— 즉, 동생이었습니다.

"혼나고, 체포됐지. 하지만 나 님들은 마법을 썼던 게 아냐. 마술이라고. 그러니 몇 번을 잡혀도 바로 풀려났다고."

"그것 참……."

필시 영웅 취급을 받았겠지요.

그리고 젊은이들에게 "우리나라의 정부는 틀렸어! 무능하다!" 같은 말을 들었을 겁니다…….

"하지만 두 사람 때문에 마술이 금지되거나 하지는 않았나요?"

단순한 의문이었습니다.

"맞아, 됐지." "그래서 추방당했어. 무일푼으로."

"네? 추방당한 건가요?"

두 사람은 고개를 끄덕였습니다. 정말이지 똑같은 동작이었습니다.

"이 몸들이 추방당한 것은 약 한 달 전 일이야." "그래서 푼돈이라도 벌어보려고 둘이서 떠돌이 예인을 하고 있지."

"호오라."

"그런데 떠돌이 예인을 하는 데 문제가 발생했어." "나 님들의 팀 이름이 없단 말이지."

"팀 이름, 이라고요?"

"우리 형제의 이름을 팀명으로 하자는 이야기가 됐는데 말이지, 어느 쪽을 앞에 둘까 하는 문제로 다투기 시작하게 됐어." "그래서 마술 승부에서 이긴 쪽을 앞에 두기로 정한 거야."

과연, 그런 사정이었습니까.

"참고로 승패는?"

형 쪽이 대답해주었습니다.

"지금은 0승 0패 15무승부야."

"승패, 전혀 정해지지 않았는데요……."

"그래서 당신이 나 님들의 승부에 제대로 된 승패를 내줬으면 해." "오늘로 무승부는 끝이라고."

두 사람은 서로를 노려보더니, "해볼 테냐?"라든가 "어엉?"이라며 으르렁댔습니다.

어라? 혹시 저, 책임이 막중?

○

두 사람의 마술은 그야말로 훌륭한 연기였습니다.

아무것도 없는 데서 새를 꺼내거나, 동전을 순간 이동 시키거나, 제가 뽑은 카드를 맞추거나, 기타 등등. 놀라움과 감동의 연속이었습니다.

마술이란 대단하구나.

하지만 곤란하게도 두 사람 모두 정말로 훌륭해서 우열 같은 건 전혀 따질 수 없었습니다. 확실히 이래서는 승패가 정해지지 않는 것도 납득이 갑니다.

"어때? 나 님 쪽이 대단했지?"라며 동생이 으스댔습니다.

"아니, 이 몸 쪽 마술이 훌륭했지. 틀림없어"라며 형도 마찬가지로 으스댔습니다.

저는 서로를 노려보는 두 사람을 번갈아 바라보며 말했습니다.

"무승부네요."

라고.

양쪽 모두 훌륭한 기량을 가지고 있었기에, 저로서는 도무지 우열을 가릴 수 없었습니다──라는 것은 핑계.

속마음을 말하자면, 솔직히 귀찮아졌을 뿐입니다.

결론은 어딘가의 누군가에게 그대로 떠넘기겠습니다.

제가 한 대답에 화를 내는 것은 아닐까 하고 마음의 준비를 했습니다만, 그러나 역시 열다섯 번이나 무승부였던 만큼 두 사람은 의외로 냉정했습니다.

"……그런가. 그럼 어쩔 수 없지. 팀명 결정은 다음으로 미뤄야겠군." "뭐, 어차피 나 님 이름이 앞에 오게 되겠지만." "뭐라고?" "뭐가?"

"두 사람 다 그만하세요."

"옙." "넵."

두 사람을 입 다물게 하고 저는 한 걸음 물러섰습니다.

"그럼, 저는 이만."

저는 여행을 하는 몸이기 때문에, 다음 나라로 서둘러 가지 않으면 안 됩니다──라고 사람 좋은 미소를 만들어 보이며, 저는 그 자리를 떠나려 했습니다.

했습니다, 만.

"아, 어이. 잠깐 기다려." "돈을 내야지."

두 사람에게 제지를 당했습니다.

네? 돈?

"방금 본 마술, 돈을 받는 건가요?"

제가 돌아보자 두 사람은 동시에 어깨를 으쓱였습니다.

"그야 받지." "이 몸들의 멋진 마술을 무료로 본다는 형편 좋은 이야기가 있을 리 없잖아? 그렇지?" "그렇지."

조금 전까지 으르렁대던 두 사람은 대체 어디에? 호흡이 딱 떨어지는 두 사람의 모습이 바로 여기에 있었습니다.

아무래도 불온한 공기가 느껴지는군요.

"아니, 돈을 내야 한다고는 한 마디도……."

"공짜라고 말한 기억도 없는데."

동생은 코를 울리며 말했습니다.

"잠시만 기다려주세요. 상황을 확인하도록 하죠. 두 사람은 저에게 마술 승부를 봐주길 원했다── 그리고 저는 그 승부의 심판이 되었다. 이게 맞지요?"

"그래, 맞아."

고개를 끄덕이는 형. 저는 말을 계속했습니다.

"그렇죠. 그렇지요. 그 말은 즉, 이건 두 사람의 승부이며 장사를 위한 마술이 아니라는 거 아닌가요? 돈을 낼 필요성, 있는 겁니까?"

"바보 같은 소리를 하면 안 되지. 이 몸들의 마술은 늘 두 사람의 승부야. 그렇지?" "그렇지."

……이 둘은.

당했군요. 처음부터 저를 속일 생각이었던 겁니다.

언쟁을 벌여 여행자를 끌어들이고, 마술을 억지로 보게 한 다음 돈을 받는다…… 분명 이런 수법을 지금까지 열다섯 번 반복해왔던 것이겠지요.

이 얼마나 야비한 놈들인지.

"……참고로 금액은 어떻게 되나요?"

만약을 위한 확인입니다. 그들의 말에 납득한 것이 아닙니다.

"은화 네 닢이야." "둘이 합쳐서 은화 여덟 닢이지."

"엑. 비싸!"

은화 한 닢은 숙소에 하루 묵을 수 있는 금액이니, 두 사람은 즉 8일 동안 숙소에 묵을 수 있는 돈을 버리라고 제게 말한 셈입니다.

이게 무슨 소리랍니까.

"일류 떠돌이 예인의 마술을 본 거라고. 오히려 싼 편 아냐?"

형이 말했습니다.

확실히 뭐, 마술 실력은 대단했지만.

"…………."

정말이지 원하는 바는 아니었지만, 그러나 그들이 말하는 내용은 안타깝게도 틀리지 않았습니다.

확인하지 않았던 제가 나빴다고 말한다면, 그걸로 끝입니다.

………….

내고 싶지 않은데. 이런 쓸데없는 데 돈을 내야 하다니——.

등등.

제가 축 처져서 생각을 하고 있을 때였습니다.

"잠깐 기다려."

들어본 적 있는 듯도 하고 없는 듯도 한 목소리가 들려왔습니다.

뒤돌아보니 언젠가 보았던 근육남이 구세주처럼 서 있었습니다.

오오, 이 무슨.

"아, 안녕하세요."

꾸벅 인사하자 그는 수줍어했습니다.

"오랜만이군, 마녀 아가씨."

"오랜만이에요. 근육질 씨."

며칠 전에 만났던 훌륭한 근육질의 남자였습니다. 근육질 씨.

한 번 만났을 뿐이라 이름도 듣지 못했기 때문에 반사적으로 근육질 씨라고 부르고 말았습니다만, 아무래도 그는 근육이라는 말에 가슴이 설렌 듯 "후훗, 그래. 내가 바로 근육질이다"라며 가슴을 펴고 있습니다.

우와아, 바보 같아.

갑자기 나타난 수수께끼 같은 녀석에게 겁을 먹은 두 사기꾼은, 척 보기에도 동요하고 있었습니다.

"어, 어이…… 뭐냐, 이 남자는." "뭐지? 설마 남자 친구냐?"

"아닙니다."

단언해드렸습니다.

뇌까지 근육으로 오염된 분은 좀.

그는 제 태도 따위는 개의치 않은 채――라고 할까, 아마도 귀에 들어오지 않았겠지요――두 사람에게 충분하고도 남을 성량으로 말했습니다.

"그런데 네 놈들! 사람을 속이고 돈을 벌다니, 하늘이 용서해도 내가 용서치 않겠다. 각오해라."

여러 의미에서 찔리는 이야기였으므로 저는 고개를 돌렸습니다.

"……어째서 시선을 피하는 거지?"

제 행동, 들켜버렸습니다.

"아뇨, 아닙니다."

저는 그렇게 대꾸하고 말을 이었습니다.

"그나저나 근육질 씨는 어째서 이런 곳에?"

"아, 실은 이 앞에 있는 나라에 있다고 하는 전설의 용을 쓰러 뜨리러 가는 도중이었지. 그래서 바람과 경쟁하며 달리고 있었는데, 네 모습이 눈에 띄어서 말이지——."

"여동생분은?"

"여동생?"

그는 잠시 침묵했습니다.

"아, 여동생…… 여동생 말이지, 응. 전설의 용을 쓰러뜨린 다음에 찾아보려고 생각하고 있었어. 하하하하!"

억지로 만들어낸 거짓부렁 같은, 높은 웃음소리를 냈습니다.

명백하게 잊어버렸었군요.

역시 이 사람의 머리에는 이미 근육만 가득 차 있는 것 같습니다.

"……그보다, 딱히 이 남자는 나 님들과 이 여자의 대화랑 관계 없지 않아?"

"그래, 틀림없어. 과, 관계없는 사람은 썩 꺼져주실까."

두 사람은 지나치게 노골적일 정도로 겁을 집어먹고 있었습니다. 그건 뭐, 이 정도로 근육이 울퉁불퉁한 분이 갑자기 나타나면 신변의 위협을 느끼는 것도 이해가 됩니다만.

"닥쳐!"

근육질 씨는 단호하게 외쳤습니다.

히익, 두 사람이 자그맣게 비명을 지른 것이 웃겨서 저도 모르게 그만 뿜을 뻔했습니다.

"이런 가련한 여자아이에게서 돈을 빼앗으려 하다니, 사람이 해도 될 짓이 아니다! 지금부터 너희들의 근성을 바로 잡아주마! 따라와!"

덥석. 근육질 씨는 두 사람의 목덜미를 잡더니 뛰기 시작했습니다.

"어, 잠깐…… 저기, 싫어! 그만둬어!" "근육만은! 근육만은!"

"너희들에게도 근육의 세계가 얼마나 훌륭한지 가르쳐주마! 우하하하하하!"

"싫어! 놔! 놔줘어!" "우아아아아! 잘못했어요! 다시는 사람을 속이지 않을게요!"

"후하하하하하하하하! 하하하하하하하하하!"

………….

그 자리에 내버려지고 만 저는, 두 사람이 울며불며 애원하는 모습을 향해 언제까지고 손을 흔들어주었습니다.

세 사람의 모습이 좁쌀처럼 작아졌어도, 두 사람의 단말마는 언제까지고 언제까지고 드넓은 초원에 울려 퍼졌다고 합니다.

부디 오래오래 행복하기를.

그들 두 사람과 근육남은 이후로 어찌 될 것인가.

그것은 역시, 저에게는 아무래도 상관없는 이야기입니다.

완만한 평원 지대. 옅은 녹색을 칠한 듯한 초원을 바람이 내달리고 있습니다. 풀잎은 햇볕을 받아 빛났고, 바람에 흔들리는 그 모습은 마치 수면 같았습니다.

고개를 올려 보면, 손에 잡힐 것만 같은 작은 구름이 천천히 하늘을 흘러가고 있습니다.

그런 넋을 잃어버릴 정도의 풍경을 배경으로, 한 마녀가 빗자루를 타고 날고 있었습니다. 나이는 10대 후반. 검은 삼각 모자와 검은 로브를 몸에 걸쳤고, 가슴에는 별을 본뜬 브로치를 하고 있습니다. 그 사람이 대체 누구인지는 말할 것도 없겠지요── 그렇습니다, 바로 저입니다.

마음을 씻어내 주는 듯한 경치 좋은 풍경을 만끽하며 한동안 나아가자, 초원 한가운데에 서 있는 사람의 모습이 보였습니다. 그 사람은 제 존재를 깨닫고 손을 흔들었습니다.

적의는 없는 듯합니다. 저도 마주 손을 흔들어주었습니다. 열심히, 우아하게.

"어이! 어어이!"

뿅뿅 뛰어오르며 손을 흔들어 한결같이 자신의 존재를 주장하는 사람의 형체. ……이리 와, 라는 의미인 걸까요?

빗자루의 진행 방향을 조금 틀어서 저는 그쪽으로 향했습니다.

"우와아! 왔다!"

그곳에 있던 것은 한 명의 소년이었습니다. 한 손으로 병을 끌어안고 있습니다.

"안녕하세요."

저는 빗자루에서 내려 꾸벅 고개 숙여 인사했습니다.

"안녕. 누나, 마녀였구나. 대단하다."

가슴께의 브로치를 본 소년은 미소를 지어 보였습니다.

"여기서 뭘 하는 거죠?"

"행복 찾기를 하고 있어."

"응? 그게 뭔가요?"

"행복 찾기는 행복 찾기야."

소년은 그렇게 대답하고 말을 이었습니다.

"그런데 누나, 지금 한가해?"

데이트 신청인가요? 아니 아니, 그럴 리 없겠지요.

"한가하다고 하면 한가하고, 바쁘다고 하면 바쁩니다만."

"그럼 한가한 거네!"

…………

"그나저나 이 근처에 사람이 사는 마을이나 도시는 없나요?"

묵어 갈 곳이 없으면 초원에서 노숙을 하게 되어버립니다.

그건 그다지 내키지 않는 선택이라 하겠습니다.

"마을이라면 저기 있어."

그가 손가락으로 가리킨 방향에는 분명히 작은 마을…… 같은
것이 홀로 존재하고 있었습니다.

"호오라."

"참고로 내 마을이야."

"당신이 촌장인가요? 안녕하십니까, 처음 뵙겠습니다. 저는 일레이나라고 합니다. 여행자입니다."

"아, 처음 뵙겠습니다. 에밀입니다──가 아니라, 그런 게 아니라! 내가 사는 마을이라는 의미라고."

에밀 군은 뺨을 부풀려 보였습니다.

"압니다. 사소한 농담이었습니다."

저는 웃는 얼굴을 만들었습니다.

토라진 에밀 군은 양손으로 병을 끌어안고 입을 꾹 다물어버렸습니다.

그가 애지중지하는 병으로 시선을 주자, 안에서 무언가가 꿈틀대는 것이 보였습니다. 집중하여 잘 살펴보니, 그것은 하얀 안개였습니다. 하얀 안개가 살아 있는 것처럼 병 안을 떠다니고 있습니다.

"그건 뭔가요?"

저는 병을 가리키며 물었습니다.

어쩌면 물어보길 바랐던 것인지도 모르겠습니다. 에밀 군은 의기양양하게 흥 하고 코를 울리더니, 대답해주었습니다.

"이건 행복을 모으는 병이야! 사람과 동물이 행복을 느낀 순간을 마력으로 바꿔서, 병에 긁어 모으는 거지."

"호오……."

마력에는 사물을 움직이거나, 형태를 바꾸어 불꽃과 얼음…… 이하 등등으로 변모하거나, 눈앞에 있는 것을 복제하는 등의 효능이 있습니다. 그것들을 응용하여 빗자루로 하늘을 날거나, 바람을 조종하거나, 쥐로 변신하거나 하는 것이 바로 마법입니다.

행복을 느낀 순간을 모은다는 말은 감정을 마력으로 바꾸고 있다는 뜻인 걸까요?

좀 재미있을 것 같습니다.

"열어봐도 되나요?"

"아, 안 되는 게 당연하잖아!"

손을 뻗자, 에밀 군은 병을 안은 양팔에 더욱 힘을 주며 뒤로 물러났습니다.

적의를 그대로 드러낸 눈으로 그는 선언했습니다.

"이건 내가 좋아하는 애를 위해서 모으는 거니까, 누나한테는 만지게 해주지 않을 거야!"

"호오, 호오."

"아, 화났어?"

"아뇨, 살짝 감탄했습니다."

옛날에 읽은 책이 생각났습니다.

병에 걸려 집 밖에 나갈 수 없게 된 아내를 위해서 남편이 바깥 세계를 다니며 예쁜 경치를 본 순간의 풍경을 마법으로 복제하여 집에 가지고 돌아와 아내에게 보여주려고 했다는 이야기. 그 이야기의 결말이 뭐였더라? 너무 오래전에 읽은 이야기라 잊어버리고 말았습니다.

"좋아하는 여자아이는 누구인가요?"

"응? 우리 집에서 일하는 니노라는 아이야. 언제나 어두운 표정을 하고 있으니까, 내가 행복하게 해줄 거야."

그래서 병에 행복을 모으는 거야—— 하고 그는 병을 높이 들어 올려 보였습니다.

병을 사랑스레 바라보는 그의 표정은 무척이나 행복해 보였습니다. 그야말로, 지금 그의 감정을 마력으로 복제하면 무척이나 질 좋은 행복을 병에 담을 수 있을 정도로.

우리 둘은 빗자루를 타고 마을로 향했습니다. 조금 전부터 마력이 어쩌니 하는 이야기를 하고 있었으니 물을 것도 없었지만, 그는 마법사였습니다.

그러고 보니.

초원 한가운데에서 에밀 군은 대체 무엇을 하고 있던 것일까요?

"식물에서도 행복을 채취할 수 있을지 시험해봤어."

"결과는 어땠나요?"

뒤에서 날고 있는 에밀 군에게 질문했습니다.

"미묘. 마력으로 식물의 감정 비슷한 건 복제할 수 있었지만, 어쩐지 명료하지가 않은 탁한 색이라 버렸어."

"저런."

뭐, 식물이니까요. 명확한 감정이 있느냐고 묻는다면 고개를 갸웃거릴 수밖에 없습니다. 오히려 감정을 갖고 있다고 알게 된다면 앞으로 샐러드를 먹지 못하게 될 가능성이 있으니, 사실 해명은 가능한 한 피하고 싶습니다.

"아, 저기야."

눈앞에 보이는 마을을 그가 가리켰습니다.

그것은 작은 마을이었습니다. 외벽 대신 늘어선, 그저 명목 삼아 세운 듯한 울타리를 따라 걸으면 한 시간 안에 출발한 곳으로 돌아올 수 있을 만큼의 넓이.

민가 수는 대략 수십 채 정도. 비슷한 외관을 한 목조 건물이 띄엄띄엄 있었고, 그 틈을 메우듯 작은 밭과 우물이 놓여 있었습니다.

뭐라고 할까요.

"조용하고 한가로운 마을이군요."

"그렇지?"

빗자루에서 내려, 문 대신에 놓인 두 그루의 나무 사이를 통과해 마을로 들어섰습니다.

곧장 뻗은 길 끝에는 다른 민가와 비교해 확실하게 크고 훌륭한 저택이 세워져 있었습니다. 그렇다고 해도 뭐, 다른 나라의 여관 정도 크기입니다만.

"저건 촌장님 댁인가요?"

그 건물을 가리키자 그는 수긍했습니다.

"맞아. 그리고 우리 집이기도 해."

"호오."

그럼 이 마을이 에밀 군의 마을이라는 것도 딱히 틀린 말은 아니었던 게 아닐까요?

"……어쩐지 반응이 그저 그러네, 누나."

"놀라는 편이 좋은가요? 와아, 대단하다. 부자로군요."

"응…… 뭐랄까, 그만 됐어……."

흐린 그림자가 드리운 듯 어두워진 에밀 군.

"그런데 에밀 군, 그 병은 언제 여자아이에게 건네줄 건가요?"

그러자 그의 얼굴이 불을 켠 듯 밝아졌습니다. 재미있을 정도로 감정 기복이 심한 아이입니다.

"오늘이야! 오늘 점심밥을 먹은 다음에 줄 거야. 아, 맞다. 누나도 밥 먹으러 와. 니노가 만든 요리 엄청 맛있어!"

"마음은 기쁘지만, 저는 조금 전에 막 식사를 했답니다."

"그럼 니노에게 양을 적게 해달라고 할게! 아, 못 먹는 음식 같은 거 있어? 내가 부탁하면 빼줄 거야."

아무래도, 어떻게든 먹게 하고 싶은 모습입니다.

하지만 거절할 이유는 없군요.

"못 먹는 음식은 없습니다만, 정말로 먹은 지 얼마 안 되었으니, 조금만 부탁드리겠습니다."

"맡겨둬! 정말로 맛있는 음식을 내놓을 테니까!"

아니, 요리를 만드는 건 당신이 아니라 니노라는 분이지 않나요?

○

그리하여 저는 촌장님 댁으로 굴러들어갔습니다.

충분히 넓어 보이던 외관과 달리 내부는 무척이나 평범했습니다.

에밀 군에게 안내를 받아 들어간 거실에는 낡은 가구가 놓여 있었습니다. 소박한 마을의 모습과 마찬가지로, 촌장 댁도 결코 유복한 생활을 하는 것은 아닌 모양입니다. 오히려 토지만 너무 많아 주체하기 힘들어 하는 듯한 인상까지도 받았습니다.

"자, 여기 앉아."

의자를 빼주며 어서 앉으라고 재촉하는 에밀 군의 말에 따라 저는 자리에 앉았습니다.

"감사합니다—— 그런데 사용인은 어디에 계신가요?"

"글쎄? 아마도 곧 오지 않을까?"

"촌장님은?"

"곧 오지 않을까?"

"뭔가요, 그 적당적당한 느낌은."

그렇게 에밀 군과 대화를 나누고 있을 때였습니다.

등 뒤에서 기척이 느껴졌습니다—— 아니, 느꼈다고 할까, 그저 단순히 뒤에서 소리가 들려와 깨달은 것뿐입니다만.

아무튼 저는 뒤를 돌아보았습니다.

"……앗."

그곳에 있던 것은 여자아이. 저와 눈이 마주치자 움찔 어깨를 떨더니, 무언가에 겁을 먹은 듯 작게 인사를 했습니다. 꽤나 애처로워 보이는 태도로군요.

복장을 보면, 사용인인 것 같습니다. 자그마한 체구에는 살짝 큰 듯한 에이프런 드레스(즉, 메이드복이로군요)를 입고 있습니다.

"안녕하세요—— 혹시, 동양 출신이신가요?"

윤기 흐르는 흑발이 곧게 자라 있었고, 눈동자 색은 다크 브라운. 언젠가 어느 나라에서 만난 동양 출신의 마녀 견습생과 겉모습이 비슷했습니다. 예의 마녀 견습생은 머리카락이 조금 더 짧았지만.

"넷? 저, 저기……."

갑자기 출신을 묻는 건 역시 실례였던 걸까요── 당황한 소녀는 도움을 바라듯 에밀 군 쪽을 슬쩍 바라보았습니다.

"맞아. 우리 아버지가 니노를 동양의 나라에서 데려왔어."

"그래서 이 집의 사용인으로서 일하게 하고 있다, 라는 거군요."

니노라고 불린 그녀는 자그맣게 고개를 끄덕였습니다.

"네, 네…… 촌장님께서는 무척 친절하게 대해주고 계십니다."

그건 마치 준비된 원고를 그대로 읽게 한 듯한 기계적인 대답이었습니다.

"그 촌장님은 지금 어디에 계신가요?"

"아, 저기…… 지금은 서재에서, 일을……."

드레스 자락을 쥐며 그녀는 말했습니다.

"저기, 뭔가, 용건이 있으신지."

"아뇨, 특별한 건 없어요."

저는 고개를 가로저었습니다.

어차피 식사를 할 때 얼굴을 마주하게 될 테니 무리해서 만날 필요도 없겠지요.

저와의 대화가 끝나자, 시선을 마주하는 것을 피하듯 니노 양은 눈을 내리깔았습니다. 사람과 이야기하는 것을 잘 못하는 모양입니다.

하지만 사랑에 빠진 소년에게는 그런 것 따위 전혀 신경 쓰이지 않는 듯합니다. 뛰어오르는 것 같은 발걸음으로 그녀의 옆으로 다가간 에밀 군은 니노 양의 시야로 들어갔습니다.

"저기 있지, 니노. 오늘 점심밥은 뭐야?"

저에게서 등을 돌리고 있어 표정은 알 수 없었지만, 만면에 웃음꽃을 피우고 있음이 틀림없습니다.

"아 오, 오늘은…… 촌장님의 요청으로 생선 소금구이, 예요."

"아! 있지, 괜찮으면 저 누나 것도 만들어줄 수 있을까?"

에밀 군이 저를 가리키자 니노 양은 저에게 한순간 시선을 주더니 작게 고개를 끄덕였습니다.

"그렇대, 누나."

"고마워요. 감사합니다, 니노 양. 하지만 그다지 배가 고프지 않으니, 조금만 부탁드립니다."

"……아, 네에."

에밀 군이 말했던 대로 확실히 니노 양은 어두운 표정만 짓고 있습니다. 그 모습만 놓고 보면, 저희 둘이 그녀를 괴롭히는 것 같습니다.

"아, 맞다. 니노, 오늘은 밥을 먹은 다음에 줄 선물이 있어."

"네? 저, 저한테……요?"

"응. 기대해."

"아, 아뇨…… 괜찮습니다. 저, 저 같은 사용인에게 선물 같은 걸 하시면…… 촌장님에게 혼나고 말 거예요…….”

겸손을 뛰어넘어 비굴하다 느껴질 정도의 말투였습니다.

“괜찮아, 괜찮아. 아버지에게는 내가 잘 설명할 테니까.”

“아뇨, 하지만…….”

미적지근한 니노 양의 태도에 더는 참지 못하고, 에밀 군은 강경책으로 나섰습니다.

“그럼, 이건 내 명령이야. 그러면 어때?”

“…………”

너무나도 올곧은 그의 마음은 확실하게 그녀에게 전해졌을까요? 니노 양은 천천히 고개를 끄덕이고 “명령, 이라면……” 하고 말하며 희미하게 미소 지었습니다.

그런 그녀를 보며 그도 웃은 듯한 기척이 느껴졌습니다.

그 이후의 시간, 저는 무척이나 지루했습니다.

에밀 군은 니노 양을 거드는 데 열심이라, 손님인 저는 거실에 내팽개쳐진 상태입니다. 함께 도울까 싶어 주방에 가보았지만, “누나는 앉아 있어! 우리 둘이서 요리를 만들 테니까!”라며 눈부신 미소와 함께 거절당하고 말았습니다.

이야기 상대도 없이, 할 일도 없이, 그저 한없이 흘러가는 시간을 보내야 하는 것은 더할 나위 없이 비생산적입니다. 차분하게 있을 수가 없습니다. 책이라도 읽고 싶은 마음입니다. 가지고 다니지 않는지라 그 바람은 이뤄질 수 없지만.

결국 저는 의자 위에서 무의미한 시간을 보냈습니다.

그렇게 기다리기를 몇 분.

"손님이라니, 별일이군."

그 말과 함께 살짝 땅딸막한 남자가 제 맞은편에 앉았습니다. 나이가 많아 보이지도 않지만, 그렇다고 젊지도 않은 남자의 연령은 30대 후반에서 40대 정도로 보였습니다. 아마도. 어쩌면.

"안녕하세요. 혹시 촌장님이신가요?"

틀림없이 그러하리라는 확신을 가지고 물었습니다.

"그렇다네."

역시.

"저는 아드님의 친구인 일레이나라고 합니다. 여행자죠. 잘 부탁드립니다."

"이것 참 예의 바르기도 하군. 에밀의 아버지요."

알고 있습니다.

하지만 매우 훌륭한 타이밍에 나타나주셨습니다. 마침 주체할 수 없을 정도로 심심했으니까요.

"촌장님은 언제부터 이 마을의 촌장을 하셨나요?"

"이 마을이 생긴 이후로 쭉, 내가 촌장을 맡고 있지."

"그러시군요."

"음."

"멋진 마을이네요."

"음."

"그런데 이 마을에는 특산물 같은 건 없나요?"

"없네."

"아무것도?"

"음."

"……그러시군요."

촌장님과의 무익한 대화는 그 후로도 띄엄띄엄 이어진 듯하지만, 무슨 이야기를 했는지는 전혀 기억나지 않습니다.

즉, 아무래도 좋을 내용이었다는 뜻입니다.

그렇게 잠시 시간이 흐르고, 니노 양과 에밀 군이 요리를 가지고 나타났습니다.

두 사람이 식탁을 한창 채워가는 중에 저는 살짝 찾아오기 시작한 공복감과 함께 정체를 알 수 없는 불안을 느꼈습니다.

"…………."

저, 점심밥은 적게 달라고 부탁드렸습니다만.

○

"응? 분명히 줄였는데?"

제 물음에 에밀 군은 영문을 모르겠다는 표정으로 대답했습니다.

"봐, 물고기도 작고 샐러드도 조금 적잖아."

뭐, 그 말을 듣고 보니 확실히 적어 보이기도 합니다만. 저는 여러분의 식사량의 절반 이하면 충분하답니다.

"저기…… 호, 혹시 너무 많으신가요……? 다 드실 수 없으면, 남기셔도 괜찮……아요."

"……………."

저는 입을 다물 수밖에 없게 되었습니다. 니노 양의 옆에서 에밀 군이 눈을 가늘게 뜨고 있었기 때문입니다── 남기지 마라, 라고 말하고 싶은 것 같아 보였습니다.

그런고로.

먹었습니다. 남기지 않고 전부 먹었답니다.

무척 맛있는 요리임에는 분명했지만, 맛을 음미하며 먹은 것은 처음뿐. 나머지는 위장에 쑤셔 넣는 작업이 되어버리고 말았습니다. 아까워라.

"잘 먹었습니다! 정말 맛있었어요, 니노 양."

"가, 감사…… 합니다."

부끄러운 듯 니노 양은 꾸벅 고개를 숙였습니다.

"그릇, 정리할게요……."

그리고 자리에서 일어나 접시와 잔 등을 정리했습니다. 당연하다는 듯 에밀 군도 정리를 도왔습니다.

그렇다면 저도── 하고 자리에서 일어나려고 했지만 "아, 누나는 됐어"라며 이번에도 웃는 얼굴로 거절당하고 말았습니다.

두 사람이 주방으로 향했을 때, 저는 촌장님에게 물었습니다.

"니노 양과는 어디에서 만나셨나요?"

촌장님은 잔에 남은 물을 목으로 넘긴 다음 대답해주었습니다.

"동양 쪽에 갔을 때, 샀지."

그렇게 아주 당연하다는 듯이 대꾸했습니다.

샀다. 라는 말은 즉.

"노예, 인가요?"

"음. 몇 년 전 일이라네. 아내가 집을 나가 버려서, 집안일을 할 사람이 없어 곤란했던 시기가 있었거든."

"…………."

해주고 싶은 말이 있었지만, 참았습니다. 침묵하며 다음 이야기를 재촉했습니다.

"그때, 우연히 일로 찾아갔던 동양의 한 나라에서 저 녀석을 발견했지. 값은 좀 나갔지만 가사는 제법 하는 데다, 무엇보다 장래에 미인이 될 법한 단정한 생김새였거든. 그래서 망설이지 않고 샀다네. 내가 꿰뚫어 본 대로 좋은 사용인이야. 저건."

촌장님은 천박한 웃음소리를 흘렸습니다.

"그 사실을 에밀 군도 알고 있나요?"

"말했을 테지만, 저 녀석은 상대가 노예라도 특별히 신경 쓰지 않는 모양이야."

에밀 군은 제게 촌장님이 니노 씨를 **주웠다**고 말했으니, 그녀가 노예라는 사실은 전혀 모르고 있을 가능성도 있습니다만.

만약 니노 양이 노예로 팔려 온 여자아이라고 해도, 분명 겉과 속이 같아 보이는 그는 지금까지와 변함없이 그녀를 대할 거라 생각합니다.

대화가 끊긴 순간, 주방 쪽에서 조용히 돌아온 니노 양은 저희의 잔이 빈 것을 확인하고 테이블에서 하나씩 챙겨 들었습니다. 그러는 동안 쭉 아래를 응시하고 있던 것은 우리 둘의 대화를 들었기 때문일까요——.

"저기 니노, 커다란 접시는 어디에 정리해두면 돼?"

"꺅……!"

쨍강, 귀청을 찢을 듯한 소리가 들렸습니다.

주방 쪽에서 불쑥 나타난 에밀 군과 주방으로 돌아가려던 니노 양이 정면으로 부딪혔고, 그녀의 손에 들려 있던 잔이 떨어졌던 것입니다.

두 사람의 발치에는 크고 작은 다양한 크기의 파편이 흩어져 있습니다.

"——뭐하는 거야, 너!"

호통 치는 그 목소리는 제 맞은편 자리에서 들려왔습니다. 촌장님은 서둘러 자리에서 일어나 망연자실해 있는 니노 양의 멱살을 잡았습니다.

"바로 청소해! 이 덜떨어진 녀석! 언제가 돼야 모든 일을 완벽하게 해낼 수 있게 되는 거냐!"

"죄, 죄송합니다, 죄송합니다, 죄송합니다, 죄송합니다……."

"그만하세요, 아버지! 지금 그건 저도 잘못한 거잖아요! 니노만 탓하지——."

"넌 잠자코 있어!"

움찔 어깨를 떤 에밀 군은 고개를 푹 떨구었습니다.

잔뜩 호통을 치고 만족했는지, 그는 손을 놓고 "청소나 해"라며 턱짓을 했습니다. 눈에 눈물을 글썽이며 니노 양은 몇 번이나 고개를 끄덕였고, 두 사람은 물론 저에게까지도 몇 번이나 고개를 숙였습니다.

"죄송합니다, 죄송합니다, 죄송합니다……."

그리고 그렇게, 주문처럼 그 말만을 반복했습니다.

솔직히, 보고 있을 수 없었습니다.

너무나도 불쾌하고 불쾌했습니다.

저는 의자를 빼고 일어나 잔의 잔해 옆에서 몸을 굽히고 지팡이를 꺼냈습니다.

"이런 것쯤, 파편만 모여 있으면 청소하지 않아도 괜찮습니다."

상처를 치료하거나 물건을 수리하는 데 편리한, 시간 역전의 마법. 하얀 연기 같은 것이 투명한 파편들을 스치고 지나가자, 시간을 거슬러 올라 파편들이 모여들어 원래 모양으로 돌아갔습니다.

원상 복구된 잔은 니노 양에게 건네주었습니다.

"앞으로는 떨어뜨리지 않도록 조심하세요."

당사자인 그녀로 말할 것 같으면, 무슨 일이 일어났는지 전혀 이해할 수 없다는 표정이었습니다.

"이거 미안하구만. 못난 꼴을 보인 데다, 잔까지 고쳐주다니."

옆에서 끼어든 촌장님은 부드러운 말투로 그리 이야기했습니다.

"자, 너도 어서 감사 드려."

아뇨, 감사라는 것은 강제로 하는 것이 아닐 텐데요.

"……죄송합니다."

게다가 깊게 허리를 숙인 니노 양은 매우 적절하지 않은 말을 했고요. 그게 아니잖아요?

"죄송합니다가 아니라 감사합니다, 예요. 니노 양."

저는 그렇게 말했습니다.

그리고 고개를 든 니노 양은 당장에라도 울음을 터뜨릴 듯한 얼굴로 목소리를 짜냈습니다.

"감사, 합니다."

○

"나도 그 정도 마법은, 할 수 있다 뭐."

촌장님이 서재에 틀어박히고, 니노 양이 설거지를 하러 간 다음, 에밀 군은 부루퉁한 표정이 되었습니다.

무리해서 센 척하지 않아도 되는데.

"어머, 미안해요. 제가 괜한 짓을 한 건가요?"

"아니, 나는 아무것도 못 했으니까. 고마워, 누나."

"천만에요."

"하지만, 나도 그 정도는 할 수 있다 뭐."

"…………."

좋아하는 아이 앞에서 추태를 보이고 만 것이 부끄러운 걸까요?

"딱히 신경 쓸 것 없어요."

척, 그의 어깨에 손을 올리며 말했습니다.

"그나저나, 니노 양은 지금 무척 풀이 죽어 있겠죠? 선물을 주기에는 절호의 찬스가 아닐까요?"

"아! 누나, 혹시 천재……?"

"훗훗훗. 더 칭찬해도 괜찮습니다."

희망을 발견한 에밀 군은 너무나도 쉽게 기분이 나아졌습니다. 이 얼마나 단순한 아이인가요. 멋지군요.

에밀 군은 등 뒤로 병을 감추고, 니노 양의 일이 끝나기를 기다렸습니다.

"……읏."

어두운 표정으로 주방에서 나온 니노 양은 갑자기 나타난 에밀 군의 모습에 깜짝 놀라 멈칫했습니다. 작은 동물 같은 반응입니다. 아까 부딪혔던 기억을 떠올린 것인지도 모릅니다.

에밀 군은 한 걸음 거리를 좁혔습니다.

"니노. 내가 식사 후에 줄 선물이 있다고 했었잖아."

"……아, 네."

니노 양은 주저하며 대답했습니다.

"자, 이게 선물이야."

에밀 군은 감추고 있던 병을 그녀의 눈앞으로 내밀었습니다. 그게 무엇인지 알 수 없었던 니노 양은 안에서 꿈틀대는 하얀 연기를 의아해하는 표정으로 바라보았습니다.

"이건 말이지, 행복이 담긴 병이야."

에밀 군은 병뚜껑에 손을 댔습니다.

"이 안에는 내가 여기저기에서 발견한 다양한 사람들의 행복이 담겨 있어."

"……사람들의, 행복?"

고개를 갸웃거리는 니노 양을 향해 에밀 군은 미소 지어 보였습니다.

"한 번밖에 볼 수 없으니까, 잘 봐야 해."

퐁, 하는 듣기 좋은 소리를 내며 뚜껑이 열렸습니다.

가두어두던 것이 사라진 병 안에서 하얀 연기가 뿜어져 나와, 천장까지 올라갔습니다. 그리고 천장을 구름 같은 흰색이 뒤덮은 다음, 작은 가루들이 천천히 떨어져 내려왔습니다.

유리 알갱이 같은 가루가 빛을 반사하며 빛났고, 환상을 보여주었습니다. 그것은 사람들의 행복의 파편이었습니다. 그가 모아온 행복들을, 빛의 가루가 비춰주는 것입니다.

아이가 태어난 순간 느낀 행복. 절경을 본 순간에 느낀 행복. 사랑하는 사람과 함께 걷는 행복. 아름다운 꽃을 발견했을 때 느낀 소박한 행복. 고난을 뛰어넘었을 때 느낀 쾌락과도 닮은 행복. 휴일에 햇볕을 쬐며 독서하고, 어느 틈엔가 잠들었을 때 느낀 평온한 행복.

"바깥 세계에는 이렇게나 행복이 가득해."

니노 양의 손을 잡으며 에밀 군은 말했습니다.

"그러니까 어두운 얼굴만 하고 있지 마. 내가 널 행복하게 해줄 테니까."

니노 양은.

멍하니 빛 가루를 바라보던 그녀는 이내 조용히 울기 시작했습니다. 소리가 나지 않도록, 한 손으로 입을 누르며 뚝뚝 눈물을 흘렸습니다.

곤란한 듯 웃은 에밀 군은 그녀를 조용히 안아주었습니다.

떨어진 눈물은.

행복의 파편과 닮은 반짝임을 보이며, 튕겨났습니다.

○

"더 느긋하게 있다 가면 좋은데."

문 대신 세워진 두 그루의 나무. 마을 출입구까지 일부러 배웅을 나와 준 에밀 군은 버림받은 강아지처럼 기운이 없었습니다.

옆에는 사용인인 니노 양. 원래부터 표정이 많지 않았기 때문에 이별을 아쉬워하고 있는지 어떤지는 알 수 없습니다.

저는 고개를 저었습니다.

"미안해요. 하지만, 너무 느긋하게 있을 수는 없어요."

그렇게 말하며 빗자루를 꺼냈습니다.

"……또 놀러 와야 해. 그때는 니노랑 둘이서 더 맛있는 걸 만들어줄 테니까. 그치?"

"아, 네…… 기다리겠습니다."

니노 양은 꾸벅 고개 숙여 인사했습니다.

저는 빗자루를 타고 날아올랐습니다.

"네, 또 올게요── 언젠가, 꼭."

여행이 끝나면, 아마도.

멀어지는 저에게 두 사람은 손을 흔들어주었습니다. 에밀 군은 기운차게 팔을 흔들고 있는 반면, 니노 양은 조용히 손만 왕복시

키듯.

"…………?"

문득 니노 양과 눈이 마주쳤습니다.

깊은 어둠 같은 눈동자. 하지만 그것은 단순히 색이 짙은 것이 아니라, 본질적인 어둠을 품고 있는 듯한 그런 빛깔이었습니다.

마치 무언가에 크게 절망한 듯한. 죽은 사람 같은.

촌장님의 집에서 처음 시선이 마주쳤을 때와는 전혀 다른 눈이었습니다.

……어째서일까요?

제가 그 일을 떠올린 것은 다음 마을이 보이기 시작할 무렵이었습니다.

옛날 읽었던 책의 결말입니다.

병에 걸려 집을 나갈 수 없게 된 아내를 위해 남편이 바깥 세계를 방랑하며, 아름다운 경치를 본 순간의 풍경을 마법으로 복제하여 가지고 돌아와 아내에게 보여주려 했던 이야기.

무척이나 뒷맛이 나쁜 기억이었는데, 어째서 지금까지 잊고 있었을까요?

절경을 보고 싶어 애태우던 아내는 제대로 움직일 수 없던 몸을 억지로 움직이고 말았고, 예정보다도 훨씬 일찍 죽고 말았다 ──라는 것이 그 이야기의 결말이었습니다. 결국 "남을 위한다고 생각해서 한 일이 반드시 옳다고는 할 수 없다"라는 설교하는 듯한 이야기였던 것입니다. 그 이야기는.

니노 양은 그 병의 내용물을 보고 대체 무슨 생각을 했을까요.
무엇을 결의했을까요.

혹시.

".........."

아뇨, 설마. 그럴 리, 없겠지요.

뒤를 돌아보니, 옅은 녹색을 칠한 듯 펼쳐진 초원을 바람이 달리고 있었습니다. 풀잎은 햇볕을 받아 빛났고, 바람에 흔들리는 그 모습은 수면 같았습니다.

무척이나 아름다운 풍경입니다.

하지만 두 번 다시 찾아오는 일은 없을 겁니다.

가면 분명, 슬퍼질 뿐일 테니.

제 7 장

아침, 저는 어느 한 나라에 도착했습니다. 평원 지대를 빗자루로 날던 도중에 우연히 발견한 나라였습니다. 어떤 나라인지 전혀 짐작이 가지 않습니다.

문조차 없는 작은 마을에서는 불필요했던 수속이지만, 그 나름대로 영토를 가진 나라에 들어갈 때는 거의 확실하게 문을 지키는 병사에게 입국 심사를 받아야 합니다.

하지만 특별한 사정이 없는 한은 지극히 평범한 질문밖에 하지 않습니다.

"이름은?"

"일레이나입니다."

"출신국은?"

"평화의 나라 로베타라는 곳입니다."

"입국 이유는?"

"관광입니다."

"체류 기간은 어느 정도로?"

"아마도 사흘 정도일 겁니다."

평소라면 질문은 여기서 끝나고, 입국비가 필요한 나라라면 돈을 지불한 다음 그럼 부디 조심하세요, 라며 문지기 병사는 물러날 터입니다만.

"아침 식사는 빵 쪽입니까? 밥 쪽입니까?"

질문은 아직 계속되는 모양입니다. 그리고 의미도 알 수 없는 질문이었습니다.

"……네?"

저는 찡그린 표정으로 되물었습니다.

문지기 병사는 얼굴색 하나 바꾸지 않고 "그러니까, 아침 식사는 빵 파입니까? 아니면 쌀밥 파? 입국 시에 필요한 정보이니 솔직하게 대답해주십시오."

이 나라는 식문화를 두고 다툼이라도 벌어진 것일까요?

하지만 필요한 일이라고 하니 솔직하게 대답하도록 하죠. 어쩐지 정식 수속을 밟는 곳에서 하는 질문으로는 약간 어울리지 않는 것 같습니다만.

"어느 쪽 파벌도 아닙니다. 저는 여행자이니, 이 나라의 문화에 맞춰 취향을 바꿀 예정입니다."

저는 빵밖에 못 먹어요! 라고 쌀밥 문화인 나라에서 말할 수 있을 리 없습니다. 반대도 마찬가지입니다. 그러니, 어디까지나 중립의 위치를 유지해나가기로 했습니다.

문지기 병사는 "흠…… 드문 일이군" 하며 턱을 문질렀습니다.

"과연, 잘 알았습니다. 그럼 양쪽 모두라는 걸로 해두겠습니다."

그리고 병사는 물러나며 말했습니다.

"조심하십시오, 마녀님."

저는 문지기 병사에게 인사를 하고 문을 빠져나갔습니다.

〇

묘한 질문을 받은 이유는 바로 알 수 있었습니다.

아무래도 이 나라는 두 개의 문화가 뒤섞인 나라인 모양입니다.

문을 나오자마자 바로 커다란 수로가 보였습니다. 그리고 그 수로를 중심으로 우측에는 동양풍, 좌측에는 서양풍의 집이 늘어서 있습니다.

더욱이 문 바로 앞에는 두 개의 길. 오른쪽은 『동쪽 길: 밥 파인 당신은 이쪽!』이며, 그 반대에는 『서쪽 길: 빵 파인 당신은 이쪽!』이라고 되어 있습니다.

아무래도 밥 파와 빵 파로 나뉘어, 국내에서 분열이 되어 있는 것 같습니다.

하지만 잘 생각해보면 동양풍의 거리를 걷는 것은 이번이 처음이지 않습니까? 늘 서양풍뿐이었으니.

그럼 결정.

저는 길을 오른쪽으로 틀었습니다.

그곳은 단정하게 배치된 네모난 돌이 늘어선 길이었습니다. 위를 올려다보니 격식에 맞춘 목조 건물이 깔끔하게 늘어서 있습니다. 그 끝에 보이는 것은 왕궁. 수로의 한가운데에 위치한 듯했고, 둘로 나뉜 나라의 중심에 있는 것이 보였습니다.

왕궁으로 이어진 길이 절반 정도로 줄었을 때쯤, 다리가 나왔습니다. 역사를 느끼게 하는 거리 풍경과는 조금 어울리지 않는 아주 새것 같은 다리 아래, 다리가 물에 반사되어 만들어진 둥근 원 속을 작은 배가 나아가는 것이 보였습니다.

"…………?"

저는 그 다리 위에 있는 사람의 모습이 묘해서 고개를 갸웃거렸습니다.

난간에 앉아 아침 식사를 하는 남자가 있었습니다. 동양식 옷으로 몸을 감싼 것을 보면 분명히 동쪽 마을 사람일 터인데, 입에 물고 있는 것은 아무리 보아도 빵이었습니다. 밥 파인 사람이 빵을 먹고 있습니다.

그 남자 옆에는 맛있게 주먹밥을 베어 무는 여성의 모습이. 아무래도 그녀는 밥 파인 사람인 모양입니다. 원피스 드레스를 입고 있는데 말입니다.

신경이 쓰였습니다. 어쩐지 무척이나 불가사의한 광경이었으니까요.

"저기, 실례합니다."

저는 두 사람에게 말을 걸었습니다.

두 사람은 서로 얼굴을 마주 보더니 "응? 무슨 일이지?"라며 남자 쪽이 대꾸해주었습니다. 손에는 빵. 하지만 동양풍 옷. 역시 이상합니다.

저는 간결하게 자기소개를 하고 물었습니다.

"이 나라는 대체 어떤 나라인가요?"

"어떤 나라라고 물은들…… 음."

남자는 팔짱을 끼고 옆의 여성에게 전부 떠넘기는 말을 던졌습니다.

"저기, 어떤 나라라고 해야 할까?"

"멋진 나라지."

"그래, 맞아. 멋진 나라지. 응. 멋진 나라야, 여행자 씨."

제가 묻고 싶은 것은 그게 아니라, 더, 뭐랄까……

"거리도 멋지지만, 당신도 멋져."

"이런, 당신이 훨씬 멋지다고."

"우후후."

"아하하."

…………

아무래도 제가 여기 있은들 방해만 될 것 같습니다. 얼른 물러
나는 편이 좋을 듯합니다.

아, 딱히 이 두 사람에게 물어도 제가 알고 싶은 정보가 나오지
않으리라는 사실을 깨닫고 서둘러 마무리한 것이 아닙니다. 아
니, 정말로요.

아무튼 저는 두 사람에게 인사를 한 후 그 자리에서 떠났습니
다.

조사를 겸해서, 저는 시간이 허락하는 한 동과 서의 거리를 돌
아다녔습니다.

하지만 걸으면 걸을수록 기묘하기만 했습니다. 아침에는 사람
이 적어서 알 수 없었지만, 사람의 움직임이 많아지는 점심 무렵
에는 명확한 구분 같은 것은 없다는 듯, 사람들이 다리를 건너 서

에서 동으로, 동에서 서로 오갔습니다.

더욱 기묘했던 것은 빵을 파는 가게에 『밥 파인 사람에게는 팔지 않습니다』라는 주의 문구가 쓰여 있음에도 불구하고, 가게 주인이 당당하게 동양풍 옷을 입은 사람에게 상품을 건네는 모습이었습니다.

그 가게만이 아니라 나라 안의 다양한 가게에 규제가 있는지, 잡화점에도 채소 가게에도 전부 반대쪽 마을에서 온 손님을 거절한다는 간판이 세워져 있었습니다.

하지만, 누구 한 사람도 그것을 신경 쓰지 않았습니다. 간판의 의미를 알 수 없습니다.

서쪽에서 동쪽 마을로 돌아온 저는 경단 가게 입구로 들어섰습니다.

"어서 오세요. 뭐 드시겠어요?"

의자에 앉자, 동양식 복장을 한 언니가 제 앞으로 와 몸을 굽혔습니다. 저는 밖에 있는 『빵 파인 사람에게는 팔지 않습니다』라는 간판을 가리켰습니다.

"저, 빵 파인데요."

그리고 그렇게 말했습니다.

"무슨 농담인가요? 그건."

그 언니는 한 손으로 입가를 가리고 쿡쿡 웃고 있습니다. 품위 있어 보이는 동작입니다.

"음? 농담이라뇨?"

가늘게 뜬 눈으로 저를 올려다보며 그 언니는 말했습니다.

"저런 장식을 신경 쓰는 사람은 아무도 없는걸요?"

확실히 마을의 모습을 보면, 간판을 신경 쓰는 사람이 없다는 것은 잘 알 수 있습니다. 하지만 그렇다면 저 간판은 무엇을 위한 거죠?

"그럼 주문은?"

"아, 설탕간장 맛 경단 꼬치 세 개 주세요."

"네엡."

○

위화감을 안은 채, 저는 서쪽 마을에서 숙소를 찾았습니다.

동쪽 거리에도 숙소는 있습니다만, 저쪽은 갈 수 없습니다. 저 침대가 아니면 못 자는지라. 그보다 동양풍 숙소는 어색해서 있기 불편합니다. 마른풀 위를 맨발로 걷는 그 신경을 이해할 수 없습니다.

저는 빙글빙글 마을을 걸어 다니다가 가장 저렴해 보이는 숙소로 들어갔습니다. '밥 파인 사람의 숙박은 거절합니다'라는 간판이 내걸린 숙소였습니다. 뭐, 무시하도록 하죠.

"어서 옵쇼."

안으로 들어가자 의욕 없어 보이는 주인이 카운터 너머에서 턱을 괴고 있었습니다.

"1박 부탁드립니다."

저는 은화를 꺼내며 말했습니다.

"감사합니다. 그럼 이걸 작성해주쇼."

"네."

이젠 익숙합니다. 저는 매우 재빠른 동작으로 기입을 마쳤습니다.

그리고 다 쓴 종이를 주인에게 건네며 "혹시 괜찮으시면, 이 나라에 관해 알려주시겠어요?"라고 물었습니다.

"못 보던 얼굴인데…… 손님, 여행자인가?"

"네, 그래서 이 나라가 너무 궁금해서 견딜 수 없습니다."

제 말에 가게 주인은 한동안 입을 다물었습니다.

"뭘 묻고 싶은 거요?"

하지만 이내 그렇게 말해주었습니다. 오오, 얘기가 통하는군. 역시 여행자를 상대로 하는 장사를 하는 사람답습니다.

"그럼 서쪽과 동쪽의 모습이 다른 이유를 알려주세요."

가게 주인은 제가 알고 싶어 하던 것을 알려주었습니다.

"이 나라는 원래 수로를 사이에 둔 두 개의 나라였소. 동쪽 나라는 동양의 문화를 이어받은 나라였고, 서쪽 나라는 서양. 두 나라에는 각기 나라를 다스리는 왕이 있었지. 두 왕은 사이가 좋고, 나라 사이의 교류도 왕성해서—— 뭐, 지금과 그리 다르지 않은 상황이었던 게지."

"흠흠."

이해하기 쉽군요.

"어느 날, 두 왕은 이야기를 나누었소. 두 나라를 하나로 만들지 않겠는가, 라고. 반대 운동은 일어나지 않았다오. 서쪽 나라도 동쪽 나라도 마음은 같았거든. 오히려 너무 늦은 거 아니냐고 할 정도였으니."

"두 거리를 잇는 다리는 그때 만들어진 건가요?"

가게 주인은 고개를 끄덕였습니다.

"그래, 그렇소. 그건 병합 기념으로 두 왕이 만들게 한 것이지."

"과연."

그래서 묘하게 새것 같아 보였던 거군요.

"당시의 두 왕에게는 각기 아이가 있었다오. 서쪽 왕에게는 여자아이. 동쪽 왕에게는 남자아이. 왕들과 마찬가지로 사이가 좋았던 두 사람은 결국 결혼했고, 수로 끝── 즉 나라 한가운데에 왕궁을 만들고, 거기에서 살게 되었소. 지금에 이르러서는 두 사람이 이 나라의 상징이 되었지."

내가 아는 이 나라의 이야기라고 하면, 이런 정도요.

그렇게 이야기를 마무리하며 가게 주인은 방 열쇠를 카운터에 놓았습니다. 저는 그것을 받으며 다시 말을 이었습니다.

"감사합니다. 그런데 하나 더 물어도 될까요?"

"뭐요?"

저는 이 나라에 들어올 때 받았던 이상한 질문과 문이나 가게 앞에 있던 기묘한 간판, 그리고 다리 위에 있던 남녀의 이야기를 했습니다.

"저는 맨 처음, 나라가 내부에서 둘로 나뉘어 있는 것인가 했어요. 하지만 모습을 살펴본 바로는, 사람들은 그 간판 따위는 전혀 신경 쓰지 않는 것 같았습니다. 다리를 건너며 제대로 교류하고 있었습니다. 그렇다면 대체 간판에는 어떤 의미가 있는 건가요?"

잠자코 제 이야기를 듣던 주인은 "흐음" 하고 고개를 끄덕였습니다.

"저 간판은 승부를 위한 준비라오."

너무나도 간단한 그 답에 저는 귀를 의심했습니다.

"승부? 대체 뭘 하는 건가요?"

"아무래도 동양의 문화와 서양의 문화 중 하나로 통일한다는 모양이요. 그 두 사람은. ──뭐, 아무튼 문지기 병사가 이상한 질문을 하거나, 간판이 있는 이유는 그런 거일 게요."

선대의 두 왕이 각각의 좋은 점을 남기며 합병한 나라를 무너뜨리려 하는 움직임이 있다는 이야기일까요?

하지만 어째서?

"타협이라는 말을 모르는 게지, 그 두 사람은."

가게 주인은 그리 말하며 웃었습니다.

참고로 나중에 정보료를 청구 받았습니다.

○

그리고 며칠의 체재 기간을 지나, 저는 출국 수속을 했습니다. 서양과 동양의 문화가 뒤섞인 나라라는 것은 매우 매력적이었지만, 말하자면 그것뿐인 나라였습니다.

이제 그만 됐어, 라는 느낌입니다.

결국 중요한 부분은 여전히 알지 못한 상태였지만, 뭐 딱히…… 그렇잖아요? 혈안이 되어 찾을 정도의 일도 아니고. 어째서 간판이 세워졌는지 가르쳐준다면 듣기는 하겠지만.

뭐, 딱히 됐습니다—— 하는 식으로 억지로 납득하며, 저는 문을 빠져나갔습니다.

"아, 잠시 기다려주십시오. 마녀님."

그리고 제지를 받았습니다. 문지기 병사가 들고 있던 창을 옆으로 눕히며, 제 앞을 막았습니다.

"……저기, 왜 그러시나요?"

저는 의아한 표정을 짓고 있을 것이 틀림없습니다.

"가능하다면 조금 더 시간을 내주시겠습니까?"

"……응? 어째서죠?"

때와 장소와 사정에 따라서는 흔쾌히 말을 들어줄 수도 있습니다. 별 볼 일 없는 용건이라면 거절하고 나라를 떠나겠지만.

"왕과 여왕께서 당신을 부르십니다."

"……네?"

아무래도 별 볼 일 없는 용건은 아닌 모양이네요.

수로를 쭉 나아간 끝. 두 개의 문화를 지켜보는 것처럼 만들어진 왕궁으로 저는 안내 받아 갔습니다.

동서양이 마구 뒤섞인, 의미를 알 수 없는 성 안을 걸어 도착한 곳은 널찍한 방이었습니다.

차분하게 있을 수가 없네…….

등 뒤에서 문이 닫히는 기척을 느끼며, 저는 걸었습니다. 조금 앞에 보이는 것은 두 개의 왕좌.

그곳에 앉은 남녀는 한창 말다툼을 하는 중이었습니다── 저의 존재 따위는 전혀 의식하지 못하고 있는 모양입니다.

"그러니까, 승부 방법은 장기라고 말했잖아! 그것 말고는 있을 수 없어!"

"장기는 네가 유리하잖아! 체스로 해야 한다고 몇 번 말하면 이해할 건데?!"

"체스라면 네가 유리하다고 몇 번이나 말했잖아!"

"끄으으……."

"우으으……."

지금 당장에라도 몸싸움을 벌일 듯할 정도로 험악한 분위기였습니다. 두 사람은 왕좌에 앉은 채 서로를 노려보았습니다.

저는 스스로의 존재를 주장하기 위해, 헛기침을 한 번 했습니다. 더할 나위 없이 능청스럽습니다. 하지만 두 사람은 눈치채 주었습니다.

"으음? 자네는 설마……."

"예의 그 여행자인가? 어머어머……."

저는 인사를 했습니다.

"두 분이 저에게 용건이 있다 하셔서, 여기로 불려왔습니다── 그래서, 그 용건이란 게 무엇인지?"

"음. 실은 말이지──."

입을 연 왕을 여왕이 제지했습니다.

"마녀님에게는 내가 말할 테니까, 됐어."

"뭐라고? 여기는 내가……."

"아니. 내가 말할 거야."

어느 쪽이든 상관없으니, 어서 말해주시지 않겠습니까? 네?

결국, 몇 번이나 입씨름을 더한 뒤 왕이 대표로 모든 이야기를 들려주기로 했습니다.

"실은 말이지, 이 나라는 지금 전쟁을 시작하려 하고 있다——나와 이 여자는 본 그대로 사이가 나쁘니라. 하지만, 승부를 하려 해도 그 방법이 정해지지를 않는구나. 말을 듣자 하니, 자네는 어느 쪽에도 속하지 않는 중립이라고 하더군. 그러니 네가 앞일을 정해주었으면 한다."

"……그 방법이 정해지지 않는다?"

아니 그 이전에.

"애초에 어째서 승부를 한다는 이야기가 시작되어버린 건가요?"

그러자 왕은 거칠어진 목소리로 말했습니다.

"이 여자가 '아침에 밥을 먹지 않는 사람은 인간이 아냐'라며 서쪽 사람을 모욕했기 때문이다."

왕의 말에 즉각 반론을 한 것은 여왕님.

"아니. 당신이 '아침에 빵을 먹지 않는 놈은 동물 이하야'라고 말해서잖아."

"아, 그만 됐습니다. 두 사람 다 입 다물어주십시오."

"…………." "…………."

성가셔서 입을 다물게 했습니다.

그리고 그 자리를 장악한 저는 우선 왕에게 말을 돌렸습니다.

"전하, 이 나라에 들어와 제가 가장 먼저 본 것은 기묘한 간판이었습니다. 밥 파와 빵 파로 나뉜 듯한 의미를 알 수 없는 것이었는데, 거기엔 대체 무슨 의미가 있는 건가요?"

"어느 쪽 수가 많은지를 알기 쉽게 하기 위해서다." "어느 쪽이 유력한지를 비교하기 위해 설치한 거지."

어째서 여왕님도 대답하고 계신 겁니까…….

뭐 됐습니다. 귀찮으니 따지지 않겠습니다.

"그래서 결과는?"

저는 물었습니다.

"서쪽이 사람은 많았지." 왕이 대답했습니다.

"동쪽은 권력자가 많았어." 여왕도 대답했습니다.

"그러니까 나는 다수결이 좋다고 말했잖아."

"아니. 역시 투자 정도에 따라 승패를 정해야만 해."

"역시 너는 아무것도 모르는 것 같군."

"너야말로."

"…………."

"…………."

두 사람은 다시 서로를 노려보았습니다.

그 순간, 저는 문득 생각했습니다. 그렇다면 이곳에 들어오자마자 들었던 두 사람의 대화 내용은 대체 뭐였을까요? 분명 체스니 장기니 하며 떠들어대고 있었을 터.

다수결과 투자를 두고 다투고 있으면서, 어째서 보드게임이 나온 겁니까?

그 대답은 묻지 않아도 두 사람이 멋대로 떠들어대 주었습니다.

"역시 정해지지가 않는군. 그럼 승부 방법을 정하는 방법을 정하기 위한 방법을 정하기 위해서 그 정하는 방법을 정하기 위한 방법을 정하고자 그 정하는 방법을 정하기 위한 방법을 정하는 방법은 체스로 정했으면 하는데." "아니, 장기야."

"…………."

"뭘 모르는 녀석이로군. 장기면 네가 유리하잖아!" "뭘 모르는 사람이네. 체스면 네가 늘 이기잖아!"

"…………."

어쩐지 내막이 전부 보인 듯한 기분이 듭니다.

저는 만약을 위해 두 사람에게 확인을 했습니다.

"그런데 이 말싸움은 언제부터?"

두 사람은 동시에 제 쪽을 보더니 한목소리로 말했습니다.

"2년 전."

이라고.

"아, 그렇군요."

그럼 이제 무리이니 포기해주세요.

그렇게 말한 저는 왕궁을 나왔습니다. 저를 막을 생각도 없이, 두 사람은 언제까지고 소란을 피웠습니다.

○

　마을 사람들이 질려서 간판을 무시하게 된 것도 납득이 되었습니다.

　두 사람이 승부를 시작하고, 어느 한쪽의 문화로 통일하자는 말을 꺼낸 뒤로 벌써 2년. 이야기가 정리되지 않은 채 시간만 흘러갔고, 아마도 승부를 위해 간판을 설치했다는 것을 신경 쓰는 사람은 아마 한 사람도 없게 되었겠지요.

　이제는 그저 한낱 장식.

　하지만 보는 방식을 바꾸면, 그만큼 국왕의 권력이 무의미해졌다는 뜻이기도 합니다. 지금, 이 나라에서는 국왕의 말을 제대로 듣는 사람이 없다는 것이니.

　"아, 마녀님. 이 나라는 어땠지?"

　왕궁에서 문까지 돌아온 저를, 문을 지키는 병사가 맞아주었습니다. 저는 그의 옆을 지나쳐 바깥 세계로 발을 내딛은 후 뒤를 돌아보았습니다.

　그리고 두 문화가 혼재하는 신기한 나라를 바라보며 말했습니다.

　"평화롭고 좋은 나라네요."

　미래에는 어찌 될지 모르지만.

　어쩌면 지금까지 쓸데없는 시간을 보냈다는 사실을 깨달은 두 사람이 나라로 눈을 돌릴지도 모릅니다.

　어쩌면 지금 그대로 질질 끌고 가다가, 나라가 점점 이상한 방향을 향해 갈지도 모릅니다. 혹은 쭉 이대로일지도.

어찌 되었든, 그것은 아무도 모를 일입니다.

"그렇지? 좋은 나라지."

문지기 병사는 만족스레 고개를 끄덕였습니다.

제 8 장

나뭇가지 사이로 쏟아져 내리는 빛을 받아 풀꽃들이 반짝이는, 비 그친 숲속. 그곳에서 저편으로 이어지는 외길을 가련한 소녀가 홀로 빗자루를 타고 날고 있습니다.

가슴에는 별을 본뜬 브로치. 바람에 날아가지 않도록 손을 대고 있는 삼각 모자에, 몸을 감싼 로브까지, 어디를 어떻게 봐도 마녀의 모습을 한 소녀는 대체 누구일까.

그렇습니다. 바로 저입니다.

전에 머물렀던 동서의 문화가 둘로 나뉘어 있던 나라에서 가장 가까운 곳에 있는 나라를 향해, 저는 빗자루로 날아가고 있습니다. 들은 이야기에 따르면 그 나라는 아무런 특징도 없는 지극히 평범한 나라라고 하더군요. 국민의 평균적인 체형이 아주 약간 근육 울끈불끈인 경향이 있지만, 매우 평범하다고 합니다. 대체 거기의 어디가 평범하다는 건지.

뭐, 언젠가 만났던 뇌까지 근육에 삼켜진 분이라면 기꺼이 정착할 법합니다만── 아마도 저 같은 경우는 하루 머무는 것만으로 그 나라를 떠나게 될 것입니다.

흘러가는 풍경을 바라보며, 그런 생각을 했습니다.

즉, 저는 이때 너무너무 한가했습니다. 그래서 조용한 숲에서 희미하게 들려온 잡음도 확실하게 귀에 닿고 말았습니다.

"그럼 한 번 더 룰을 확인하지. 우리가 여기부터 숲길을 일주한 다음 먼저 돌아온 쪽이 그녀의 연인이 된다. 이 룰이 맞나?"

"으, 응. 그거면 돼, 응."

"……반칙은 안 된다."

"다, 당연하지. 내, 내가 그런 짓을 할 리 없잖아."

"……어쩌려나."

기운 넘치는 남자의 목소리와 작디작은 남자의 목소리. 아무래도 경쟁을 하는가 봅니다. 흐응, 하고 생각고 있으려니 이번에는 여자의 목소리.

"어? 그 말은 즉, 여기서 나 혼자 기다려야 한다는 거야? 에이, 싫어."

애교 넘치는 여자아이의 목소리는 이상하리만치 잘 울려서 저는 그만 깜짝 놀라고 말았습니다.

그리고 의식을 머릿속에서 밖으로 옮긴 순간, 또다시 깜짝. 눈이 마주치고 말았던 것입니다. 여자아이와.

검은 머리카락에 귀여운 생김새를 한 그녀는 "아, 러키"라고 중얼거렸습니다.

……아아.

○

눈이 마주친 이상, 어쩐지 그대로 지나치는 것도 내키지 않았기 때문에 속도를 늦추고 말았습니다.

안타깝게도, 그것은 분명히 판단 미스.

저는 다가온 흑발의 여자아이에게 억지로 빗자루에서 끌어내려지고 말았던 것입니다.

"꺄! 귀여워! 아, 그 브로치는 마녀만 가질 수 있는 거지? 대단하다! 그렇다는 건, 언니 마녀인 거야?"

"아, 네……."

"대단하다! 이렇게 귀여운데 마녀라니, 대단해!"

"아, 감사합니다……."

"혹시 마법도 부릴 수 있어? 그러고 보니 방금 빗자루로 날았지? 대단해!"

"뭐, 네……."

"그런데 지금 좀 시간 돼?"

"아뇨, 저기……."

"두 사람! 나 이 언니랑 함께 기다리기로 했어!"

"저기……."

사람 말 좀 들어주세요.

결국 "귀여워" "대단해" 등을 연발하는 그녀에게 질질 끌려간 저는 두 남자 앞에 서게 되었습니다.

두 남자는 저를 빤히 바라보았습니다.

"마녀님이 함께인가. 그럼 네가 곰 같은 거에 습격당할 걱정은 없겠네. 그것 참 다행이야."

잘생긴 남자가 시원스레 말했습니다.

"으 응. 안심이야, 응."

땅딸막한 남자가 거친 숨소리를 내며 말했습니다.

…………

저는 옆에 선 여자아이에게 귓속말을 했습니다.

"저기, 이건 대체 무슨 상황인가요?"

"무슨, 이라니?"

그녀는 의아한 듯 표정을 찌푸리더니, "미안해, 설명을 안 했구나. 저기, 저 두 사람은 나를 두고 다투는 거야"라고 설명해주었습니다.

아뇨, 그건 알고 있습니다. 날면서 들었으니까요.

제가 묻고 싶은 건 그런 사소한 문제가 아닙니다.

"이 두 사람이 당신을 두고 다투는 건가요?"

두 사람에게 들리지 않도록 아주 작은 목소리로 물었습니다.

"그런데?"

당연한 거 아니야? 라고 말하고 싶은 듯 그녀는 대답했습니다.

뭐라 말할 수 없는 복잡한 감정이 가슴속에 차오르는 것을 느끼며, 저는 다시 두 남자를 보았습니다.

산뜻해 보이는 남자는 하얀 이를 빛내며 밝게 미소 지었습니다. 눈부십니다.

그리고 청결한 그의 옆에 선 땅딸막한 남자는 땀을 훔치고 있습니다. 냄새가 날 것 같은, 불결한 남자입니다.

척 보기에도 절망적일 정도로 외모의 차이가 크건만, 그녀는 이 두 사람에게 경쟁을 시키고 있는 건가요? 바보인가요? 이 사고 회로를 잘 이해할 수 없습니다.

하지만, 혹시 땅딸막한 남자에게도 특수 능력이 감춰져 있다거나 한 걸까요? 아니면 산뜻한 쪽의 남자는 성격이 아주 나쁘다든가?

…………

안타깝게도 약간 흥미가 생기고 말았습니다.

"과연, 알겠습니다. 그럼 이 여자 분을 지키는 일은 제가 맡겠습니다."

결국, 저는 그 자리의 흐름에 따르게 되었습니다.

"그럼 준비, 출발."

제가 손뼉을 치자 두 사람은 동시에 달리기 시작했습니다.

"우오오오오오! 그녀의 마음은 내 거다!"라며 열정적으로 뛰어가는 청결 씨.

"우, 후우…… 하아, 하아" 하고, 뛰기 시작한 순간부터 이미 지쳐버린 불결 씨.

어라? 이상하군요. 제 예상으로는 불결 씨가 무서울 정도의 신체 능력을 발휘하여 압도할 예정이었습니다만.

두 사람의 모습이 완전히 시야에서 사라진 다음 저는 그녀에게 물어보았습니다.

"어째서 두 사람을 경쟁시키는 건가요?"

느긋하게 물을 마시던 그녀는 "응?" 하고 불분명한 목소리를 내더니, 물이 담긴 병을 가리켰습니다.

"이 물, 누가 준비해줬다고 생각해?"

"직접 준비한 거 아닌가요?"

그녀는 고개를 저었습니다.

"이건 말이지 뚱뚱이가 준비해준 거야. 겉모습은 칠칠치 못한 주제에, 세세한 곳까지 신경을 써주거든."

"뚱뚱이라니."

아마도 불결 씨를 말하는 것이겠지요.

무척 직설적인 별명입니다. 아니, 정확하게 그 말대로입니다만.

"아, 참고로 당신 몫도 있어."

"……어째서 제 몫까지?"

당황하고 말았습니다.

그도 그럴 것이 저는 우연히 이곳을 지나가던 것뿐이니까요.

"아까 대결이 시작되기 직전에 나한테 살짝 전해줬어. 예비로 갖고 있던 모양이야. 그러니까 줄게."

꾹, 물병을 들이댑니다. 딱히 목이 마르거나 한 것은 아니지만, 뭐 일단 받아두도록 하지요.

병 안에서는 물이 햇볕을 반사하며 빛나고 있습니다.

그나저나, 그렇군요. 확실히 세심한 분이십니다. 설마 제 몫까지 준비해줄 줄이야.

"살찐 그 남자의 내면과 산뜻한 남자의 외면, 양쪽에 반했다는 건가요? 호사스런 고민이군요."

부럽지는 않습니다만.

그러자 그녀는 메마른 미소를 지었습니다.

"딱히 나는, 뚱뚱이를 좋아하지 않는데?"

그리고 그렇게 아무렇지 않은 말투로 말했습니다.

……으응?

"무슨 말씀이신지?"

완전히 둘 중 한 명을 정하지 못해 승부를 하게 하는 것이라고 생각했는데요.

그녀는 병에 든 물을 전부 마시고 "푸하" 하고 황홀한 표정을 지었습니다. 그리고.

"심심해서 뚱뚱이를 가지고 노는 것뿐이야."

라고 합니다.

"…………."

"하지만 쓸모가 없네, 뚱뚱이. 이렇게 적은 양으로 내 갈증을 풀 수 있을 리가 없잖아."

그녀는 비어버린 물병을 숲 쪽으로 던졌습니다.

불결한 남자니 어쩌니 하는 독백을 한 후에 이런 말을 하는 것은 그야말로 손바닥을 뒤집는 일인 듯하여 그다지 내키지 않습니다만, 하지만 저는 이때 진심으로 생각했습니다. 바랐습니다.

이 여자에게 천벌이 내리길.

○

어머나.

내렸습니다, 천벌.

그 일은 그녀가 병을 던진 후 몇 분이 지났을 때 벌어졌습니다. 그녀가 갑자기 크게 하품을 하는가 했더니, 그대로 뒤로 쓰러져버린 것입니다.

벌러덩 하고.

다행스럽게도 수풀이 적당하게 쿠션 역할을 해주었기 때문에, 머리를 찧는 일은 없었습니다.

마음속으로 혀를 찬 것은 비밀입니다.

갑자기 쓰러져서 죽어버린 것인가 하여 당황했습니다만, 그렇지는 않았습니다. 옆으로 다가간 제 귀에 그녀의 잠든 숨소리가 들렸으니까요.

그런고로 현재 저는 나무 그늘에서 그녀에게 무릎베개를 해주며 쉬는 중입니다.

"우헤헤헤…… 근육, 근육이 잔뜩…….."

사상도 너무한 사람이었지만, 잠꼬대도 너무하군요. 대체 어떤 지옥도인 겁니까? 근육투성이라니.

그녀의 너무한 잠꼬대와 침투성이가 된 얼굴을 바라보며 무의미한 시간을 보내기를 수십 분. 멀리 떨어진 쪽에서 이쪽을 향해 다가오는 하나의 그림자.

대체 누구일까요? 아니, 생각할 것도 없겠지요. 돌아온 것은——.

"……어?"

눈을 깜빡이며 달려오는 사람 그림자를 보았습니다. 하지만 몇 번을 확인해도, 다가오는 사람은 그였습니다.

불결 씨입니다.

뚱뚱이 씨입니다.

……어째서?

후우후우, 히익히익, 진땀 범벅이 되어 도착한 그는 성취감 넘치는 표정을 짓고 있습니다.

"히, 히익…… 해냈다, 내, 내가 이겼어……, 히히…….."

아, 조금 전 그를 동정해버린 제가 어리석었죠. 주변을 살피며 청결 씨가 돌아오지 않은 것을 확인한 그의 표정은 그저 한결같이 기분 나빴습니다.

생리적으로 무리. 그런 말이 제 머릿속을 내달렸습니다. 응, 생리적으로 무리.

하지만 불결 씨를 압도하던 그는 지금 어디에?

그 대답은 불결 씨의 땀을 눈으로 좇고 있는 사이에 보이기 시작했습니다. 말도 안 되는 속도로 이쪽을 향해 오는 누군가의 모습이 보였습니다.

청결 씨였습니다.

불결 씨가 히죽 웃는 것을 보고 청결 씨가 울음을 터뜨렸습니다. 울면서 달리는 꽃미남. 그 혼자, 혹은 골인 지점에 미소녀가 있거나 했다면 좋은 그림이 되었겠지만, 그 앞에 있는 것이 뒤룩뒤룩 살찐 남자라니, 그저 그 광경은 너무나도 초현실적으로 보였습니다.

드디어 골.

동시에 분개했습니다.

"제, 젠장……, 어째서, 어째서……! 어째서 달리던 도중에 잠들어 버린 거냐!"

잤던 겁니까?

바보 아닙니까?

느림보 거북이와 재빠른 토끼가 경쟁하는 동화가 문득 머릿속을 스쳐갔습니다. 분명 그 동화의 결말은 방심했던 토끼가 낮잠을 자버리고, 그때까지 꾸준히 노력하던 거북이가 승리를 손에 넣는, "우와 거북이 구려"라는 혐오감을 독자에게 전해주는 감동적인 이야기였을 것입니다.

설마하니 그도?

"방심한 건가요?"

그러자 청결 씨는 쓸데없이 반짝이는 땀과 눈물을 닦으며 대답했습니다.

"아니…… 도중에 갑자기 잠이 쏟아졌어. 정신을 차려보니 그 자리에서 잠들어 버렸더라고."

그리고는 어깨를 축 늘어뜨렸습니다.

……흠.

어쩌면 혹시, 하고 생각했습니다.

저와 같은 사고 회로를 따라간 듯, 청결 씨는 불결 씨를 척 손가락으로 가리키며 화난 목소리를 냈습니다.

"너, 아까 준 물에 수면제를 탄 거지?!"

그래, 맞아.

사실, 그가 준 물을 마신 분이 한 명 더 있습니다. 제 무릎 위에서 잠든 숨소리를 내는 분입니다.

불결 씨는 청결 씨를 무시하듯 과장되게 어깨를 으쓱여 보였습니다.

"흐, 흐응…… 무슨 증거라도 있어?"

어째선지 말의 뒷부분만 쓸데없이 잘 말한 점이 정말이지 짜증납니다.

하지만 제 무덤을 판 것 같군요.

저는 잠든 그녀를 깨우지 않도록 천천히 머리를 무릎에서 내려놓고 자리에서 일어섰습니다.

"증거라면 여기에——."

그리 말하던 도중에 저는 깨달았습니다.

제가 내민 것은 이미 텅 비어버린 병이었습니다. ……당연하게도, 아무런 증거도 되지 못합니다.

그리고 보니 내용물은 기분이 나빴기 때문에 버려버렸습니다.

이 무슨 실수인가.

그런 꼴사나운 저를 보며 불결 씨는 더더욱 기분이 좋아진 모양입니다.

"그것 봐! 증거 같은 건 아무 데도 없잖아! 해냈다, 그녀는 내거다! 히힛."

"……크읏."

"……크읏."

안타깝게도, 그가 부정을 저질렀다는 유력한 증거가 없습——

아, 아니다. 하나 더 있지 않습니까.

저는 병을 두고, 잠든 그녀를 안아 일으켰습니다.

"기다려주세요. 이게 증거입니다."

"흐히…… 졸려서 자는 것뿐이잖아. 상식적으로 생각하라고."

"아뇨, 그녀는 당신이 준 물을 마시고 잠들었습니다."

"증거는? 그 증거는 있는 거야? 응? 있냐고?"

"…………."

여, 열 받아……!

불결 씨를 가지고 놀던 그녀도 충분히 도리를 벗어난 사람이지만, 그는 그것을 능가하는 진성 도리를 모르는 놈이었습니다. 차라리 마법으로 날려버릴까요?

……아, 그거 괜찮을지도.

냉정함을 잃은 것일지도 모르지만, 그러나 제게 싸움을 걸어온 불결 씨에게 참을 수 없이 화가 났습니다.

부아가 치밉니다.

저는 지팡이를 꺼내서——.

"잠깐 기다려."

그렇게.

위에서 목소리가 들려왔습니다.

들어본 적이 있는 듯, 없는 듯한 목소리.

위를 올려다보니, 언젠가 만났던 거한이 떡 버티고 서 있습니다. 그 양 옆에는 옷 색깔만 다른 두 남자.

오오, 이 무슨.

이번만큼은 정말로 구세주처럼 보였습니다.

○

"안녕하세요."

내려온 세 사람에게 꾸벅 인사하자 그의 얼굴 근육이 부드럽게 풀었습니다. ……즉, 웃었다는 겁니다.

"오랜만이로군, 마녀 아가씨."

"오랜만입니다. 근육질 씨."

며칠 전에 만났던 멋진 근육을 가진 남자. 근육질 씨. 본명은 모릅니다. 하지만 딱히 상관없다고 생각합니다. 그는 근육이라는 단어에 가슴 설레 하는 이상한 사람인지라 "흐흥, 그렇다. 내가 바로 근육질 씨다"라고 가슴을 펴고 있습니다. 역시 뇌까지 근육인 건 변함이 없는 모양입니다.

"두 분도 오랜만이네요."

근육질 씨 양 옆에 선 두 사람에게도 인사.

"오랜만이군.""여어, 오랜만이야."

기분 탓인지, 두 사람의 근육이 늘어난 듯 보입니다. 저를 속이려 했던 나쁜 두 사람이지만, 지금 이렇게 불끈불끈 근육이 붙어 버린 모습을 보면 어쩐지 불쌍해 보입니다.

"형님, 피부가 좀 구릿빛이 된 것 같은데?""그렇게 말하는 너야말로.""핫핫하.""핫핫하."

정정.

충실한 근육 생활을 보내는 모습입니다.

어찌 되어도 좋을 이야기로 꽃을 피우는 두 사람은 무시하고, 저는 몰래 근육질 씨에게 자세한 사정을 설명했습니다.

소곤소곤.

근육질 화났다.

"호오, 이 얼마나 쓰레기 같은 뚱보 놈이란 말인가. 어엉?"

"아, 아냐! 나나나나는 아무것도 안 했어! 진짜 실력으로 이겼다고!"

"거짓말하지 마!"

근육질 씨가 멱살을 잡았습니다.

히익, 불결 씨가 비명 같은 신음 소리를 냈습니다.

"거, 거짓말 아냐!"

"그렇다면 인정할 때까지 심문해주지."

"하, 하지 마! 비겁하다고, 너희들! 어차피 나 같은 못난 놈이 그녀를 손에 넣을 수 있을 리 없다고 마음속으로 비웃고 있던 거 잖아! 하지만 나는 노력해서 이겼다고! 그게 사실이야! 인정해!"

침을 튀겨가며 그는 말했습니다. 약간, 근육질 씨가 짜증 난 듯한 표정을 지은 것을 저는 놓치지 않았습니다.

이대로는 비겁한 불결 씨가 공개적으로 두들겨 맞을지도 모릅니다.

뭐, 딱히 어찌 되든 상관없습니다만.

"…………으음."

근육질 씨에게 대롱대롱 매달려 있는 불결 씨를 우두커니 노려보고 있을 때, 뒤에서 목소리가 들려왔습니다.

불결한 사람이 떠들어댄 덕분인지, 충분한 수면을 취했기 때문인지, 이 절묘한 타이밍에 드디어 그녀가 눈을 뜬 모양입니다.

"……시끄럽잖아."

살짝 흐트러진 검은 머리카락을 정돈하며, 그녀는 나른하게 몸을 일으켰습니다.

그리고 주위를 살펴본 다음 한마디를 던졌습니다.

"아, 승부는 정해졌어?"

잠시 침묵이 흘렀지만, 누구 하나 말을 꺼내려 하지 않았기 때문에 제가 결과를 가르쳐주었습니다.

"아, 그래. 뚱뚱이가 이겼구나."

그녀의 반응은 담백했습니다.

그리고 하늘을 올려다본 후, "그래도 뚱뚱이랑 사귀지 않을 거니까"라고 아무렇지 않게 단언했습니다.

담백한 데다 잔인합니다.

그 자리를 얼려버린 한마디에 불결 씨는 죽은 물고기처럼 움직이지 않았고, 청결 씨는 어쩔 줄을 몰라 하고 있었으며, 두 형제는 변함없이 근육 이야기로 꽃을 피우고 있는 그때. 단 한 사람, 그녀에게 말을 던진 남자가 있었습니다.

근육질 씨입니다.

"너, 뭐 하고 있는 거냐? 이런 곳에서."

……으응?

"아, 오빠. 어쩐 일이야? 이런 곳에."

……오빠?

"너, 엄청 강한 남자들에게 납치당했던 거 아니었냐?"

"아, 그건 그때 사귀던 남자 친구들이야."

들이라는 건 뭔가요? 들이라니.

"그렇군. 그래서 지금은?"

"새로운 남자 친구를 찾고 있는 중이야."

"찾았냐?"

"완전히 글렀어. 빈약한 멸치들뿐이야."

힐끗 청결 씨를 보고 그녀는 말했습니다.

순식간에 파랗게 질려가는 청결 씨의 어깨에 툭, 손을 올려주었습니다. 그는 또 울기 시작했습니다.

"저기, 혹시 예의 그 여동생이라는 건."

만약을 위해, 저는 물었습니다. 그리고 근육질 씨는 긍정했습니다.

"그래, 이 녀석이야."

"…………."

뭐여, 그게.

○

그리하여 여동생을 발견한 근육질 씨는, 셋이 함께 고향으로 돌아가 행복하게 살았다고 합니다. 해피엔딩.

네? 어째서 셋이냐고요? 한 사람은 청결 씨입니다.

"기, 기다려주세요! 저, 형님에게 인정받을 수 있도록 노력할 테니, 부디 함께 데려가 주시지 않겠습니까?"

그렇게 눈물을 닦으며 한 걸음 내디딘 그의 용감한 모습은 역시 산뜻했습니다. 무엇을 해도 그 나름대로 그림이 되는 분이로군요.

근육 남매는 서로의 얼굴을 마주 보았습니다.

"흠, 근육을 단련하고 싶다는 건가? 과연."

근육질 씨는 납득한 듯 고개를 끄덕였습니다. 그리고 여동생의 반응은 어땠는가 하면, 어찌 되든 상관없다는 듯 하품을 했을 뿐입니다.

대체 그녀의 어디가 좋은 것일까요?

뭐, 사랑은 눈을 멀게 한다고 하니, 분명 언젠가 눈을 뜨고 마음도 식을 테지요. 다만 그 무렵에는 근육투성이가 되어 있을지도 모릅니다.

멀어져가는 세 사람에게 손을 흔들어주고 있으려니 제 등 뒤에서 기묘한 신음 소리가 들렸습니다. 아, 이 사람을 잊어버리고 있었습니다.

뒤를 돌아보자 불결 씨가 꼴사납게 지면을 구르고 있었습니다.

위로할 마음도 들지 않았기 때문에 그대로 내버려 두었습니다.

"저기 형님, 저 돼지는 어떻게 생각해?" "근육이 부족하군——아, 어이 잠깐 기다려. 근육 형님이 안 계신데?" "정말이네! 근육 형님이 안 계셔." "설마 우리들을 두고 어딘가로 가버리신 건가?" "곤란하군." "그러게."

겨우 근육 대화를 끝낸 마술 형제는 주변 상황을 이해하지 못하고 있는 것 같습니다.

그래서 제가 친절하게 설명해주었습니다.

이러이러 저러저러하다고.

167

"뭣이! 그럼 근육 형님은 이제 여행을 그만두신 건가?!" "이 무슨 일이람. 심각한 사태야, 이건."

"뭐, 그렇게 되겠네요. 최종 목적을 이상하게 달성해버렸으니까."

분명 고향에 돌아가, 셋이서 근육투성이 생활을 보내겠지요.

하지만 특별히 상관없지 않은가요?

"근육질 씨에게 해방되었으니, 앞으로는 다시 마술사로서 활동하시면 되지 않나요?"

제가 제안하자 두 사람은 뭔가 미묘한 표정을 지었습니다.

"마술사?" "마술사?"

이건 설마.

"아니, 당신들 저랑 만났을 때는 마술사였잖아요? 사람을 속여서 돈을 뜯어내려고 했던 걸 잊었나요?"

"……아." "……아."

"그랬어…… 우리들은 마술사였어……." "크읏…… 근육투성이 생활을 쭉 보낸 탓에 잊고 있었다고……."

무서운 근육.

어쨌든 그런 흐름을 거쳐서.

그들 두 사람은 본래 역할을 떠올리고 셋이서 마술 집단으로 활동하게 되었다고 합니다. 해피엔딩.

…………

예. 예상하신 대로, 세 번째 사람은 불결 씨입니다.

"거기 너, 우리들과 함께 가지 않겠어?" "그래. 너는 우리들과 파장이 맞아. 분명 좋은 마술사가 될 수 있을 거야."

웅크리고 있는 불결 씨의 어깨에 손을 올린 두 사람은, 무척이나 쉽사리 그런 제안을 했습니다.

당사자인 불결 씨로 말하자면, 콧물 범벅이 되면서 뭔가 의미를 알 수 없는 신음을 할 뿐. 꼴불견. 하지만 두 사람은 이해한 모양입니다.

"그래. 그래—— 괜찮아. 그것에 관해서는 걱정 없어. 우리들이 제대로 가르쳐줄 테니까." "너한테는 재능이 있을 것 같다고, 처음 본 순간부터 그렇게 생각했다고. 그러니까 우리를 따라와."

드디어 불결 씨가 고개를 끄덕였습니다.

그리하여 세 사람의 마술사 집단은 여행을 시작했습니다. 『우리들과 배불뚝이』라는 이름으로 활동을 시작하기로 정하면서, 팀이름 문제도 잘 해결된 그들은 드디어 세계를 누비는 서커스단으로 성장했다든가, 안 했다든가. 진위는 알 수 없습니다.

그것은 역시 저와는 관계없는 이야기인 것입니다.

제 9 장

이야기의 발단은 조금 전 나눈 이 대화 때문이라고 생각합니다.

"마법시험 합격 축하한다, 일레이나."

"최연소로 마녀 견습생이라니 대단하잖아. 너는 우리의 자랑이야."

도라지 코르사주를 가슴에 달고 돌아온 저를 두 분은 매우 기뻐하며 반겨주었습니다. 하지만 그때의 저는 뭐라 말할 수 없는 미묘한 심경이었다는 것을 지금도 기억하고 있습니다.

저는 분명 탄식한 다음 이렇게 말했을 터입니다.

"하지만, 그다지 성취감은 없었어요."

라고.

그것은 쑥스러움을 감추려는 것이 아니라, 틀림없는 진심이었습니다. 이긴 기분이 들지 않았다고 할까, 실감이 들지 않았다고 할까.

말하자면, 그다지 기쁘지 않았습니다.

"응? 무슨 일 있었니?"

아버지의 물음에 저는 대답했습니다.

"다들 너무 약해서 맥이 빠져버렸어요. 이래서는 마녀가 되는 것도 시간문제일지 몰라요."

"…………호오."

"어머나……."

두 사람은 뭐라 말할 수 없는 표정이었습니다.

분명 이 대화 탓이었다고 할까, 그 일은 틀림없이 당시의 제 낙관과 실언이 불러들인 사태였습니다.

그 탓에 꽤나 안 좋은 경험을 하기도 했습니다만.

지금 생각해보면 단순한 추억 이야기입니다.

○

지금으로부터 약 4년 정도 전.

제가 아직 지금처럼 검은 삼각 모자나 로브가 아닌, 하얀 블라우스에 검은 스커트를 몸에 걸치고 있을 무렵── 열네 살 무렵의 이야기입니다.

당시 마법시험을 단번에 합격한 저는 곧바로 마녀님 아래, 제자로 들어가려 했습니다.

하지만 여러 사정으로 제 고향인 평화의 나라 로베타에 사는 마녀들에게는 부탁할 수 없었습니다── 그렇다기보다, 부탁해도 소용없었습니다.

그래서 저는 비장의 방법을 사용하기로 했습니다. ……아니, 비장의 방법이라고 할까, 단순히 소문을 들었을 뿐이지만요.

그 소문에 이르길,

"로베타 근처의 숲에 별무리의 마녀라는 수상한 여자가 살고 있다고 한다."

라고 합니다.

이야기를 들은 직후에 저는 빗자루를 타고 날아갔습니다. 로베타에 사는 마녀가 아니라면 선생님을 해줄지도 모른다고 생각했던 것입니다.

그 소문에 의하면 별무리의 마녀님은 숲의 안쪽, 나무 위 폐가에 멋대로 자리 잡고 살기 시작한 방랑자라고 합니다.

그런 사람이 정말로 있을지 반신반의했습니다.

그렇기에, 숲속에서 마녀의 모습을 발견하고 말았을 때는 무척이나 놀랐습니다.

"우후후…… 아하하……."

"…………."

머리카락은 밤의 어둠처럼 까맸고, 그에 맞춘 듯한 검은 로브와 삼각 모자를 몸에 걸쳤으며, 가슴에는 별을 본뜬 브로치가 있었습니다.

그야말로 마녀다운 그런 차림을 한 연령 미상의 여성은 숲 안쪽, 나무 위에 있는 집 한 채——의 앞쪽 수풀에서 나비들과 놀고 있었습니다.

그냥 돌아갈까, 진심으로 그리 생각했습니다.

하지만 당시의 제가 의지할 수 있는 마녀는 이제 눈앞의 이 이상한 마녀밖에 없었습니다.

"……저기, 실례합니다."

그리하여 저는 고민한 끝에 그녀에게 말을 걸었습니다.

저의 존재를 깨달은 그녀는 미소를 띤 채 고개를 갸웃거렸습니다.

"우후후…… 어머? 어머머? 혹시 당신은…… 일레이나 씨?"

깜짝 놀랐습니다. 처음 만난 사람이 제 이름을 알고 있었습니다.

"저를 아시나요?"

상대가 상대인지라, 어쩐지 안 좋은 예감이 들었습니다.

"네, 유명하잖아요. 열네 살밖에 안 된 주제에 마법시험에서 다른 마법사들을 압도하고 간단히 이긴 건방진 꼬맹이잖아요?"

"…………."

"물론 이건 제 의견이 아니에요. 기분 나빴다면 미안해요."

"……아뇨. 익숙합니다."

마법시험은 한 번의 시험에서 합격자를 한 명만 뽑는 좁은 문이기 때문에, 최연소로 합격해버린 저는 눈에 띄는 존재가 되었습니다.

당연히 나쁜 의미로.

저보다도 나이가 많은 마법사들을 간단하게 쓰러뜨려가는 제 모습은 고향에 사는 마녀들에게는 좋게 비치지 않았나 봅니다. 그녀들은 모두 제 부탁을 거절했습니다.

그래서 숲에 사는 정체불명의 마녀를 찾아오게 된 것입니다.

하지만 소문이 이렇게까지 퍼져 있다면, 분명 소용없으리라고 반쯤 포기했습니다.

"그래서, 용건은?"

"……아뇨."

저는 그 자리에서 물러나려 했습니다. 무리일 게 당연하다고 생각했기 때문입니다.

하지만 그녀는 말했습니다.

"혹시 제자로 받아달라는 타진을 하러 온 건가요? 그거라면 딱히 상관없어요. 어차피 한가하니까."

"네?"

저는 놀랐습니다.

그녀가 무슨 말을 했는지 한순간 이해하지 못했을 정도입니다.

"어째서 놀라나요? 아, 혹시 다른 부탁으로 온 건가요?"

"아뇨, 분명 제자로 받아달라는 부탁을 드리러 오기는 했습니다만……."

"어머어머. 그렇다면 이제 정해졌네요. 오늘부터 당신은 제 제자입니다."

"아니, 하지만…… 저기, 네?"

기묘한 전개에 좀처럼 이해력이 따라가지 못했습니다.

그녀가 저를 알고 있다면, 로베타의 마녀들과 마찬가지로 거절하리라 생각했기 때문입니다.

"음? 이상한 표정을 하고 있네요. 무슨 생각을 하는지는 알겠어요. 하지만 안심하세요. 저는 당신의 고향에 사는 나약한 마녀들과는 다르거든요. 상대가 건방질 뿐인 꼬맹이든 뭐든 관계없어요."

그녀는 단호하게 잘라버리듯 말했습니다.

이때 살짝 감동했던 것을 지금도 기억하고 있습니다. 아아, 드디어 나는 내 실력을 인정해주는 사람과 만날 수 있었다, 라고.

"그럼, 제 제자가 되겠어요? 아니면 고향의 나약한 마녀에게 고개를 숙이러 가겠어요?"

저는 그녀에게 고개를 숙였습니다.

"⋯⋯⋯⋯고향에는── 돌아가지 않겠습니다. 당신의 제자로 삼아주세요."

이것이 저와 별무리의 마녀── 프랑 선생님과의 만남이었습니다.

그리고 수행이 시작되고 며칠이 지났습니다.

보통 마녀 견습생의 수련은 스승에게 마법을 배우거나 마법의 기량을 더욱 높이는 것을 말합니다. 당연히 저도 그런 일들을 하리라 생각했습니다.

하지만 프랑 선생님과 저의 관계는 조금 달랐습니다.

⋯⋯아니, 많이 달랐습니다.

그 당시 저의 하루는 이런 느낌입니다.

"좋은 아침이에요, 일레이나. 배가 고프니 뭔가 만들어주세요."

"⋯⋯뭐가 좋으신가요?"

프랑 선생님에게 밥을 지어 드리는 것이 제 일과가 되어버렸습니다.

"그러네요⋯⋯ 스테이크가 먹고 싶은 기분이에요."

"아침부터 너무 부담되지 않을까요?"

"그럼, 이 근처의 잡초면 돼요."

"타협의 정도가 지나친 거 아닌가요?"

결국, 그날은 전날 구운 빵을 먹는다고 하는 결론으로 마무리 되었습니다.

그리고 점심이 될 때까지 저는 자주적으로 마법 공부. 선생님 으로 말할 것 같으면, 뭔가 수상한 연구를 하거나 숲에 산채를 채 취하러 나가거나 하며 마음 내키는 대로 지냈습니다.

"선생님, 마법을 가르쳐주셨으면 하는데요……."

"어머. 미안해요. 지금 좀 바쁘니까 나중에 하지 않겠어요?"

부탁해보아도 대체로 이런 느낌으로 얼버무렸습니다. 저에게 마법을 가르쳐준 적은 단 한 번도 없었습니다.

그러기는커녕.

"일레이나, 공부를 너무 많이 하면 지쳐요. 가끔은 노는 게 어 떤가요?"

라는 말을 하는 지경.

마녀 견습생이 마녀가 되는 조건은 스승이 된 사람에게서 인정 을 받는 것——입니다만, 대체 뭘 하면 인정을 해줄지 전혀 알 수 없었습니다. 가르쳐주지를 않습니다.

제자가 된 마녀 견습생이 할 수 있는 일은 그저 열심히 하는 것. 무얼? 분명 전부, 일 겁니다.

마법을 가르쳐주지 않는 것도 자주성을 기르게 하기 위한 일이 리라 생각하고, 저도 그 이후에는 모르는 것이 있어도 묻지 않게 되었습니다.

하지만 프랑 선생님의 요구는 악화일로였습니다.

"일레이나, 식재료가 떨어졌어요. 사다 주세요."

"일레이나, 숲에 가서 도마뱀붙이(뱀목 도마뱀붙이과의 동물)를 다섯 마리 정도 잡아다 주세요. 연구에 필요해요."

"일레이나, 저녁밥은 아직인가요?"

"일레이나, 욕실에 거미가 나왔어요. 없애주세요. 무서우니까."

"일레이나, 어깨를 주물러주세요."

이것도 마녀가 되기 위해 필요한 일이라고 스스로를 납득시키며, 노예처럼 매일같이 프랑 선생님의 쓸데없는 부탁을 잠자코 들어드렸습니다.

잘도 참았다고, 지금도 생각합니다.

어쩌면 그녀는 저를 이용하고 있을 뿐인 것은 아닐까 의심한 일도 있습니다. 하지만 의심스럽다고 해도 도망칠 수 없습니다. 어차피 고향에 돌아가도 선생님이 되어줄 사람은 없으니까요.

참자, 참아.

저는 그저 한결같이 공부와 연습을 계속했습니다.

저는 어느 날 밤, 잠들기 전에 넌지시 프랑 선생님에게 물어보았습니다.

"어째서 저에게 마법을 가르쳐주지 않으시나요?"

"당신에게는 가르쳐줄 필요가 없으니까요."

프랑 선생님은 하품을 하며 그렇게 간단히 대답했습니다.

그때의 저는 그녀의 말이 무슨 뜻인지 잘 이해할 수 없었습니다.

인내하는 매일을 보내다 문득 깨닫고 보니, 프랑 선생님의 제자가 된 지 한 달이 지났습니다.

평소처럼 나무를 바람 마법으로 벌채해대고, 장작으로 만든 다음 불꽃 마법으로 불태워, 최종적으로는 물로 진화한다는 의미를 알 수 없는 일과를 하던 때의 일입니다.

"어머 어머. 무척 난폭하군요."

프랑 선생님이 뒤에 서 있었습니다.

제가 혼자서 마법 연습을 하는 현장을 찾은 것은 이때가 처음이자 마지막이었다고 기억합니다.

손을 멈추고, 프랑 선생님 쪽으로 달려갔습니다. 드디어 마법을 가르쳐줄 마음이 든 것이리라 생각했던 것입니다.

하지만.

"응? 왜 그러나요? 딱히 가르쳐줄 건 없는데요?"

옅은 기대는 순식간에 산산조각이 났습니다.

결국, 정말로 저에게 마법을 가르쳐줄 마음은 없었는지, 그녀는 그대로 뒤에서 제가 연습하는 모습을 바라볼 뿐이었습니다.

분명 무언가 의미가 있을 것이 틀림없다── 주문처럼, 마음속으로 그리 외우며, 저는 그저 한결같이 무의미한 연습을 계속했습니다.

"슬슬 때가 됐군요……."

그런 중얼거림이 들려온 듯한 기분이 들었습니다.

그 다음 날, 점심.

그녀는 저의 어깨를 두드리며 말했습니다.

"지금부터 시험을 보겠습니다."

라고.

그 엉뚱한 요청에 당황해서, 이 사람 대체 무슨 소리를 하는 거야? 라고 진심으로 생각했습니다. 하지만 그 이상으로 기쁨을 느꼈습니다.

분명 이 시험에서 좋은 결과를 내면 마법을 배울 수 있으리라——그렇게 생각했던 것입니다.

프랑 선생님이 저를 데려간 곳은 초원이었습니다. 눈앞에는 선명한 녹색이 바람에 흩날리는 광경이 펼쳐졌습니다.

저와 대치하듯 선 그녀는 지팡이를 쥐고 평소와 같은 미소를 무너뜨리지 않은 채 말했습니다.

"지금부터 당신은, 저와 싸워야 합니다."

당혹스러웠습니다.

절대 이길 수 있는 상대가 아닙니다. 그런 건 하기 전부터 알고 있습니다.

"……농담인가요?"

"이런 이런. 제가 이런 진지한 장면에서 농담을 할 리가 없잖아요?"

마법 같은 건 전혀 배우지 못했는데, 갑자기 싸우라고? 터무니없습니다.

"프랑 선생님, 하지만, 아무리 그래도 그건……."

"네, 시작하죠."

저의 작은 반론은 완전히 무시되었습니다.

짝, 손뼉을 친 것을 신호로 그녀는 저와의 간격을 단숨에 줄였습니다. 그리고 지근거리에서 마법을 발동했습니다.

저는 당황했습니다. 허둥댔습니다.

갑자기 고해진 시험의 내용. 일부러 접근하여 공격해 오는 프랑 선생님. 지금 생각해보면, 그것은 분명 저의 페이스를 흐트러뜨리기 위해 일부러 그런 것이 분명합니다.

고식적인 수단입니다.

"……히익."

하지만 그 고식적인 수단에 그대로 농락당한 것이 당시의 저였습니다.

분명히 죽일 생각으로 펼쳐진 마법 공격들. 마력의 구슬, 열선, 바람의 칼날, 암석의 비, 우레의 창.

전황은 당연히 저의 열세였으며, 방어하기 급급했습니다.

때로는 초원을 구르기도 하고 때로는 마법을 맞받아치기도 하며, 일단 반격 기회가 찾아오기를 그저 계속해서 기다렸습니다.

"왜 그러죠? 마법 시험에서 다른 사람들을 압도했던 당신 실력은 그 정도인가요? 별거 아니군요."

공격의 기세를 늦추지 않고, 온화하게 그리 말한 프랑 선생님은 변함없이 미소 짓고 있었습니다. 그 모습이 너무나도 무서웠습니다—— 마치 그녀가 저를 괴롭히며 즐거워하는 것처럼 느껴졌습니다.

저는 생각했습니다.

결국은, 이 사람도 고향의 마녀들과 똑같은 것이 아닐까——
하고.

즉, 그저 저를 짓밟기 위해서 제자로 받아준 것이 아닐까 하고.
아무것도 가르쳐주지 않았던 것도, 저를 싫어하기 때문이 아닐까
하고.

그것은 한 달이 넘는 시간 동안 계속해서 마음 한편 자리 잡고
있던 의심이었지만, 애써 시선을 돌려오던 것이었습니다.

이 사람만은 다르다. 믿어도 괜찮다. 자신에게 그렇게 말하며
참아온 것입니다.

그랬건만.

"............윽."

눈앞이 새카매진 것 같은 느낌이었습니다.

정신을 차려보니 저는 멍하니 그 자리에 서 있었습니다.

프랑 선생님은 공격하던 손을 멈추고 "어머 어머, 벌써 끝?" 하
고 조소했습니다.

그것이 마지막 일격이 되었습니다.

지금까지 담아두었던 여러 감정이 제 안에서 날뛰기 시작했고,
억누를 수 없게 되었습니다.

믿고 있던 사람에게 배신당한 절망. 아무리 상대가 마녀라고
해도 반격을 하나도 하지 못한 분함. 나도 노력했는데, 어리다는
이유만으로 피하고, 미움받고, 인정받지 못했던 슬픔.

끝없이 흘러나오는 여러 감정들은 저의 이성을 날려버렸습니
다.

인내의 한계가 찾아왔습니다.

"으, 큭…… 우아아아아아아아앙……."

저는 울었습니다. 그 자리에 주저앉아 큰 울음을 터뜨렸습니다.

열기를 띤 눈동자에서 흘러내리는 커다란 눈물방울은 어찌할 수 도리 없이 넘쳐흘렀고, 닦아도 닦아도 멈추지 않았습니다.

이렇게 되면 한심스러운 목소리만이라도 참아보겠노라 입술을 깨물어보았지만 어떻게 힘을 주어야 하는지도 알 수 없었습니다.

그저 저는 초원 한가운데에서 계속해서 울 뿐이었습니다.

정말이지 꼴사나운 모습이었습니다.

"엇? 어라? 저기……."

그런 저의 모습을 프랑 선생님은 깜짝 놀라 동그래진 눈으로 보고 있었습니다. 무척이나 당황한 모습이었습니다.

그녀는 어찌할 바를 몰라 하는 발걸음으로 제 쪽으로 다가왔습니다.

"미, 미미미미안해요! 설마 울 줄은……."

그런 말을 하며 양손을 허둥지둥 움직였습니다.

"우와아아아아아아아앙……."

"으아아아아아아아아……."

그녀가 제 우는 얼굴을 보는 것이 싫어서, 양손으로 눈을 덮었습니다. 눈물은 역시나 멈추지 않았습니다. 이번에야말로 입술을 앙다물겠다며 턱에 힘을 주었지만, 떨리기만 할 뿐 아무 소용이 없었습니다. 저는 제 의사와는 달리 계속 울었습니다.

그리고 그녀는 무슨 생각을 했는지, 제 울음을 그치게 할 방법을 이것저것 찾기 시작했습니다.

"그, 그래……! 자, 이것 보세요, 일레이나. 당신이 아주 좋아하는 나비를 만들었어요!"

프랑 선생님은 마법으로 만든 얼음을 쪼개서 나비 모양으로 만들어 보였습니다. 나비를 좋아하는 건 제가 아닐 텐데요.

저는 계속해서 울었습니다.

"어라……? 실패……? 그렇다면, 이건 어떤가요? 잡초로 만든 왕관이에요!"

프랑 선생님은 그 근처에 자라난 풀을 바람 마법으로 싹둑 잘라서 둥글게 만들어 왕관을 완성했습니다. 그것을 제 삼각 모자 위로 씌우려 하기에 전력으로 피했습니다.

"아, 안 돼……? 그럼 이건 어떤가요? 자, 불구슬이에요!"

이제 뭘 하고 싶은 것인지 알 수 없게 되었습니다.

"어쩔 수 없군요…… 이상한 얼굴을 하겠어요! 잘 보세요, 자! 자아!"

무시했습니다.

"어, 저기, 그럼…… 그렇다면…… 아, 맞다."

온갖 방법을 시험한 끝에 그녀는 저를 끌어안았습니다.

손쓸 방법이 없다고 깨달은 그녀가 선택한 고육지책이었지만, 효과는 만점이었습니다. 그저 계속해서 날뛰던 감정과 눈물이 단숨에 진정되었으니까요.

"히이이익……."

바로 전력으로 거절했습니다.

"자아, 자아. 진정하세요. 일레이나."

"하지 마요……! 무슨, 무슨 속셈이에요……?!"

부끄러워하는 거라고 생각한 것일까요? 잘못 짚었습니다. 정말로 싫어서 거부한 겁니다.

하지만 대체 어디에서 그런 힘이 솟아났는지, 그녀의 양팔은 저에게 달라붙은 채 떨어지지 않았습니다.

"정말 미안해요. 조금 지나쳤어요."

"……거짓말하지 마세요! 저를 괴롭히며 즐겼으면서, 이제 와서 상냥하게 대해주는 건가요? 저를 마녀로 만들어줄 마음 같은 건, 처음부터 없었으면서!"

"즐기다니, 그런…….."

"놔주세요……! 이제 싫어요, 모두 다 정말 싫어요! 로베타의 마녀들도, 당신도! 결국 똑같잖아요! 로베타의 마녀들과는 다르다고 해서 믿었는데!"

"…………."

"내가 얼마나 노력했는지도 모르는 주제에! 그저 결과만 보고 업신여기고! 어째서 아무도 저를 있는 그대로 봐주지 않는 건가요?! 저는, 저는 그저…… 인정받고 싶었을 뿐인데——."

저를 끌어안은 손의 힘이 강해졌습니다.

"정말로 미안해요, 일레이나. 당신의 진심, 잘 알았어요."

그리고 그녀는 저의 머리카락을 쓰다듬었습니다.

"지금까지 잘 참았어요."

"하지 말라고 말했잖아요……! 또 그렇게 저를 속일 생각인가요?"

제 목소리는 떨렸습니다.

"——아뇨, 이제 속이는 건 그만둘게요. 전부 이야기할게요."

이젠 제게도 한계니까요——라고, 그녀는 양손을 제 어깨에 얹고 똑바로 저를 바라보았습니다. 변함없는 미소는 어쩐지 슬픈 빛을 띤 듯도 보였습니다.

그리고 그녀는 천천히 입을 열었습니다.

"나는 있죠, 당신의 부모님께 부탁을 받았답니다."

○

숲속에 집으로 돌아온 뒤, 프랑 선생님은 모든 것을 알려주었습니다.

"지금부터 한 달 정도 전이었어요. 당신의 부모님과 만났을 때, 그들은 큰돈과 함께 이런 부탁을 했답니다.

『저희 딸에게 엄청나게 어려운 시련을 주세요』라고.

대체 무슨 말인지 전혀 이해할 수 없었어요.

이야기를 들어보니, 당신의 부모님은 당신의 미래를 걱정하고 있다고 했어요. 이대로 실패를 배우지 못한 채 성장해버리면, 언젠가 길을 잘못 들었을 때 돌이킬 수 없게 되는 것은 아닐까 하고.

부모님의 명예를 위해 말해두겠지만, 부모님은 결코 당신을 괴롭히고 싶어서 그런 제안을 했던 게 아니라는 걸 알아주세요.

일부러 저를 찾아와서까지 그런 제안을 한 데에도 이유가 있었어요. 당신의 고향—— 분명 평화의 나라 로베타였죠? 그 나라에 사는 마녀들은 당신의 실력에 겁을 먹었던 거예요. 『이런 아이를 가르치는 건 못 해』라고 입을 모아 말했다더군요. 뭐, 그 나라는 이름 그대로 너무 평화로워서 실력을 가진 마녀가 전혀 없다고 해도 좋을 정도니까요…….

그 나라의 마녀들이 당신을 거절할 것을 예상하고, 저에게 부탁하러 왔던 거예요.

뭐, 말하자면 당신의 콧대가 높아졌으니 일찌감치 쓴맛을 보여 주자는 제안이었죠.

내키지는 않았지만 저는 그들의 제안을 받아들이기로 했어요.

그리고 당신이 왔죠.

부모님에게 이야기를 들었을 때는 그저 건방질 뿐인 꼬맹이일 거라는 인상밖에 없었기 때문에, 맨 처음에는 엄청나게 어려운 시련을 줘서 완전히 마음을 꺾을 생각이었어요.

하지만 실제로 함께 지내보니, 이미지와는 전혀 다른 사람이었죠.

당신은 목적을 달성하기 위한 노력을 아끼지 않고, 우수하고 의욕이 넘치더군요. 그리고 그에 걸맞은 실력도 있어요.

그야말로 지금 당장 마녀로 인정해도 좋을 정도로.

저는 당신과 지내는 동안 『성공만 해서 콧대가 높아진 일레이나에게 실패를 가르친다』는 목적을 포기했어요. 분명 당신의 부모님은 당신에게 『생각대로 되지 않는 일도 있다』는 걸 가르치고 싶었겠지만, 그건 필요 없는 일이라고 깨달았죠.

어차피 당신을 억지로 실패하게 만든다고 해도, 결과는 뻔했거든요. 분명 당신은 포기하지 않고 다시 덤벼들 거예요. 실패를 견뎌내고 말겠죠. 마음이 꺾이는 일 따위 없을 거예요.

그리고 그것이 바로 스승인 내가 발견할 수 있었던 문제점.

일례이나, 당신은 지나칠 정도로 인내하고 있어요.

자신의 젊음과 실력을 잘 알고 있기에, 당신은 다소의 불합리한 일은 그냥 견뎌내고 말죠.

내가 아무리 불성실한 태도여도, 아무리 하찮은 부탁을 해도, 전혀 불만을 말하지 않았죠? 어째서인가요? 이제 저 말고는 의지할 사람이 없다고 생각해서?

당신은 로베타의 마녀들에게 거절당했을 때, 뭐라고 생각했나요?

'어쩔 수 없지'라고 스스로 마무리 짓지 않았나요? 마녀들에게 한 번이라도 반론했나요?

저는 당신의 인내에 한계가 올 때까지 기다리기로 했어요. 그리고 어제, 당신의 마법을 보고 그때가 왔다는 걸 알았죠.

오늘 시험은 그 마무리였죠.

참고로 제가 예상한 흐름은 그대로 시험을 계속해서 제가 이기고, 그래도 불만을 말하지 않았을 때는 설교를 하는 거였어요. 그건 불합리하기 그지없는 일이니까요.

참고 자신의 진짜 마음을 감추기만 하는 건 안 돼요. 언젠가 망가지고 마니까요.

하지만, 설마 울음을 터뜨릴 거라고는 예상하지 못했네요…….

그렇게 견디기 힘든 처사였군요. 당신이 묘하게 어른스러운 탓에 아직 열네 살 여자아이라는 걸 완전히 잊었네요.

정말로 미안해요."

그리고 프랑 선생님은 마지막으로 이렇게 말했습니다.

"너무 참기만 하면 안 돼요. 마음에 들지 않는 일이 있으면 싸우세요. 싫은 건 싫다고 분명하게 말할 수 있게 되세요. 적당히 감정을 분출하면서 자기 자신을 지키세요."

어떤 마음으로 선생님의 말을 듣고 있었는지, 이제는 생각나지 않습니다.

하지만 그것은 태어나 처음 듣는 말이었습니다.

참지 마라.

지금의 제가 있는 것은, 어쩌면 그 말 덕분――일지도 모릅니다.

뭐, 지금도 가끔 스트레스를 쌓아두기도 하지만요.

○

제가 프랑 선생님 아래에서 수행을 한 시간은 1년.

처음 한 달 동안 너무 참았다고 주의를 받은 후, 진짜 수행이 드디어 시작되었습니다.

"좋은 아침이에요, 일레이나. 배가 고프니까 뭔가 만들어주세요."

"여기요, 잡초입니다."

"……저기, 이건 무슨 괴롭힘인가요?"

"참지 말라는 말을 들었으니까,『선생님 아침밥을 만드는 거 귀찮은데』라는 마음을 솔직하게 따르기로 했어요."

"…………."

"농담이에요."

결국 전날 만든 빵을 먹는다는 결론으로 마무리되었습니다.

변함없이 프랑 선생님의 노예 같은 일은 계속해야 했지만, 뭐 마법을 제대로 가르쳐주는 대가라고 생각하면 전혀 힘들지 않습니다.

이런, 이건 참는 게 아니거든요? 수업료입니다.

프랑 선생님이 말씀하시길,

"당신에게는 기술도 재능도 있어요. 압도적으로 부족한 것이 있다고 한다면, 그건 바로 경험이에요."

라고 하기에 저는 몇 번이고 프랑 선생님과 겨루며 경험을 쌓았습니다.

무척 충실한 하루하루였습니다.

그런 매일은 맨 처음에 보냈던 지옥 같은 한 달 동안보다도 훨씬 짧게 느껴졌을 정도입니다. 매일같이 마법 특훈, 숲속에 홀로 있는 집으로 돌아와 마법 공부. 즐거웠습니다. 무척이나.

프랑 선생님에게 배우는 수행 중에 특히 인상 깊었던 것이 있습니다.

그것은 평소처럼 숲에 있는 집 바로 앞에서 열심히 마법 훈련을 하고 있을 때였습니다.

"일레이나."

프랑 선생님은 갑작스레 말했습니다.

"저기 병이 놓여 있죠? 보이나요?"

프랑 선생님이 가리키는 방향에는 분명히 술병이 둘 세워져 있습니다.

"네, 보입니다만—— 그게 왜요?"

"바람 마법을 저 둘 중 하나에만 맞춰보세요."

"…………."

두 병 사이의 거리는 거의 나무 한 그루의 폭 정도.

솔직히 말해 여유입니다. 얕보는 건가? 하고 생각할 정도로 여유였습니다.

"에잇."

지팡이를 휘둘러 바람을 만들어냈습니다.

휭 하는 소리를 내며 곧장 나아간 바람 덩어리는 제가 노렸던 대로 한쪽 병에 직격. 빙글빙글 회전하며 날아간 병은 그대로 수풀 속에 떨어졌습니다.

"했는데요?"

하지만 프랑 선생님은 이런이런 하고 말하고 싶은 듯, 어깨를 움츠렸습니다.

"누가 병을 날려버리라고 했나요?"

"……에엣? 하지만, 맞추라고 하셨잖아요?"

"알겠어요? 마녀 견습생이라면, 저 병을 날려버리면 합격이겠죠. 하지만 마녀는 그 이상으로 확실하고 정확한 기술이 필요하답니다."

"……예에."

"마녀라면, 저 병을 쓰러뜨리는 것이 아니라, 쓰러질까 말까 하는 아슬아슬한 위치를 노리는 겁니다. 간단히 말하자면, 이런 느낌으로——."

프랑 선생님은 지팡이를 휘둘렀습니다.

지팡이에서 만들어진 바람은 남아 있던 병을 향해 똑바로 나아가 그대로 직격했습니다. 하지만 병은 쓰러지지 않고, 흔들흔들 주둥이 부분이 흔들리더니 다시 똑바로 선 상태로 돌아왔습니다.

프랑 선생님은 미소를 지으며 말했습니다.

"아, 됐다. 성공했네요……. 뭐, 이런 느낌으로, 마녀에게는 자신의 마법을 제대로 다루는 것이 요구됩니다. 그러니 쓰러뜨리면 안 됩니다."

"…………."

무슨 말을 하고 싶은지도 알겠고, 이치에 맞기도 하지만.

일부러 제가 한 번 실패하도록 할 필요가 있었던 걸까요…….

그녀 아래에 제자로 들어간 지 1년이 지났을 무렵에는, 프랑 선생님과 그럭저럭 겨룰 수 있을 정도가 되었습니다.

그리고 딱 한 번, 그녀를 이길 수 있었습니다.

그날이 제 수행의 마지막 날이 되었습니다.

"이제 당신에게 가르칠 게 아무것도 없네요."

변함없는 미소 띤 얼굴로, 그녀는 말했습니다.

"강해졌네요. 무척."

그때 어떻게 이겼는지는 지금도 생각나지 않습니다. 아마도 우연이겠지요.

프랑 선생님은 제 가슴에 달려 있던 도라지 코르사주를 떼어내고, 대신에 마녀의 증거를 달아주었습니다.

그것은 별을 본뜬 브로치.

"축하해요, 일레이나. 별무리의 마녀가 당신을 정식 마녀로서 인정합니다── 그런데, 마녀명 말인데, 재의 마녀는 어떤가요?"

"……너무 뻔하지 않은가요?"

저의 머리카락 색을 보고 정한 거 아닌가요?

"네에? 아주 멋지다고 생각했는데……."

"그러고 보니, 프랑 선생님은 어째서 별무리의 마녀라는 이름을 붙이신 건가요?"

"당연히 멋있기 때문이죠!"

"…………."

"그래서, 어떤가요? 재의 마녀."

"그거면 됐어요."

특별히 뭐든 상관없었습니다.

"그럼 결정. 당신은 재의 마녀 일레이나예요. 앞으로도 열심히

해주세요."

톡, 어깨를 두드려주었습니다.

크게 숨을 들이쉬고 "네"라고 저는 대답했습니다.

지금까지의 추억 이야기를 나누며 숲속의 집으로 돌아가자 프랑 선생님은 곧바로 짐을 정리했습니다. 그녀는 자신을 방랑자라고 소개했지만, 사실은 한 나라의 위대한 마녀라고 합니다. 이때 처음으로 그 사실을 들려주었습니다.

1년이나 그 나라를 벗어나 있었으니 어쩌면 꽤 큰일이 되었을지도 모른다며, 그녀는 웃으면서 말했습니다. 웃을 일이 아니지 않을까……? 제 탓이지만.

그보다, 그렇다면 어째서 평화의 나라 로베타 같은 곳에 온 것인지 슬쩍 물어보았습니다만 "무슨 일이 있어도 만나고 싶은 사람이 있었으니까"라고만 대답해주었습니다.

"더 느긋하게 머물고 싶은 마음은 굴뚝같지만, 하지만 저는 이제 가야만 해요. 그 나라에는 저를 기다리는 사람이 잔뜩 있으니까요."

그러니, 이제 그만 안녕이에요──라며, 1년 전에 나비를 쫓던 곳에서 그녀는 뒤를 돌아섰습니다.

"안녕히 가세요, 선생님."

이별의 말은 차가운 바람처럼 몸을 얼게 했습니다.

"안녕, 일레이나. 언젠가 또 놀러 올게요. 즐거운 마음으로 기다려주세요."

"……네!"

그리고 선생님은 빗자루를 타고 하늘로 올라갔습니다.

저는 계속해서 손을 흔들었습니다.

천천히 작아져가는 그 모습을 향해 언제까지고, 언제까지고.

그 모습은 파란 하늘 속으로 사라져갔습니다.

저는 그때 눈물을 참지 않았습니다.

제 10 장

천천히 다가오는 온화한 죽음

키 큰 나무들이 **빽빽**이 늘어선 원시림.

지나가는 발아래에는 이끼가 잔뜩 자라나 있습니다. 선명한 색깔의 초록 틈새로 눈부신 햇빛이 새어 들어와, 희미한 빛이 좁은 길을 비춰주었습니다.

저는 빗자루를 잘 다루어 나무들을 피하며 그 길을 나아갔습니다. 바람을 가를 때마다 미적지근한 공기가 핥듯이 스쳐 지나가는 느낌은 정말이지 너무나도 기분이 나빴습니다.

"⋯⋯⋯⋯."

한동안 그렇게 나아가자 넓은 공간이 나왔습니다.

그곳은, 마을이었습니다.

아주아주 작은── 입구에서 마을 전체를 다 볼 수 있을 만큼 작은 마을이었습니다.

"웃차."

빗자루에서 내리자 이끼투성이인 지면이 살짝 폭 가라앉았습니다. 문은 없는 것 같았고, 울타리 사이를 빠져나가면 간단히 마을 안으로 들어갈 수 있습니다.

마을에는 목조 주택들이 여기저기 늘어서 있습니다. 목재를 세워서 만든 듯한 지극히 간소한 건물로, 쓸데없는 장식은 전혀 없었습니다. 단지 잠을 자기 위해 만들어진 집, 이라는 인상입니다.

이것 참, 대단하다 할 정도로 아무것도 없는 마을이로군요.

여기에서 묵어가는 건 그만둘까── 아니, 애초에 묵을 수 있

197

는 시설이 있는지 어떤지도 의심스럽습니다. 그보다 사람이 사는지 어떤지조차 미묘한 곳입니다. 혹시 폐촌인 걸까요?

스산한 마을을 멍하니 걸어 다니고 있을 때, 마을 사람 한 명이 집에서 나왔습니다. 아, 다행이다. 사람이 살고 있었군요── 아주 살짝 안도하며 저는 그 마을 사람에게 시선을 던졌습니다.

그 사람은 도끼를 짊어진 장년의 남자였습니다.

"············!"

이상하게도 그 남자는 저를 보자마자 놀라 입을 떡 벌렸습니다. 마치 믿을 수 없는 것을 보고 만 것 같은 반응.

······응? 왜 그럴까요?

그 남자는 떨리는 손끝으로 고개를 갸웃거리는 저를 가리켰습니다.

"······미나! 너, 미나 아니냐!"

그리고 그렇게 외쳤습니다.

······저기? 네?

남자는 도끼를 던지듯이 내려놓고 제 쪽으로 달려왔습니다.

"다행이다······! 다행이야! 만병통치약을 찾은 거지? 늦지 않았구나. 분명 아벨 군도 기뻐할 거야! 미나!"

"응? 어라? 저기······."

남자가 무언가를 착각했다는 사실은 바로 이해되었습니다. 아벨은 또 누군가요?

하지만 제가 입을 열려고 했을 때, 남자가 소리쳤습니다.

"어이! 다들! 미나가 돌아왔다고!"

광대한 원시림을 뒤흔들 만큼 커다란 목소리는 순식간에 마을 전체에 울려 퍼졌습니다. 어딘가의 나무가 수런거렸고, 새가 도 망가 버리는 모습이 보였습니다.

아주아주 작은 마을이니, 크게 소리 지르면 당연히 모두에게 들리겠지요—— 마을 전체의 집이란 집에서 사람들이 나왔습니다.

줄줄이.

노인과 아이, 부부. 저와 남자의 모습을 발견한 마을 사람들은 사전에 맞춘 것처럼 재빠르게 망설임 없는 동작으로 달려왔습니다.

정신을 차려보니 그들은 제 주위를 완전히 포위하고 있었습니다. 싫어, 무서워.

여기저기서 모여든 사람들은 전쟁에서 돌아온 영웅을 칭송하 는 듯한 순수한 눈빛을 제게 가차 없이 던져댔습니다. 싫어, 무서 워.

"저기 미나 누나! 도시에서 선물 사 왔어?" "어머 어머, 잠시 못 본 사이에 꽤 미인이 되었구나." "키가 좀 줄어든 거 아니냐?" "그 나저나, 그 차림은 대체 뭐냐?" "아빠는 참, 도시에서 유행하는 복 장인 게 당연하잖아." "그래서 만병통치약은 샀니?" "자자, 그렇 게 재촉하지 마."

마을 사람들은 제멋대로 말했습니다.

아아, 더는 무리. 그렇게 판단한 저는 도중에 의식의 일부를 차 단하여 떠들어대는 마을 사람들의 목소리를 잡음으로서 흘려들었습니다.

환성이 멈춘 것은 시간이 조금 흐른 뒤였습니다.

마을 사람들을 불러들인 남자가 "너희들 시끄럽잖아. 조용히 좀 해!"라고 호통을 쳤던 것입니다. 댁이 제일 시끄럽습니다. 조용히 좀 해.

"……정말이지, 미나도 긴 여행으로 지쳤을 거라고. 불쌍하게도."

어라 어라? 뭘 좋은 사람인 척 그런 말을 하는 겁니까? 원흉은 당신이잖아요?

아니, 그보다.

"여러분, 뭔가 착각하신 거 아닌가요?"

조용해진 참에, 저는 사실을 이야기했습니다. 이 이상 오해가 계속되어서는 곤란하니까요.

"착각이라고? 무슨 소리지?"

남자는 놀라고 있었습니다. 주변을 둘러싼 마을 사람들 사이에도 동요가 퍼져가는 것이 느껴졌습니다.

저는 가능한 한 냉담하게 고했습니다.

"저는 그저 여행자일 뿐입니다. 당신들이 말하는 미나라는 마을 사람이 아닙니다."

진심을 담아 말했습니다만, 진지하게 받아들여 준 사람은 적은 것 같습니다. 직후에 웃음이 일었던 것입니다. "이 애는 무슨 소리를 하는 거람" 하고.

믿어주지 않는 건가요? 이제 차라리 마법을 써서 무릎 꿇려줄까요? 마을 사람들의 대화를 감안해보면, 이 마을에 마녀가 찾아온 적은 지금까지 한 번도 없는 듯하니, 그 나름대로 충격은 줄 수 있을 것입니다.

뭐, 그건 마지막 수단이겠지만요.

"…………."

그리고.

저 이외의 사람들이 한동안 행복하게 웃은 뒤.

어느 마을 사람이 말했습니다.

"어라? 하지만 듣고 보니 미나보다 어린 것 같은데……."

그 말에 이끌려 옆에 있던 사람도 말했습니다.

"그러고 보니 가슴이 좀 작은 것도……."

어디선가 생겨나기 시작한 불안은, 점점 번져가기 시작했습니다.

"잠시 못 본 사이에 꽤 미인이 됐다고 생각했는데, 설마하니……." "아무리 그래도 키가 줄어드는 건 상식적으로 생각해서 있을 수 없는 일 같기도……." "그보다 뭐야? 그 차림은?" "할머니, 내 밥은?" "어머, 그저께 먹었잖아" "…………."

그 자리를 불안이 뒤덮기까지는 그리 긴 시간이 걸리지 않았습니다.

어느샌가 저를 둘러싼 사람들 사이에 초상집 같은 어두운 분위기가 흘렀습니다.

"……정말로 미나가 아닌 건가?"

눈앞의 남자는 힘없는 목소리로 물었습니다.

"아까부터 말했잖아요. 당신들이 착각하는 거라고."

"……그런."

남자는 그 자리에 주저앉고 말았습니다.

그리고 떨리는 목소리로 말했습니다.

"이제 아벨 군은 살릴 수 없는 건가……?"

대체 무슨 일입니까? 애초에 아벨 군은 누구인 겁니까?

"……아니, 잠깐. 아직 방법은 있어."

제 의문을 무시하고, 어딘가에서 누군가가 불쑥 중얼거렸습니다.

저를 둘러쌌던 몇몇 사람이 무리에서 떨어지더니 다른 곳에서 다시 뭉쳤습니다.

그리고 다시 이쪽으로 돌아와서, 이렇게 짧게 말했습니다.

"할 얘기가 있으니 따라와 줘"라고.

반론을 제기할 수 없는 설득력이 있었다고 할까, 어른들의 얼굴이 너무나도 진지했기 때문인지, 깨닫고 보니 저는 수긍하고 있었습니다.

남자와 그 외의 몇몇 어른들에게 이끌려 간 곳은 마을에서 가장 큰 집이었습니다.

주방을 지나가자, 젊은 남자가 "여기 앉으십시오"라며 의자를 빼주었습니다. 그래서 앉았습니다.

저와 마주하는 자리에 앉은 것은 두 사람뿐이었습니다. 저를 기준으로 좌측에는 맨 처음에 만났던 장년의 남자. ……기세가 죽은 듯 얌전해진 탓에 마치 다른 사람 같습니다.

우측에 앉은 흰 수염이 난 할아버지(아마도 촌장)는 팔짱을 끼고 입을 열었습니다.

"자네가 미나가 아니란 건 잘 알았네. 미안했네."

"네."

알았다니 다행입니다.

"하지만 자네는 마을 사람들이 착각할 정도로 미나라는 여자아이와 쏙 닮았다네. 한 사람이 둘로 나뉘었다고 해도 좋을 정도로."

장년의 남자가 크게 고개를 끄덕였습니다.

할아버지는 흰 수염을 쓰다듬으며 말을 이었습니다.

"우선 우리 부탁부터 말하지. 여행자 님, 부디 하루…… 아니, 아주 잠시만이라도 좋아. 미나인 척을 해주지 않겠나?"

"……어째서죠?"

아벨 군이라는 사람이 관계된 일이리라는 것은 왠지 알 수 있었습니다.

"미나에게는 연인이 있다네. 아벨 군이라는 남자야. 무척 성실하고 좋은 남자라네. 그 남자를 위해 아주 잠시만 연기를 해주었으면 해."

역시나.

다음 전개도 추리해볼까요?

"그 아벨 씨의 생명이 위태로우니, 도시로 이사 가버린 애인이 돌아온 척을 하라는 건가요?"

하지만 할아버지는 천천히 고개를 저었습니다.

"아니, 미나는 도시로 이사를 간 게 아니라네. 만병통치약을 구하러 도시로 달려간 거지."

"……흠."

그러고 보니 마을 사람들과 장년의 남자도 그런 말을 했었지요. 만병통치약을 손에 넣은 거냐고.

"아벨은 지금, 병에 걸렸다네."

"……흐음."

다음 이야기를 재촉했습니다.

"아벨을 좀먹고 있는 건 난치병인 모양이야── 마을 의사가 치료를 포기하려 할 정도로. 무슨 약을 써도 전혀 효과가 없었다네. 효과는커녕 아벨 군의 상태는 악화되어가기만 했지. 맨 처음에는 그저 열이 났을 뿐인데, 지금은 제대로 일어나는 것조차 할수 없게 되었다네."

과연.

"그래서 만병통치약인 건가요?"

"그렇다네. 마을의 약은 소용이 없다는 걸 안 직후에 미나는 '만병통치약을 구하러 다녀오겠다'며 마을을 뛰쳐나가 버렸지."

"그 만병통치약이라는 건 어디서 구할 수 있는 건가요?"

"여기에서 훨씬 북쪽으로 가면, 커다란 나라가 있지. 거기에서 만병통치약을 구할 수 있다는 소문이 있어. 하지만 그 나라에 도착하려면 꼬박 이틀은 걸어가야만 하기 때문에, 그 진위를 확인한 마을 사람은 없다네."

"그 의심스런 정보를 의지해서 미나 씨는 마을을 뛰쳐나갔다는 건가요?"

"진실일 가능성에 건 게지. 그녀는 그렇게나 아벨 군을 구하고자 하는 마음이 강했어—— 하지만."

그 다음 말을 장년의 남자가 이었습니다.

힘없이, 축 고개를 떨구며.

"그 녀석이 떠난 지 2주나 지났어. 미나는—— 딸은 이미 벌써 돌아왔어야 하는데, 돌아오지를 않아."

……딸?

딸입니까?

"저기, 아버지였던 건가요?"

놀랄 만한 사실입니다. 장년의 남자가 조용히 고개를 끄덕였습니다.

친딸과 생판 남을 정말로 헷갈리면 안 되지 않습니까—— 아니, 그렇게나 피폐해져 있다는 것일까요?

"시간이 지나면 지날수록 아벨은 죽음에 가까워지고 있지."

할아버지는 말했습니다.

"마을 의사의 말로는 앞으로 사흘 정도일 거라더군."

앞으로 3일.

그 안에 미나 씨가 돌아오기는 하는 걸까요?

만병통치약이 있는 나라에 도착하기까지 이틀. 그 나라에서 약을 사서 돌아오는 데 또 이틀. 그런데 이미 2주나 지났다.

예정된 일정에서 열흘 이상이나 늦어진다는 것은 아무리 그래도 너무 늦습니다. 뭔가 문제가 일어났다고밖에 생각할 수 없습니다── 어쩌면.

미나 씨가 마지막이라 선고된 남은 시간에 맞출 수 있을까. 아니, 눈앞의 두 사람은 이미 무언가를 알고 있습니다.

분명 미나 씨는 이제 돌아올 수 없다고──.

"아벨 군은 지금까지 병과 열심히 싸워왔어. 그런데── 가족처럼 쭉 옆에 있던 연인과 만나지 못한 채 죽다니, 너무 슬프지 않은가."

"…………."

"어릴 때 가족을 잃은 이후, 그 녀석의 버팀목은 미나뿐이었다네. 그 녀석의 마음을 구해줄 수 있는 건 미나뿐이야."

가짜라도 좋다── 적어도 마지막 정도는 행복하게 해주고 싶다.

할아버지는 말했습니다.

○

흔쾌히는 아니지만, 저는 할아버지의 제안을 받아들이기로 했습니다.

저 자신에게 리스크는 없는 데다, 그 자리에서 거절해버리면 저는 정말이지 짐승만도 못한 사람이 됩니다.

그러나 저는 여행자입니다. 특징적인 것은 아무것도 없는 데다 숙소조차 보이지 않는 이 마을에서 하루를 통째로 보내고 싶지는 않습니다. 가능하다면 지금 당장에라도 만병통치약이 있다고 하는 나라로 빗자루를 타고 날아가고 싶을 정도입니다.

"협력은 하겠습니다. 하지만, 한 번뿐이에요. 딱 한 번 아벨 씨와 만난 다음 저는 바로 다시 여행을 떠날 겁니다."

두 사람은 그거면 됐다고 말해주었습니다.

그렇게 정해졌다면 바로 준비.

커다란 집에서 다른 집으로 이끌려 간 저를 기다리고 있던 것은 마을의 여러 여성들이었습니다. 젊은 여자부터 아줌마까지, 연령은 다양했습니다.

그중에서도 특히 나이 드신 아주머니는 그 자리를 통솔하는 사람인 모양입니다. 그녀는 얼굴의 잔주름을 움직이며 말했습니다.

"자 그럼, 준비하자. 남자는 다 나가요!"

할아버지와 미나 씨의 아버지를 포함하여 구경하러 왔던 마을 남성을 전원 열외 없이 지팡이로 두드려준다는 폭력을 사용하여, 집 안을 여성만으로 제압했습니다.

참고로 지팡이라고 해도 제가 가진 것 같은 마법의 지팡이가 아니라, 세 번째 다리로써 이용하는 쪽의 지팡이입니다.

문을 닫아걸고 봉으로 아무도 들어오지 못하도록 한 아주머니는 여성들을 훑어보았습니다. 그러자 곧바로 저 이외의 여성들이 움직이더니, 커튼과 뒷문 등을 닫기 시작했습니다.

그리고 어두워진 집 안, 아주머니가 정면에서 저를 향해 다가왔습니다.

"벗으렴."

아주머니는 갑자기 제 로브를 잡았습니다.

"네?"

"그 이상한 옷을 얼른 벗으라고! 그런 차림을 하면 아벨한테 들 킬 거 아냐!"

아, 그런 거였군요. 놀랐습니다.

저는 마녀라는 사실을 증명하는 중요한 브로치만 로브에서 떼 어내 손에 쥐고, 속옷만을 남긴 채 몸에 걸친 것을 전부 벗었습니 다.

벗은 옷은 아직 어린 여자아이가 양손으로 조심스레 받아 들더 니, 옆에 개어두었습니다.

"그럼 이걸 입혀."

아주머니에게 보따리를 건네받은 여성이 재빠르게 이쪽으로 걸어와 안에서 옷을 꺼냈습니다.

"자아, 모두들 이 여행자 분에게 이걸 입힐 거니까 도와줘."

네? 저 혼자 입을 수 있는데요?

하지만 그 말을 하려 했을 때, 저는 이미 여러 여성들에게 둘러 싸였고, 말대꾸를 할 수 없는 압력에 의해 열려고 했던 입을 다시 닫고 말았습니다.

그리고 저는 옷 갈아입히기 인형 같은 상태가 되었습니다.

"자, 다리 들어." "이 블라우스에 팔을 넣어줄래? 어머, 사이즈 가 안 맞네." "그런데 정말로 미나랑 똑 닮았다." "미나보다 예쁘 지?" "맞아." "리본 색은 어떤 게 좋아? 역시 빨강이지?"

어쩐지 여러분 매우 의욕 넘치시네요. 묘하게 즐거워 보이십니

다.

옷 갈아입기가 일단 끝난 후 시선을 내려 보니 하얀 블라우스에 짙은 갈색 플레어스커트가 입혀져 있었습니다.

이 정도는 저 혼자 입을 수 있는데요…….

"그럼 마무리야—— 여행자 님, 좀 아프겠지만 참아주게."

뒤에 있던 여성이 밝은 어투로 말하더니 검은 무언가를 둘둘 감았습니다.

"…………?"

뭔가 하고 보니 코르셋이었습니다. 어느 틈엔가 코르셋이 감겨 있습니다.

"엇, 저기, 잠깐——."

너무나도 갑작스러운 전개에 당황하는 저를 무시하듯, 주위에 있던 여성들은 제 몸을 잡았고, 등 뒤에서는 꽈악 줄이 힘껏 당겨졌습니다.

그리고 드디어 배 주변을 쥐어 터뜨리는 듯한 감각을 맛보았습니다.

"아, 아파요! 아프다고요! 잡아당기더라도 좀 더 살살!"

"이런, 이봐! 날뛰지 마." "참아요, 참아." "금방 익숙해질 거야." "여행자 언니, 힘내."

그리하여.

저 이외의 전원이 화기애애한 분위기에 감싸이며, 옷 입히기 작업은 마무리되었습니다.

그 후에 아주머니가 "가슴이 부족한 것 같은데, 이거라도 집어

넣겠어?"라며 솜 덩어리를 진지한 표정으로 내밀기에 저는 그것을 땅바닥에 패대기쳤습니다.

○

마을 가장자리에 오두막이 있었습니다.

전혀 손질이 되어 있지 않은 듯, 제가 걸을 때마다 무릎 정도 되는 높이의 잡초가 이리저리 짓눌려 쓰러졌습니다.

옹기종기 모여 있는 집들에 비해 오두막은 낡았고, 얇은 판을 짜 넣은 듯한 벽은 두드리면 바로 구멍이 나버릴 것만 같습니다.

사람이 사는 집이라기보다는 평소 쓰지 않는 창고처럼 보였습니다.

아벨 씨는 여기에 격리되어 있다고 합니다.

어느 날 갑자기, 난치병에 걸린 아벨 씨. 그 병이 전염병인지 어떤지도 마을 사람들은 알지 못했습니다. 그래서 감염될 가능성을 가능한 한 피하기 위해 오두막에 가둬두었다는 모양입니다.

간병은 미나 씨의 아버지가 맡고 있다고 합니다. 처음에는 연인인 미나 씨가 아침부터 밤까지 간병을 했었지만, 아벨 씨의 상태가 악화되었을 때 마을을 뛰쳐나가 버렸기 때문입니다.

어쩌면 미나 씨는 도망친 것이 아닐까, 하고 말한 마을 사람도 있다던가요?

진위는 알 수 없습니다.

저는 오두막 앞에서 심호흡을 한 후, 문을 열었습니다. 끼익 하고 귀에 거슬리는 소리가 났습니다.

"…………."

안으로 들어간 다음 손을 뒤로 돌려 문을 닫았습니다.

남자가 침대에 누워 있습니다. 검은 머리카락의 젊은 남자였습니다. 분명 건강했을 때는 단정한 얼굴을 하고 있었을 테지요——그러나 지금은 본래의 모습을 찾아볼 수 없습니다. 지금 멍한 눈동자를 이쪽으로 돌린 남자는, 뺨이 움푹 들어갔고 눈에는 빛이 어려 있지 않았습니다.

"……미나?"

살짝 움직인 입술이 연인의 이름을 불렀습니다.

"네, 나예요. 잘 있었어요?"

저는 거짓말을 했습니다.

삐걱거리는 마루를 걸어간 저는 침대 옆에 있던 의자에 앉았습니다. 그는 희미하게 미소를 지었습니다.

"돌아왔구나…… 이제 두 번 다시 안 오는 줄 알았어."

"저는 당신의 연인인걸요. 무슨 일이 있어도 돌아오는 게 당연하잖아요."

"……그렇지."

그는 창문 밖으로 시선을 주었습니다.

그곳에는 아무것도 없습니다. 그저 무성한 잡초와 조금 멀리로 원시림이 보일 뿐.

오두막은 보기에만 그런 것이 아니라 정말로 낡았는지, 어딘가에서 새어 들어온 외풍이 그의 머리카락을 흔들었습니다.

"만병통치약을 찾았어요."

그리고 저는 말했습니다.

준비된 원고를 읽듯이.

"오늘 저녁 식사와 함께 만병통치약을 가져올 테니까, 밥을 많이 먹은 다음에 약을 한 알 먹도록 하세요. 시간이 걸릴지도 모르지만, 분명 좋아질 거예요."

당연히, 거짓말입니다.

이것은 미나 씨의 아버지가 한 제안입니다. 미나 씨가 돌아왔다고 해놓고, 만병통치약을 가져오지 않았다고 하면 이상한 이야기가 된다. 그러니 약은 입수했다고 하고, 안심하게 해주자는 것입니다.

저녁 식사와 함께 전해줄 약의 정체는 수면제.

맨 처음에는 사랑하는 사람과 대화를 나누게 하고, 그 후에 마을 사람들이 그를 어떻게 할지는—— 듣지 못했습니다. 아니, 들을 필요도 없었다고 해야 할까요?

"저기, 미나."

그는 저의 눈을 보며 말했습니다.

"손, 잡아줄래?"

이불 아래로 힘겹게 움직여, 그는 손을 내밀었습니다. 그것은 젊은 남성다운 근육이 붙은 손이 아닌, 뼈가 앙상하게 드러난 손이었습니다.

망설여서는 안 돼—— 저는 바로 그 손을 양손으로 감쌌습니다. 마치 피가 흐르지 않는 듯 차가웠습니다.

"따뜻하다."

마음이 차갑다는 증거야── 그는 그렇게 말했습니다.

그리고

"저기, 미나."

그는 다시 연인의 이름을 불렀습니다.

"키스해주지 않을래?"

"네? 키스요?"

저는 그만 당황한 나머지 무심코 되묻고 말았습니다. 그리고 곧바로 맹렬하게 후회했습니다.

"……그래, 키스 말이야. 싫어?"

그의 눈동자 속에 희미하게 의심하고 원망하는 기색이 떠오른 듯한 느낌이 들었습니다.

저는 생각했습니다. 열심히 생각했습니다.

어떻게 하면 좋을까요. 연인이라면 당연히 키스를 해야 하겠지만, 하지만 저는──. 아, 망설이고 있으면 의심받고 말 겁니다. 어쩌지, 어떻게 하지…….

출구 없는 미로에 갇혀버린 저를 그는 웃으며 지켜보고 있었습니다.

큭큭거리며.

"미안, 농담이었어. 신경 쓰지 마."

기분 탓인지, 아주 조금 기운을 되찾은 듯 보였습니다.

"나는 연인이 아닌 여자아이에게 진짜로 키스를 조르거나 하지 않으니까."

그리고 그는 눈을 가늘게 뜨며 그렇게 말했습니다.

연기가 미흡한 나머지 들통 난 것인가 싶어 저는 당황했고, 몇 번이고 부정했습니다만 그는 확신을 갖고 있었습니다.

"너는 진짜 미나가 아니야. 무리하지 않아도 돼."

그래도 연기를 계속하려 노력하는 저에게 그는 확신을 담은 한 마디를 던졌습니다.

"애초에 미나가 내 곁으로 돌아올 리가 없잖아. 바보 같이."

그것이 누구에게 한 말인지는 알 수 없었습니다.

하지만 아무래도 다른 사정이 있는 모양입니다—— 저는 미나 씨인 척하기를 포기하고, 자신의 정체를 전부 밝혔습니다.

여행자라는 것. 마녀라는 것. 닮았다는 이유로 미나 씨인 척해 달라고 부탁받은 것. 그것들 전부를 숨김없이.

그는 "흐응" 하고 대꾸했습니다.

"확실히 미나랑 쏙 닮았어."

"그렇게나요?"

"그래. 둘로 나눈 것처럼."

그런데, 하고 그는 말을 이었습니다.

"마녀란 게 뭐야?"

"이 마을 사람들은 마녀를 모르는군요."

"맞아. 처음 들었어."

뭐 확실히 제일 가까운 나라도 꼬박 이틀이 걸리는 변경의 마을이니, 마녀에 관해 모르는 것도 무리는 아니라고 생각합니다.

저는 성실하게 설명해주었습니다. 알기 쉽도록 지팡이를 꺼내 마법을 보여주면서.

"대단하다……! 하핫, 세상에는 그런 사람도 있구나!"

온 힘을 다해 크게 소리 내며, 아벨 씨는 웃었습니다. 힘겹게 배를 움직이는 듯한 메마른 웃음은 이내 멎어 기침이 되었습니다.

"괜찮아요?"

"응, 미안. 조금 흥분해버렸어── 그래서, 미나와 나에 관한 거 말인데."

"……네. 어떻게 된 건가요? 돌아올 리 없다, 라는 건."

그러자 그는 천장을 올려다보며 말했습니다.

"만병통치약 이야기는 내가 꾸며낸 말이야. 그런 건 존재하지 않아."

"존재하지 않는다고요……?"

그는 고개를 끄덕였습니다.

"미나는 말이지──."

그리고 그는, 조용히 이야기를 시작했습니다.

정말로 상냥하고 귀엽고, 나에게는 아까울 정도의 여자아이였어. 그녀만이 나를 지탱해주었지.

내가 병으로 쓰러진 후에도, 싫은 내색 한 번 없이 간병해주었어. 매일같이 내 방에 와서 직접 만든 요리를 먹여주었고, 침대에 누워만 있는 내가 심심하지 않도록 책을 가져와 주었어. 잠들 때까지 옆에 있어주었지.

마음을 다해 간병해주는 그녀에게, 나는 구원받았어.

하지만 내 병은 악화되기만 했지. 약을 계속 먹어도, 아무리 잠을 자도 말이야. 그러다 결국 제대로 식사도 할 수 없게 되었어. 그녀가 가져다주는 요리를 봐도 맛있어 보인다는 생각이 들지 않게 되었던 거야. 그러기는커녕, 구역질까지 했어.

분명 나는 이제 얼마 남지 않았다.

어쩐지 느낄 수 있었어.

하지만 그녀는 나를 열심히 응원해주었지. 그런 그녀가 사랑스러웠어. 행복하게 살았으면 좋겠다고 바랐어.

나는 어느 날 그녀에게 말했지. "내 병은 마을의 약으로는 안 돼. 좋아지지 않아. 여기에서 북쪽으로 꼬박 이틀 동안 가면 거기에 커다란 나라가 있는 거 알지? 거기에 무슨 병이든 낫게 하는 약이 있다고 해. 괜찮다면 그걸 가져다주지 않을래?"라고.

미나는 어찌해야 할지 몰라 했어.

그런 약이 정말로 있는 거냐고. 그리고 노력하면 분명 좋아질 거라고.

나는 그녀의 말을 무시했지. 무시한 데다, 장래에 둘이서 여행하기 위해 몰래 모아두었던 큰돈을 한 장의 편지와 함께 그녀에게 떠넘기며 말했어.

"이 정도 돈이면 살 수 있을 거야. 가져가. 만병통치약을 손에 넣을 때까지, 절대로 돌아오지 마―― 그리고 이 편지는 아무리 애써도 만병통치약을 찾지 못해서 어떻게 해야 할지 알 수 없을 때 열어봐"라고.

미나는 정말로 좋은 여자아이였어.

몇 번이고 몇 번이고 고민한 끝에, 내 제안을 받아들여 주었지.

"절대로, 반드시 찾아올게"라고 말했어.

그런 약, 없는데.

다음 날부터 내 환경은 바뀌었지. 미나가 만병통치약을 구하기 위해 떠나자, 드디어 내 병세가 좋지 않다는 사실이 마을에 퍼졌던 거야. 혹시 내 병이 감염되는 병인 것은 아니냐고 말하는 사람이 나왔고, 그 결과 이렇게 되었지.

나는 격리되었어. 나를 간호해주는 건 미나의 아버지뿐이었고. 하지만, 그래도 좋다고 생각해.

──나는, 미나를 정말로 정말로 좋아하거든. 좋아서 견딜 수 없을 만큼.

그녀와 헤어지는 건 당연히, 괴로워. 하지만 그 이상으로 그녀를 슬프게 하는 게 괴로워. 죽은 내 유해 앞에서 울지 않았으면 해. 그녀는 늘 웃어주었으면 좋겠어.

그래서 나는 그녀를 마을에서 쫓아내기로 했던 거야.

"이제 나를 만나러 오지 않는 게 좋아"라고 거절해도, 그녀가 순순히 받아들일 리가 없잖아. 그런 것 정도는 알고 있었어. 그래도 그녀를 거절하고 내 곁에 오지 못하게 하면, 분명 그녀는 울테지. 게다가 다른 마을 사람들이 우리의 문제에 참견할 가능성도 있었어.

무엇보다.

나의 시신이 있는 마을에서, 그녀가 정말로 행복해질 수 있을 거라고는 생각할 수 없었어. 주제넘지만—— 자만이라고 생각하지만, 그녀가 나를 잊지 못하는 건 아닐까 생각했어.

분명 그녀는 이틀에 걸쳐 그 나라에 도착할 거야. 거기에서 만병통치약을 찾아다니겠지. 며칠, 몇 시간에 걸쳐 그 나라를 헤매다닐 테지만 그래도 찾지 못하겠지.

그리고 편지를 펼쳐볼 거야.

거기에는, 내 마음이 전부 담겨 있어—— 미나가 편지를 읽을 무렵에는 분명 나는 죽었을 거라고. 부디 그 나라에서 행복해지길 바란다고. 그렇게 썼어.

미나가 간 큰 나라에는 그녀의 상처를 보듬어줄 멋진 남자가 분명히 있을 테니까. 다시 그녀를 미소 짓게 해줄 사람이, 있을 테니까.

제멋대로인 이야기지? 하지만 나는 전부터 생각했었어. 이런 작은 마을은 그녀에게 어울리지 않아. 그녀는 훨씬 넓은 세계를 봐야만 해.

그런데.

여행자가 미나인 척을 했다는 건, 미나는 아직 돌아오지 않았다는 거잖아? 그 녀석이 마을을 나선 지 2주는 지났을 텐데.

그럼, 역시 그런 거야.

——분명 행복해졌을 거야.

이야기를 마친 그는 지친 눈동자로 창밖을 바라보았습니다. 그저 멍하니.

바람이 불고, 마른 나뭇잎이 흩날리더니 이내 보이지 않게 되었습니다.

"당신은 그걸로 만족하나요?"

진부한 말입니다. 하지만 그 이외에 그에게 할 수 있는 말을 찾을 수 없었습니다.

"만족할 리 없지. 사랑하는 사람과 헤어지는 건 슬픈 일이니까."

"…………."

그렇다면 하고 말을 걸다 멈추었습니다.

헤어짐이 슬픈 것은 미나 씨도 아벨 씨도 똑같습니다. 하지만 슬픔은 극복해야만 합니다── 그것은, 그러기 위해 어찌해야 할지를 생각한 끝에 찾아낸 결과겠지요.

두 사람만의 문제에 다른 사람이 끼어들어서는 안 됩니다.

"당신과 만나서 좋았어, 여행자 님. 진짜가 아니라도, 다시 한번 그녀를 만날 수 있었어."

"……저도, 당신을 만나서 좋았어요."

그거 다행이네──라며, 중얼거리고 그는 말을 이었습니다.

"여행자 님, 마녀 여행자 님. 마녀란 건 신기한 힘을 써서 우리가 할 수 없는 일도 해낼 수 있는 거지?"

"네? 네. 뭐, 그렇지요."

갑작스런 질문에 살짝 당황했지만, 그렇다고 대답했습니다.

마법은 누구나 다룰 수 있는 것이 아닙니다.

"아까 보여줬던 마법은 정말 훌륭했어. 마치 꿈 속 세계에 있는 것 같았어."

"감사합니다. 기뻐해주시니 좋네요."

"저기 있지, 마법으로 이런 것도 할 수 있을까? 예를 들면——."

○

오두막을 나오자마자 저는 옷을 갈아입었던 집으로 돌아가 코르셋을 벗겨달라고 했습니다. 매듭이 등 언저리에 단단히 묶여 있어서 혼자서는 벗을 수 없었기 때문입니다.

"잘됐어?"

로브를 입는 저에게 아주머니가 물었습니다. 저는 가당치 않은 대답을 했습니다.

"네. 그 사람은 끝까지 저를 미나 씨라고 생각하고 믿었어요."

"그거 다행이네. 분명 마지막에 미나를 만나서, 그 애도 행복했을 거야."

"…………."

마지막, 인가요.

"그래서, 아벨은 지금 어쩌고 있지?"

"오랜만에 이야기를 해서 지쳤으니 자겠다고 했어요. 밤까지는 가만히 내버려 두세요."

"그렇군. 알겠어. 촌장님한테도 전해둘게."

촌장이란, 하얀 수염이 난 할아버지를 말하는 걸까요?

"부탁드립니다."

별을 본뜬 브로치를 달고, 삼각 모자를 쓰는 것으로 옷 갈아입기를 마쳤습니다. 평소의 저로 돌아왔습니다.

"당신은 이제 어쩔 거지? 마을에서 묵겠다면 우리 집에 빈 방이 있는데……."

감사한 제안입니다. 하지만 저는 고개를 저었습니다.

"아뇨. 지금 바로 마을을 떠나겠습니다. 저는, 길을 서두르고 있으니까요."

게다가 예의 그 대국이라는 곳에 가보고 싶기도 합니다.

"……그거 아쉽네."

"죄송합니다."

"촌장들과도 만나지 않고 가버리는 건가?"

"만나면 묵어가라고 잡을지도 모르잖아요? 그러니 이대로 사라지겠습니다. 촌장님과 미나 씨의 아버지와 만나시면 잘 좀 전해주세요."

이제 가는 거구나. 아쉬워라. 또 와.

코르셋 벗는 것을 도와주었던 여성분들은 입을 모아 그렇게 말해주었습니다.

저는.

"네, 꼭 또 오겠습니다."

마음에도 없는 말을 했습니다.

그리고 마을을 나섰습니다.

원시림 안을, 북쪽을 향해 날아갑니다. 뒤돌아보는 일 없이, 그저 똑바로 앞을 보고.

빗자루를 잡은 손에서는 아직 아벨 씨의 차갑던 손의 감촉이 남아 있는 듯한 느낌이 듭니다.

그는———.

○

"……진심으로 하는 말인가요?"

그 제안을 듣고 저는 무척 당황했습니다.

"그래, 진심이야. ……나는 이제 곧 죽을 거야. 분명 얼마 안 있어 죽을 거야. 그게 무서워 견딜 수 없어. 매일매일, 어쩌면 오늘 잠이 들면 눈뜨지 못하는 게 아닐까 하고. 무섭고 무서워서 참을 수가 없어."

침대에 누운 채 그는 계속해서 말했습니다.

"그리고 알고 있어. 마을 사람들과 미나의 아버지는 나를 성가시게 여긴다는 걸. 마음 한편으로 내가 죽기를 바라고 있어. 얼른 죽으면 간병 따위를 할 필요도 없게 된다고 여기겠지. 그러니까 나는 이제 틀렸어. 한계야. 그러니까——— 부탁할 수 없을까? 나를 죽여주지 않겠어?"

농담이 아니라.

진심으로 말하는 것이겠지요.

더는 한계였던 것이겠지요.

하지만.

"거절하겠습니다."

그런 부탁, 받아들일 수 있을 리 없습니다. 저는 사람을 죽이기 위해 마녀가 된 것이 아닙니다.

설령 그것이 마지막 소원이라고 해도—— 저는 할 수 없습니다.

"……아쉽네."

그는 아무렇지 않게 말했습니다.

마치 처음부터 기대하지 않았던 것처럼.

"죄송합니다."

"아니, 사과하지 않아도 돼—— 어차피, 네 손에 죽지 않아도 오늘 밤쯤이면 마을 사람들에게 살해당할 테니까. 독이라도 타서, 평온하게 죽어간 것처럼 꾸며져서 죽임을 당하겠지."

"……그럴 리가."

"아니, 나는 알아. 이제는 일어서지도 못하고, 그저 침대에 누워만 있는 인간 같은 건, 이 마을에서는 무가치한 존재니까. 이젠 죽음을 기다리는 것밖에 할 수 있는 게 없어."

"…………."

"그래도 지금까지 간신히 살아남을 수 있었던 건, 마을 사람들이 미나가 돌아올지도 모른다고 기대했기 때문이야. 그들은 내가 아직 그녀에게 미련을 갖고 있다고 철썩 같이 믿고 있는 거야—— 하지만, 그 기대도 사라졌지."

그건 즉,

"……제가 왔기 때문, 인가요?"

"딱히 널 책망하려는 게 아니니까 오해하지 말아줄래? 어차피 이렇게 될 운명이었어."

"…………."

그리고 그는 웃었습니다.

"뭐, 솔직히 말하자면 미나와 쏙 닮은 여자아이 옆에서 죽고 싶었지만── 억지로 강요하고 싶지는 않아. 미안했어, 이상한 걸 부탁해서."

"아뇨, 마음에 두지 마세요──."

저는 말했습니다.

비슷한 높이의 나무들에 둘러싸인 숲속의 외길. 포장 같은 건 되어 있지 않았고, 그저 나무가 자라 있지 않을 뿐인 울퉁불퉁한 지면이 저 끝까지 이어져 있습니다.

그 길 위를 빗자루로 나는 소녀가 하나. 그녀가 지나간 뒤쪽으로 나뭇가지가 흔들리며 수런거렸고, 무언가를 축하하듯 잎을 흩뿌렸습니다.

그 가련한 소녀는 마녀이며, 여행자입니다.

잿빛 머리카락은 햇빛을 받아 눈부실 정도로 빛났고, 보랏빛이 감도는 푸른 눈동자는 나아가고 있는 쪽이 아니라, 어딘가 멀리를 바라보는 듯 했습니다. 검은 로브에 삼각 모자, 별을 본뜬 브로치라는 마녀다운 복장은 그녀의 매력을 끌어올리기 위해 존재한다고 해도 과언이 아닙니다.

그런 누가 어떻게 보든 가련하다고밖에 표현할 방법이 없는 그녀는 대체 누구일까요?

그렇습니다, 저입니다.

"…………."

이 앞에 존재하고 있을 나라의 정보는 이미 얻었습니다.

이 근처에서 활동하는 상인들 사이에서 그 나라는 "크지만 좁은 나라" "미남미녀밖에 없는 나라" "벽이 있는 나라" "어쩐지 들어가기 힘든 나라" "모든 게 신기한 나라" 등등── 이상한 호칭으로 불리고 있다더군요. 적어도 좀 하나로 통일하라고 말하고 싶어집니다.

아무튼 이 앞에 보이는 나라는 평범하지 않다는 것만은 확실한 모양입니다. 어디가 어떻게 이상한 것인지, 혹은 무엇이 신기한 것인지. 그 내용을 상인들에게 물어보았지만, 알 수 없었습니다.

아무튼, 이 나라에 관해 알고 싶다면 직접 눈으로 보고 확인할 수밖에 없습니다.

살짝 기대하는 제가 있습니다.

그리고 잠시 후, 그 나라가 보였습니다. 그리 높지 않은 성벽에 둘러싸여 있고, 나무로 만든 문이 열려 있었습니다.

저는 그 앞에 내려섰습니다.

그러자 문을 지키는 병사분이 옆에서 슥 나타나 고개를 숙였습니다.

"여어, 안녕하십니까— 어라? 마녀님이십니까? 이거 참 드문 일이군요."

가슴에 단 별 브로치를 보고 문지기 병사는 눈을 크게 떴습니다.

"여기는 무슨 용건으로 오셨습니까?"

"저는 여행자랍니다."

"호오, 그것도 참 드문 일이군요."

"그런가요?"

병사는 두세 번 고개를 끄덕였습니다.

"네— 그런데 마녀님은 이 나라에 대해 알고 계십니까?"

"뭐, 나름대로는."

"그렇습니까. 그렇다면 괜찮겠군요."

"⋯⋯?"

대체, 뭐가요?

무슨 말이 하고 싶은 것인지, 수수께끼 같습니다.

"그럼 마녀님, 입국을 위한 간단한 질문에 답해주십시오. 우선
은——."

제가 느낀 작은 의문을 중단시킨 것은 언제나 받는 질문이었습니다. 질문받은 것은 이름이나, 나이, 체재 일수나 여행 목적 등.
간단하게 대답해드렸습니다.

"알겠습니다. 그럼 들어가시죠."

"네."

저는 문지기 병사의 말에 따라 나라 안쪽으로 발을 내딛었습니다.

과연 이 나라는 어떤 나라일까요?

○

그곳이 사전에 들은 평판대로의 나라인지 어떤지를 조금 걸은
것만으로 판단하기란 불가능했습니다.

문을 지나 들어온 곳에 있던 나라는 유달리 특별하다 할 곳 없
는, 매우 평범한 곳으로 보였습니다.

나라라고 하기보다는 벽에 둘러싸인 마을이라 부르는 편이 적

당한 듯한 느낌입니다.

이 나라는 목조 건물이 아주 많았습니다. 어느 집이든 나무를 깎아 만든 듯한 외관입니다. 어쩌면 제가 지나온 길에 자라났던 나무를 벌채하여 집을 지었을지도 모릅니다. 게다가 놀라울 정도로 어느 집이든 낡았습니다. 나쁜 늑대가 제일 먼저 노리고 날려버릴 만큼 허름합니다.

참고로 안에 사는 것은 아기 돼지⋯⋯가 아니라 사람이었습니다. 당연하지만.

한 민가에서 나온 것은 선이 가는 여성이었습니다. 바구니를 안고 나온 그녀는 한순간 저에게 시선을 주고는 그대로 어딘가로 가버렸습니다.

흥미 없는 대상을 대하는 반응이로군요.

여행자가 찾아오는 일이 드물지 않은 걸까요?

바구니를 든 여성만이 아니라, 이 나라 사람들의 반응은 지극히 담백했습니다.

담백하다고 할까, 평범하다고 해야 할까.

예를 들면 마당에 있는 두 그루의 나무 사이에 봉을 끼워 거기에 세탁물을 널고 있는 여성이나, 희미하게 타오르는 모닥불을 둘러싸고 그 안에 가지를 넣으며 담소하는 남자들이나, 혹은 일심불란하게 도끼로 장작을 패고 있는 청년이나.

이 나라에 사는 사람들의 모습을 멀리서 지켜볼 수는 있었지만, 그들은 저와 눈이 마주쳐도 "아, 여행자인가. 흐응" 하는 느낌으로 바로 시선을 돌려버렸습니다.

확실히 들었던 대로 미남미녀뿐인 듯한 느낌이 들었고, 쇠퇴했다고 한다면 그럴지도 모릅니다. 하지만 현 단계에서 저는 "무척이나 평범하고 지루한 나라"라는 감상밖에 느껴지지 않았습니다. 이전에 들었던 평판과는 다릅니다.

"어머어머, 별일이네."

멍하니 걷고 있을 때, 누군가가 말을 걸어왔습니다.

목소리가 들려온 쪽으로 고개를 돌리자, 마법사가 이쪽을 향해 걸어오는 것이 보였습니다. 저와 눈이 마주치자 그녀는 빙긋 미소를 지어 보였습니다.

알 수 없는 상냥함이 흘러넘치는 미소였습니다. 겉보기로는 제 부모님과 비슷한 정도의 연령으로 보였습니다.

만약을 위해, 반대 방향으로 고개를 돌리고 부끄럽게 착각한 것은 아닌지 확인을 했습니다.

"저 말인가요?"

그리고 그렇게 물었습니다.

그 여성은 고개를 끄덕였습니다.

"맞아요, 당신. 여행자죠? 이 나라에 오다니, 꽤나 괴짜로군요."

"그런가요?"

"그래요."

"독특한 나라라는 말을 들어서 관심이 생겼답니다."

"흐음, 별난 사람이네요."

"그런가요?"

"그래요."

어째선지 갑자기 마법사가 친근하게 이야기를 걸어온다 했더니, 괴짜에 특이한 사람 취급을 받고 있는 저.

어째서죠? 이유를 모르겠네요.

"그렇지만 그다지 특이한 곳으로는 보이지 않네요. 평범하게 평범한 보통 국가인 것만 같은데."

"참고로 어떤 나라라고 듣고 왔나요?"

"그러니까……."

저는 상인들이 부르는 이 나라의 별명을 가르쳐주었습니다.

"……흐응. 미남미녀밖에 없는 나라, 라…… 우후훗. 부끄러워라."

"…………."

듣기 좋은 부분만 골라서 받아들인 거 아닌가요?

마법사는 이어 말했습니다.

"그래서, 기대하고 왔는데 너무 평범해서 실망했다는 느낌?"

"네, 뭐. 그러던 참입니다."

"……그렇군요. 그러면 이 나라 안을 보고 오는 게 좋겠네요. 분명 당신이 기대했던 걸 발견할 수 있을 거예요."

"이 나라의 안……? 무슨 뜻인가요?"

"그 말 그대로의 뜻이에요. 잠깐, 이쪽으로 와요."

"앗, 잠깐——."

꽉, 옷소매를 잡힌 채 저는 이름도 모르는 마법사에게 끌려갔습니다.

……어째서?

끌려간 곳은 문 앞.

제가 입국할 때 들어온 문이 아니라, 훨씬 호사스런 물건입니다. 나무로 만든 문 위에 철로 틀이 짜여져 있습니다. 기분 탓인지 성벽도 입국할 때 본 것보다 높이가 높은 느낌입니다.

문은 열려 있었고, 그 옆에 마차가 세워져 있습니다. 한가롭게 풀을 뜯고 있는 말이 매인 수레에 실린 크고 작은 자루를 투실하게 살찐 아저씨들이 옮기고 있었습니다.

뭔가요? 이건.

"……나라 안에 또 하나의 나라가 있는 건가요?"

저의 물음에 마법사는 제 소매를 잡고 있던 손을 놓고 대답했습니다.

"응. 원래 이 문 너머가 진짜 나라예요."

"네? 그럼 이쪽은 뭔가요?"

저는 바닥을 가리켰습니다.

"그건 당신이 제 말을 들어주면 알려줄게요."

"…………."

뭔가 안 좋은 예감이.

"저와 거래하지 않을래요?"

"거래라고요?"

"네."

"일단 내용을 들어보죠."

그리 답하자 마법사는 "해냈다"라고 말하듯 눈을 반짝였습니다.

"책을 사다줬으면 해요. 돈은 줄 테니."

"······책 말인가요?"

어떤 거래인가 했더니, 무척이나 평범한 물건이로군요.

"직접 사면 되지 않나요? 아니면 살 수 없는 사정이 있는 건가요?"

"네, 못 사는 사정이 있어요. 부탁할 수 있을까요?"

무슨 사정인지를 물어보니 "그건 사다주면 알려줄게요. 어때요?"라며 눈에 보이게 얼버무렸습니다.

뭐, 심부름 정도라면 괜찮겠지요.

마법사에게 넘어간 형세가 되어버린 것은 내키지 않지만, 저로서도 분명 문 너머 쪽이 신경 쓰였으니까요.

"받아들이죠."

저는 말했습니다.

○

한가로워 보이는 말과 작업 중인 살찐 아저씨들의 옆을 슬쩍 지나쳐서 저는 두 번째 문을 빠져나왔습니다.

그곳은 별세계였습니다.

대체 지금까지 지나온 쇠퇴한 곳은 뭐였냐고 말하고 싶어질 정도로, 전혀 다른 모습입니다.

제가 걷는 지면은 포장조차 되어 있지 않은 채 드러난 땅——이 아니라, 한눈에 봐도 단단해 보이는 적갈색 블록이 균일하게 깔려 있었습니다. 아니, 단단해 보인다고 할까, 실제로 단단하지만요.

부드럽게 굽이치는 길을 따라 세워진 민가도 목조에서 벽돌로 지어진 건물로 업그레이드. 이거라면 늑대가 습격해도 괜찮겠군요.

걷고 있으니 어디선가 향기로운 커피 냄새가 풍겨왔습니다. 찻집이 있었습니다—— 가게 안에 있는 몇몇 사람이 웃으며 이쪽을 보고 있습니다.

길을 나아가니 제가 정말 좋아하는 빵집도 보였습니다. 이 나라는 노점이 없는지, 길가에서 장사를 하는 사람이 보이지 않았습니다. 빵가게도 매우 평범하게 건물 안에 가게를 갖추고 있습니다.

좋은 냄새가 몸속으로 파고든 탓에, 위가 그제야 생각났다는 듯 꼬르륵 소리를 냈습니다. 그러고 보니 아침부터 아무것도 먹지 않았군요.

하지만 무언가를 먹는 건 이 나라를 일단 한 번 돌아본 다음에 하죠. 모처럼의 기회이니 이 나라의 명물을 먹고 싶습니다.

"저기, 엄마. 못난이가 걷고 있어. 못난이인 주제에."

"쉿, 보면 안 돼요."

………….

……어라?

방금 그건 뭔가요?

정말이지 매우 실례인 발언이 들려온 쪽을 바라보자, 토실토실한 모자가 손을 잡은 채 질색하는 표정을 지으며 이쪽을 보고 있습니다.

지금, 저에게 한 말인가요? 멀어져가는 모자는 저와 눈이 마주치자,

"히익, 못난이가 노려본다." "얘, 그러지 마! 그러다 못난이가 잡아간다!"

라는 추가 공격을 해 왔습니다.

....

대체 무슨 일이 일어나는 건가요?

고개를 갸웃거려 보아도 그 답이 떠오를 리도 없는지라, 결국 저는 뭔가 착각한 게 틀림없다고 머릿속으로 결론을 짓기로 했습니다.

길을 걸어가면 걸어갈수록.

혹은 스쳐가는 사람이 많아지면 많아질수록, 불쾌하게 바라보는 시선이 늘어났습니다.

사람들은 때때로 저를 손가락질하며 냉소를 지었고, 때로는 옆사람과 소곤소곤 목소리를 낮추며 이야기를 했습니다.

못난이라고.

"어머! 정말 못생겼잖아!" "저건 정말 심한 얼굴이네. 못 봐주겠어." "잘도 저렇게 아무렇지 않게 걸어 다니는군. 존경심이 들정도야." "너무 말랐네." "마치 뼈다귀 같은 여자잖아." "애들 교

육에 안 좋으니 꺼져주지 않을래?" "게다가 마녀야." "어머, 정말이네. 못난이 마녀야."

뭐, 이런 느낌입니다.

과연 이렇게나 노골적이면 화낼 마음도 들지 않는군요.

어라? 질투인가요? 하고 말해주고 싶어집니다.

그러나 이렇게나 노골적으로 차별받는 곳을 걷고 있으면 아주 고약한 일이 매우 자연스럽게 벌어지는 법입니다.

예를 들면 남성(투실투실한 돼지 같은 겉모습)이 "우하하하! 진짜 못생겼잖아! 마치 노예 같아!"라며 비웃어대거나.

예를 들면 노인(투실투실한 돼지 같은 겉모습)이 "히이익! 저승사자다! 설마 이 몸이 죽을 때가 다가온 건가……?"라며 겁을 집어먹거나.

예를 들면 어린애(투실투실 살찐 돼지 같은 겉모습)가 "꺼져버려, 못난이!"라며 돌을 던지거나—— 체격에 비해 던지는 힘은 미약했으므로 쉽게 피할 수 있었습니다.

참고로, 참고 참았던 스트레스를 해소하기 위해 돌을 던진 어린애를 바람에 실어 날려버렸습니다만, 몸에 지방이 많으니 문제는 없으리라 봅니다.

하지만 그런 사소한 복수를 해본들 기분 나쁜 고약한 일들은 끝나지 않습니다.

"——잠깐, 방해되잖아. 비켜, 못난이."

툭, 스쳐 지나가며 어깨를 부딪치더니 그런 말을 내뱉은 사람도 있었습니다.

대체 저를 못난이라고 단언하는 분은 얼마나 아름다운 분이신 지요? 하고 뒤돌아보니, 그곳에 있던 이는 고깃덩어리 같은 숙녀였습니다.

어머나, 멋진 고기. 마치 출하 직전의 돼지 같군요.

굳이 말을 바꾸자면, 무척이나 뚱뚱하고 무척이나 얼굴이 거시기한 느낌의 아가씨. 나풀나풀한 드레스로 몸을 감싼, 동그란 체형의 그녀는 의기양양한 표정을 지으며 길 한가운데를 걷고 있었습니다.

게다가 어째서인지 갈채를 받고 있습니다.

"어머, 정말 아름답다!" "역시 여성이라면 저래야지." "좀 지나치게 찐 거 아냐?" "저게 좋은 거라고. 뭘 모르는군." "얼마나 훌륭한가…… 내 아내가 되어주었으면." "그에 비해 저 마녀는 대체 뭐야?" "뼈다귀잖아." "삐삐 말랐네."

뭐 이런 느낌입니다.

어째서 저에게까지 불똥이 튀는 건지, 너무너무 불쾌했습니다.

"……후우."

일단 오던 길을 되돌아간 저는 찻집으로 뛰어 들어갔습니다.

도망친 것입니다. 너무나도 마음이 안 좋았습니다.

"어서 오세요. 주문은요? ……훗."

개 같은 얼굴을 한 남성(당연하게도 비만)이 기분 나쁜 웃음을 지으며 그렇게 말했습니다.

"저기, 모닝 세트로."

메뉴판의 제일 위에 있던 것을 골랐습니다. 제일 쌌기 때문입니다.

"알겠습니다."

그 점원은 제 옆에서 재빨리 물러나더니 다른 점원과 뭔가를 소곤소곤 이야기하기 시작했습니다.

뭐, 어차피 제 겉모습을 야유하고 있는 거겠지요.

"…………."

생각할 것도 없고, 말할 것도 없이.

아무래도 이 나라── 두 번째 문 너머는 못난이라고 하는 것의 개념이 보통과는 매우 크게 다른 곳인 모양입니다.

"어이, 저기 좀 봐…… 못난이가 앉아 있어." "멍청아! 그렇게 쉽게 못난이 얘기를 하지 말라고. 옮으면 어쩌려고." "이, 이런! ……미안." "정말이지……."

과연 못난이가 옮는 것인가는 제쳐두고, 역시 찻집 안에서도 다른 손님들의 찌르는 듯한 시선이 쏟아지고 있습니다.

뭔지 잘 모르겠습니다만, 아무래도 저는 이 나라에서는 차별을 받아야만 하는 대상에 들어가는 모양입니다.

"기다리셨습니다. 모닝 세트입니다."

깔보는 듯한 시선으로 저를 본 점원이 테이블 위에 놓은 것은 커피와 빵. 그리고 잼.

무척이나 소박하군요. 역시 제일 싼 이유가 있습니다.

그리고 점원은 기분 나쁜 웃음을 지은 채 말했습니다.

"손님, 죄송합니다만 이걸 드시면 바로 가게를 나가주시겠습니까? 다른 손님에게 항의가 들어오는지라……."

"네……."

어딘가의 좌석에서 웃음소리가 흘러나왔습니다.

아주 천천히 우아하게 모닝 세트를 먹은 다음, 저는 서점으로 갔습니다.

이제는 얼른 이곳에서 도망치고 싶은 마음입니다만, 약속을 했으니 그럴 수도 없습니다.

떨떠름하게 저는 길을 걸었고, 끊임없이 손가락질과 비웃음을 받으며 서점에 도착했습니다.

서점 안은 정숙함에 감싸여 있었습니다. 역시 신사와 숙녀의 성지. 가게 안에 있던 사람들(역시 예외 없이 뚱보)은 책장, 혹은 손에 든 책에 푹 빠져서 저 따위는 쳐다보지도 않습니다.

안전권이군요.

"어디……."

저는 마법사가 부탁한 책 제목을 떠올리며 가게 안을 서성였습니다.

그리고 이내 발견했습니다. 신간 코너에 표지가 보이게 내놓아져 있습니다.

저는 한 권을 손에 들고 카운터로 향했습니다.

"어서 옵쇼."

설렁설렁한 느낌의 점원이 책을 받아 들었습니다.

"커버를 싸드릴까요?"

"부탁드립니다."

노골적인 태도는 보이지 않았지만, 마음속으로는 비웃고 있을지도 모릅니다.

……문득, 지루한 나머지 시선을 돌려보니 카운터에 이해할 수 없는 취향의 책갈피가 잔뜩 쌓여 있는 것이 보였습니다.

보기에도 무서운, 납작하게 짓눌린 거미 박제였습니다. 『책갈피입니다』라고 쓰여 있으니 책갈피겠지요. 틀림없습니다.

"저기, 이 책갈피 50페이지마다 하나씩 끼워주시겠어요?"

"손님, 악취미시네."

그렇다면 어째서 이런 책갈피를 두고 있는 건가요?

가게를 나오니 사람들이 저를 둘러쌌습니다.

무슨 말을 하는 것인지 모르시리라 생각하지만, 저도 제게 일어난 일을 이해할 수 없었습니다.

저를 둘러싼 것은 본 적 있는 뚱뚱한 분들.

"어이, 네 놈이 이 나라에 섞여 들어온 여행자냐?"

번드르르하게 살찐 분이 제게 말했습니다. 누군가 했더니 아까 문 근처에서 마차의 짐을 나르던 분이었습니다.

"섞여들었다니요?"

솔직한 의문이었습니다.

"우리 문지기들이 밖에서 짐을 들여오고 있을 때 몰래 들어왔잖아. 이쪽 나라에 못난이는 들어오지 못한다는 걸 알고 한 짓이냐?"

"네?"

들어오지 못하는 거였나요?

"시치미 떼지 마. 첫 번째 문을 통과할 때 그쪽 문지기가 설명했을 거 아냐. 두 번째 문은 선택된 자들만 들어갈 수 있는 특별한 곳이라고. 그런데도 멋대로 들어오다니. 더할 나위 없이 악질이로군."

"후우."

확실히 문지기 병사에게 이 나라에 관해 아느냐는 질문을 받았던 것 같기도 합니다만.

"뭐야, 네 그 태도는. 너 같은 놈이 이쪽에 있으면, 주민들에게 민폐라고. 어서 여기서 나가."

"말하지 않아도 바로 나갈 생각입니다."

이미 용건은 끝났으니까요.

"……흥, 두 번 다시 오지 말라고."

말하지 않아도 두 번 다시 안 올 테니 걱정 마시지요. 그렇게 대꾸할 뻔했습니다.

아무리 그래도 불에 기름을 들이붓는 바보는 아닌지라, "그럴게요"라고만 말해두었습니다.

○

"어머 어머, 드디어 돌아왔네."

번성한 나라 밖에 있는 쇠퇴한 마을.

두 번째 문을 나온 그곳에 그녀가 있었습니다. 찾아야 하는 수고가 줄어든 것은 기쁜 일이지만, 어쩐지 제가 그녀를 만나는 타이밍조차 예측되어 있던 것 같은 기분이 들었습니다.

마치 그녀의 손바닥 위에서 놀아나는 듯한.

아마도 기분 탓이겠지요.

"네. 약속한 물건은 손에 넣었습니다."

"어머. 고마워요."

그녀는 제 손에 들린 책을 받으려 했습니다.

"하지만, 그 전에 이 나라에 관해 들려주시겠어요? 책을 건네는 건 그 다음입니다."

저는 책을 높이 들고 말했습니다.

그녀는 뻗었던 손을 내리고 대답했습니다.

"그렇군요—— 그럼, 어디 앉을 만한 곳으로 갈까요?"

그리고 그녀가 데려간 곳은 딱히 존재 의의를 알 수 없는 벤치.

오래 전부터 밖에 방치되어 있었는지, 발치에는 이끼가 붙어 있고, 포개어진 목재도 곳곳에 구멍이 뚫려 있습니다.

자리에 앉으니 삐걱이는 소리가 나서 좀 무서웠습니다. 지금 당장에라도 쑥 하고 나무판이 빠져버릴 것만 같습니다.

시한폭탄을 들고 있는 듯한 심경으로 두근두근하고 있는 저를 무시한 채, 마법사는 조용하고 한가로운 풍경을 바라보며 입을 열었습니다.

"저쪽에 비하면 이쪽은 참 좋죠? 편안하고."

"……뭐, 그러네요."

지나치게 한가로운 것 같기도 하지만요.

"그래서, 궁금한 게 뭔가요?"

"제가 뭘 물어보고 싶은지 아시잖아요?"

마법사는 잠시 뜸을 들이며 입을 다물었습니다.

그리고 하나하나 이야기하기 시작했습니다.

"——옛날 이 나라가 아직 분단되기 전에, 이 나라에는 무척 못생긴 왕녀가 있었어요."

"못생긴 왕녀요?"

고개를 갸우뚱하게 되었습니다. 어느 쪽의 기준으로? 라는 의미입니다.

"아, 문 너머의 기준으로는 미인인 게 되겠지만—— 뭐, 말하자면 당신의 기준으로 봤을 때 못생긴 왕녀가 있었어요."

"무척 딱 잘라 말하시네요."

"사실이니까요."

"…………"

"이야기를 되돌릴게요—— 그 못생긴 왕녀는 자신이 못생겼다는 사실에 열등감을 느꼈죠. 당시는 아직 미인의 개념이 평범했기 때문에, 스스로의 외모에 자신을 가질 수 없었던 거예요."

흐음흐음……?

마법사는 이야기를 계속했습니다.

"그래서 말이죠, 왕녀는 어느 떠돌이 마녀에게 부탁했던 거예요. '내 얼굴을 미녀로 만들어줘'라고. 하지만 마녀는 거절했어요. 사람의 얼굴을 바꾸는 마법 같은 건 모르기도 했고, 그건 윤리적으로도 해서는 안 되는 일이라고 생각했던 거죠."

"그 떠돌이 마녀가, 당신인가요?"

하지만 그녀는 고개를 저었습니다.

"아뇨. 나는 그저 마법사예요. 자, 브로치도 아무것도 없죠?"

그녀는 로브의 가슴께를 쫙 펴서 보여주었습니다. 분명히 아무것도 없습니다.

"그럼 당신은 어떻게 왕녀가 떠돌이 마녀에게 부탁했다는 걸 아는 거죠?"

"내가 떠돌이 마녀의 친구이기 때문이에요── 그녀가 이 나라에 왔을 때, 의기투합했죠. 그쪽은 여행자라, 함께할 수 있는 시간은 짧았지만."

"네에."

"당시의 나와 그녀도 마침 딱 지금의 당신 정도 되는 나이였고, 외모도 당신과 쏙 닮았었어요. 무척 머리가 좋고, 무척 미인이었죠."

"네에……."

칭찬받고 있는 걸까요? 헷갈리는군요.

"아무튼 뭐, 떠돌이 마녀는 왕녀의 의뢰를 거절했죠. 무척 끈질기게 부탁해 왔는지, 나중에는 말싸움까지 벌어졌던 모양이에요. 그리고 화가 난 왕녀는 말이죠, 격노한 끝에『내 의뢰를 거절하다니 배짱 한번 좋군』같은 말을 하며, 떠돌이 마녀를 이 나라에서 추방했다고 해요."

"참고로 저도 조금 전 막 추방된 참입니다."

"그렇겠죠."

"…………."

역시 어떤 전개가 될지 전부 알면서 절 이용했던 모양이군요.

"그리고 왕녀는 못난이와 미녀의 개념을 뒤바꿔서, 그녀가 세운 기준으로 못난이라 불리는 인간을 문 밖으로 쫓아냈어요. 그렇게 왕녀는 평화롭게 살았다더군요. 해피엔딩."

"…………."

"어때요?"

"아니, 어떠냐고 말씀하신들……."

어쩐지 머리가 아파졌습니다.

아무튼, 묻고 싶은 것부터 묻기로 하죠.

"하지만, 괜찮은가요? 당신들은 일방적으로 문 밖으로 쫓겨난 거잖아요? 불만을 가진 사람이 나와도 이상하지 않을 것 같은데."

"물론 나왔죠. 반기를 들겠다는 생각을 가진 사람은 없었지만."

"그랬나요?"

"불만을 가진 사람은 나라에서 거금을 쥐어주고 다른 곳으로 쫓아냈거든요. 지금쯤 어딘가 다른 땅에서 새로운 삶을 살고 있지 않을까요? 현명한 생각이라고는 말할 수 없지만. 편하게 살고 싶다면, 이 땅에 남는 게 최고의 선택이었죠—— 일하지 않아도 최저한의 음식과 돈을 받을 수 있어요—— 이쪽은 말이죠. 겉보기에는 빈곤층 같겠지만, 오히려 가난한 건 저쪽이에요."

"…………."

"기량이 부족한 왕녀가 가치관을 밀어붙인 덕분에 우리들은 평화롭고 평범한 생활을 하고 있죠. 저쪽도 저쪽대로 불만 없는 생활을 보내고 있고── 우리 같은 인간을 업신여기는 것으로 평소의 스트레스를 발산할 수 있는 거죠."

"……아."

그렇군요.

저쪽에서 보면 이쪽 사람들은 "저렇게는 되고 싶지 않아"라고 생각할 법한 타락해버린 존재라는 건가요.

서로가 자신보다도 못한 존재를 문 너머에 두고 평화를 유지한다. 그런 거군요.

좋은 듯도 하고 안 좋은 듯도 하고 성가신 듯도 하고.

"──뭐, 이걸로 제 이야기는 끝이에요. 어떤가요? 의문은 해결되었나요?"

그녀는 제게 손을 내밀었습니다.

저는 그녀의 손에 사 온 책을 올려놓으며 말했습니다.

"네, 뭐. 의문은 사라졌네요."

스트레스는 아직 쌓인 채였지만.

"그런데, 어째서 이 책이 갖고 싶었던 건가요?"

"이거, 신간인 책인데 벽 너머에서 좀처럼 이쪽으로 유통되지 않더라고요. 그래서 여행자인 당신을 이용했죠."

"………….."

과연.

꽤나 별 볼 일 없는 이유로 이용당했던 거군요.

"뭐, 당신도 저쪽의 상황을 알 수 있었으니 잘된 거죠?"

"그러네요── 저쪽에 가서 노골적인 차별을 받았을 때는 살짝 울컥했지만."

"어머…… 정말 미안해요."

제게 진심으로 사과했습니다.

"신경 쓰지 마세요."

소박한 복수를 50페이지마다 하나씩 끼워놓았으니까.

"여행자 님은 이 나라를 여행하고 어떻게 생각했죠?"

문득, 그녀는 책을 펼치며 제게 물었습니다.

무척이나 평화롭지만 무척이나 신기한 관계를 가진, 하나이며 둘인 나라. 그 나라를 한마디로 표현한다면.

"이상한 나라라고 생각해요."

그 한마디뿐인 것 같습니다.

"그건 나도 동감이에요."

그녀는 페이지를 넘겼습니다.

이 지도대로 가다 보면 가장 가까운 나라에 도착할 수 있을 걸세. 힘내게, 아가씨.

며칠 전 묵었던 마을의 촌장이 지도를 들이밀며 그렇게 이야기했기 때문에 저는 순순히 그 말에 따르기로 했습니다.

그 지도를 한 손에 들고, 지면을 스칠 듯 빗자루를 타고 저공비행하기를 반나절. 확실히 목적지에는 무사히 도착했습니다.

했습니다, 만.

음, 뭐라고 해야 할까요.

"…………."

멸망해버렸잖습니까.

나라, 없지 않습니까.

전부. 모든 것이 죽어 있었습니다. 나라의 안팎을 나누는 문도 열린 채라 빗자루를 탄 채 그대로 지나갈 수 있었습니다.

나라 안은 똑같은 풍경뿐입니다. 지붕 없는 집, 전소된 집이었던 것, 골조 같은 것만 남은 집, 단순한 잔해가 된 집, 잔해, 잔해, 잔해.

사람은커녕, 생명체의 기척조차 없습니다.

아무래도 이 나라는 이미 사람들에게 버림받은 것 같습니다.

나라의 상징이라고도 할 수 있는 왕궁은 비교적 멀쩡한 외관을 유지하고 있기는 했지만, 역시 폐허였습니다. 외곽은 두드리면 바로 쓰러져버릴 정도로 금이 잔뜩 갔습니다. 목조 문은 밀어도 당겨도 꿈쩍도 않습니다.

"……으음."

어찌하면 좋을지 모르겠습니다.

자아 그럼 어떻게 할까요.

왕궁으로 이어지는 계단에 앉아 맥이 풀린 표정을 만들어 보았습니다만, 걱정하며 말을 걸어주는 사람 같은 건 당연하게도 있을 리가 없었고 저는 고개를 푹 숙였습니다.

다시 반나절에 걸쳐서 온 길을 되돌아갈까.

아니면 여기서 자고 갈까.

저에게 주어진 선택지는 두 개였습니다. 그리고 저는 그 어느쪽도 고르고 싶지 않습니다. 왔던 길을 지금부터 다시 돌아가면 틀림없이 한밤중이 될 겁니다. 무사히 마을로 돌아간다고 해도 저를 맞아들여 줄 숙소가 있을지 어떨지. 그럼 마을로 돌아가지 않고 여기서 자겠느냐고 한다면 그건 그것대로 곤란합니다.

그도 그럴 것이, 여기는 폐허니까요.

"……하아."

하지만 안타깝게도 이 두 개의 선택지 중 비교적 나은 쪽은 이 폐허에서 머무는 것이겠지요.

그래서 저는 선택했습니다.

다른 여지가 없으니까요. 정말이지 원하는 바는 아니지만, 어쩔 수가 없습니다.

여기서 머물겠습니다.

그리고 저는 자리에서 일어났습니다.

잠잘 곳을 찾아야지요.

자그마한 나라의 상공을 빗자루로 날아다닌 결과, 나라 안에서 제일 제대로 된 외관을 유지하는 곳은 왕궁이었습니다. 민가는 틀렸습니다. 대부분이 제대로 쓸 수 없을 정도로 붕괴되어 있기 때문입니다.

왕궁의 문은 닫혀 있지만, 역시 왕궁에도 아무도 없겠지요.

………….

괜찮을까요?

……저질러도 괜찮겠죠?

"……에잇."

저는 주변에 사람이 없다는 것을 재확인하며, 그 문을 마법으로 불태워 재로 만들었습니다.

"실례합니다……."

그리고 안으로 들어갔습니다.

금이 간 외관과는 반대로, 왕궁 안은 깨끗한 상태를 유지하고 있었습니다. 먼지투성이이기는 했지만, 잠자리로 쓰기에는 충분합니다.

그러면 탐색을 시작하죠. 우선은 침대를 확보해야 합니다.

아무도 없는 성은 기분 나쁜 분위기를 띠고 있습니다. 지금 당장이라도 정체를 알 수 없는 무언가가 튀어나올 것 같은, 흐릿하고 불온한 공기.

기묘한 서늘함을 느끼며 저는 계단을 찾았습니다. 여행자로서 수많은 나라를 거쳐 온 저이기에, 1층에 찾는 방이 없으리라는 사실은 이미 알고 있습니다. 침실이 있다고 한다면, 2층. 혹은 그보다 더 위층에 왕족이 사용하던 침실이 있을 것입니다.

탐색을 시작하고 몇 분도 지나지 않아 계단을 발견했습니다. 먼지를 뒤집어쓴 카펫을 밟으며 저는 계단을 올라갔습니다.

그리고

"당신은, 누구?"

목소리가 들렸습니다.

심장을 찔러오는 듯한 감각에 휩싸이며, 저는 반사적으로 고개를 들었습니다. 그러자 계단 위에 한 여자가 서 있는 모습이 보였습니다.

저는 울음이 터질 것만 같았습니다. 여러 의미로.

○

"사람이 살고 있을 줄은 몰랐어요."

"사람이 찾아올 줄은 몰랐어."

그녀에게 안내받아 간 곳은 고상해 보이는 침실이었습니다.

가구라고 부를 수 있는 것은 책상과 침대 정도밖에 없는데도, 그 방의 넓이란. 얼마 전 묵었던 마을의 집이 그대로 한 채 들어가 버릴 정도는 되는 거 아닙니까. 뭔가요, 이거. 뭐냐고, 이거. 이런 곳에서 자는 건가요. 호강이로군요.

"당신은 어디에서 왔지?"

그녀는 책상 앞의 의자(쓸데없이 금빛으로 번쩍이는 비싸 보이는 거)를 빼서 앉더니 제게 부드러운 시선을 보냈습니다.

"저 멀리 머나먼 나라에서 왔답니다."

저는 이어 말했습니다. "저는 여행자예요."

"이름을 물어도 될까?"

"일레이나입니다."

"그렇구나. 나는 밀라로제. 잘 부탁해."

그녀는 미소를 머금었습니다.

피처럼 붉고, 전기를 맞은 듯 부스스한 머리카락. 너덜너덜한 드레스를 입고 있기에 혹시 성격이 난폭한 분은 아닐까 걱정했지만, 의외로 온화한 분이었습니다.

"밀라로제 씨는 어째서 여기에?"

"……몰라."

"네? 모른다는, 건?"

"어째서 여기 있는지, 몰라."

밀라로제 씨의 표정이 일그러졌습니다.

"정신을 차려보니 멸망한 이 나라에 있었어."

"……그건."

기억상실, 이라는 것인가요——.

하지만 어째서? 이 나라가 망한 건 어제 오늘 일일 리가 없을 터. 대충 어림잡아도 한 달 전에는 이미 이런 상태였을 것입니다.

저는 의문을 그대로 말로 했습니다.

"어째서 이 나라에서 떠나지 않는 건가요? 이곳에 머무는 것보다 다른 나라에서 사는 편이 훨씬 살기 좋을 텐데요. 돈이라면 여기저기 굴러다니고 있는 것 같은데."

여차하면 돈이 될 법한 물건을 성에서 훔쳐낼 수도 있을 겁니다.

"…………."

그녀는 잠시 생각하는 듯한 모습을 보이더니 자리에서 일어났습니다. 그리고 책상 서랍에서 한 장의 종이를 꺼내 제게 내밀었습니다.

이쪽으로 와, 라는 의미인 걸까요?

"내가 이곳을 떠날 수 없는 이유야."

그녀는 그 종이를 보여주었습니다. 위에서 아래까지 가득, 벌레가 기어간 듯한 악필로 글씨가 쓰여 있습니다.

아무래도 편지인 모양입니다.

저는 그녀의 재촉에 따라 그 편지를 읽었습니다.

이걸 읽고 있는 너는 왕녀 밀라로제다. 네가 아무것도 모른다 해도 내가 모두 알고 있다.

어째서 여기 있는지. 어째서 창밖의 세상은 멸망했는지. 어째서 자신에게 이전의 기억이 없는지.

모르는 일들뿐이라 당황하고 있겠지만, 침착해라. 지금부터 잠시 설명을 할 수 있게 해다오.

이 편지를 읽어 너의 혼란스러운 수수께끼가 전부 해결될 수 있는가 하면, 그렇지 않다. 하지만 적어도 그릇된 선택으로 죽는 일은 면할 수 있다. 즉, 죽고 싶지 않다면 계속해서 읽어라.

그나저나 지금 그쪽은 낮일까, 밤일까.

밤이라고 가정하고 앞으로의 이야기를 전개해 나가겠다. 만약 그곳이 낮이라면, 뭐 지금부터 그러한 일이 일어나리라는 것을 머릿속 한편에 넣어두면 되겠지.

그럼.

창밖을 봐주었으면 한다. 분명 괴물이 날뛰고 있겠지. 그 괴물이 이 나라를 멸망시킨 악마이며, 네 기억상실의 원인이다.

그 괴물에게 이름은 없다. 이 자리를 빌려 임시로 자발리에라 이름 붙이겠다.

자발리에는 일몰과 함께 눈을 뜨고, 해가 떠오를 때까지 이곳을 파괴한다. 식량 조달을 위해 성 밖으로 나간다면 낮 동안에 다녀오기를 바란다. 성이라면 안전하다. 자발리에는 성안에는 들어오지 못한다.

자발리에의 목적은 이 나라의 사람들을 전부 죽이는 것이다. 매일 밤, 이 나라까지 와서 마지막 한 사람을 찾아 날뛰고 있다.

마지막 한 사람이란 바로 너다.

그 녀석은 백성 없는 나라의 왕녀가 된 너를 노리고 있다. 부탁이니 이 나라 밖으로는 나가지 말거라. 이곳을 나가면, 자발리에는 너를 쫓아 이 나라 밖으로 나가 버릴 테니까.

너에게 한 가지 부탁하고 싶은 것이 있다.

너의 힘으로 자발리에를 죽여다오. 이렇게 말하지만, 너도 괴물을 죽이지 않으면 나라 밖으로 나갈 수 없을 테니 선택권 따위 없으리라 본다.

마녀인 너의 마법이 있으면 자발리에쯤은 쉽게 쓰러뜨릴 수 있을 것이다. 부디 우리를 위해, 저 괴물을 죽여다오.

네가 살기 위해.

불행히도 죽임당해 버린 자들을 위해.

그리고 밤.

자발리에라 이름 붙인 그것은 틀림없이 괴물이었습니다.

거대한 체구는 스러진 건물에 필적할 정도였고, 밤의 어둠 같은 검은 비늘로 뒤덮여 있습니다.

자발리에라고 이름 붙이기는 했지만, 그 외견은 그야말로 드래곤.

드래곤에게서 날개를 떼어내면 저런 모습이 되리라 생각합니다. 그래서인지는 알 수 없지만, 무시무시하게도 그 괴물은 불을 뿜어냈습니다. 울퉁불퉁한 두꺼운 팔로 건물을 부수고, 불을 뿜어내서 집을 불태우는 모습은 마지막 한 사람인 밀라로제 씨를 찾는 것 같기도 하고 그저 분노에 겨워할 뿐인 것 같기도 했습니다.

"그보다, 밀라로제 씨는 마녀였던 건가요?"

"그보다, 일레이나 씨는 마녀였구나."

"아니, 제가 마녀인 건 보면 알 수 있잖아요?"

어디를 어떻게 보아도 마녀라 할 수 있는 차림을 하고 있거든요, 저. 이 브로치가 눈에 들어오지 않은 건가요?

"농담이야."

그렇게 말한 밀라로제 씨는 창밖에서 마음껏 날뛰고 있는 괴물을 내려다보며 작게 웃었습니다.

저도 그녀의 시선을 따라갔습니다.

"하지만 저 편지를 쓴 사람도 꽤나 무모한 요구를 하는군요."

"그러게. 저런 괴물과 싸워 이기라니…… 어이가 없다니까."

"……그러고 보니."

신경 쓰이는 점이 있었습니다.

"어째서 이 성만은 안전하다고 쓰여 있던 걸까요?"

"나한테 물어도 모르지."

뭐 그렇겠죠.

저는 말했습니다.

"어쩐지 그 편지, 이상하지 않은가요? 결국에는 그 편지를 읽고 안 건 밤에 괴물이 나타난다는 것과, 그것을 죽여야만 한다는 것뿐이잖아요."

그렇습니다. 지금 밀라로제 씨가 놓인 상황에 관해서는 줄줄이 쓰여 있었으면서, 중요한 부분은 전혀 쓰여 있지 않습니다.

어째서 자발리에가 출현하여 이 나라를 멸망시켰는지. 어째서 그녀만이 살아남았는지. 기억상실과 자발리에의 인과관계는?

그것들은 모두 수수께끼, 수수께끼, 수수께끼. 밀라로제 씨에게 알리는 것을 의도적으로 피한 듯, 화려하게 생략되어 있습니다.

대체 어째서?

"모르는 것투성이라고는 해도, 내가 밀라로제이고 이 나라의 왕녀였다── 그리고 이 나라는 괴물에 의해 멸망당했다. 그것이 진실이라면, 나에게는 그것을 쓰러뜨릴 사명이 있다…… 그렇게 생각하지 않아?"

"저것과 싸운 적은?"

제가 창밖에서 날뛰는 괴물을 가리키자 그녀는 고개를 저었습니다.

"아직 없어."

"저건, 가능하다면 평생 싸우고 싶지 않은 부류의 상대네요."

"동감이야."

"밀라로제 씨는 저 괴물의 모습을 보는 게, 오늘로 몇 번째인가요?"

"이제 일곱 번째야. 내가 눈을 뜬 지 아직 얼마 안 되었어. 뭐, 일주일 전 시점에서 나라는 이미 사라져 있었지만."

그녀는 하늘을 올려다보았습니다. 별들이 반짝이는 칠흑의 밤하늘에 둥근 달이 아주 조금 빛을 발하고 있습니다. 그녀는 지금 어떤 기분일까요.

저로서는 알지 못하고, 알 수도 없습니다.

"…………."

잠시 침묵이 흐르고, 그녀는 입을 열었습니다.

"내일 밤, 나는 저 괴물과 싸우겠어."

"승산은 있는 건가요?"

저라고 해도 저런 괴물에게 도전하여 이길 수 있을지 어떨지,

알 수 없습니다. 아마도 두 번 죽어 겨우 이길 수 있을 정도의 전력 차가 날 겁니다.

"당연히 있지. 나는 말이야, 눈을 뜬 지 일주일 만에 드디어 마법을 쓰는 방법을 기억해냈어. 어쩌면 기억을 잃기 전의 나는 무척 실력이 좋았던 게 아닐까?"

그녀는 허리에 손을 얹었습니다.

"힘내세요. 저는 안전한 곳에서 응원할게요."

"아, 도와주지 않는 거구나."

"도와드리면 저에게 뭔가 이익이 있나요?"

"……그런 바보 같아 보일 정도로 정직한 점, 싫지 않아."

"그거 감사합니다."

그 후로, 마을에서 날뛰는 자발리에의 모습을 바라보며 둘이서 담소를 나눈다는 의미 불명의 행위에 열중한 다음 우리는 잠자리에 들었습니다.

밀라로제 씨는 이전에 사용인이 쓰던 침대를 제게 빌려주었습니다. 감사합니다. 푹신푹신해요.

○

다음 날 이른 아침.

형용할 수 없을 정도의 굉음에 눈이 떠졌습니다. 적습! 적습! 하고 저의 머릿속에서 뭔가가 외쳐댔습니다. 심장도 전력 질주한 직후처럼 크게 두근거렸습니다. 뭔가 안 좋은 예감이 든 저는 벌

떡 일어나서 지팡이를 쥐고 굉음의 발신원인 1층으로 향했습니다.

"어머, 좋은 아침."

성의 1층을 경계심 가득하게 걸어 다니던 저를 밝은 미소로 맞아준 것은 밀라로제 씨였습니다. 어제와는 다른 드레스였지만, 오늘 입은 것도 어제의 드레스와 마찬가지로 너덜너덜했습니다. 넝마 같은 드레스밖에 없는 걸까요? 딱합니다.

아니, 지금은 이럴 때가 아닙니다.

"뭐였나요? 조금 전 소리. 적습인가요?"

"적……?"

그녀는 의아한 듯 고개를 갸웃거렸습니다.

"요리를 하고 있을 뿐이야. 그렇게 소리가 컸어?"

"……네? 요, 리?"

혹시 당신이 말하는 요리란 상상 속에서 일어난 일이 아닐까요?

"응. 곧 완성이야."

고개를 끄덕인 그녀는 걸음을 돌려 가버렸습니다. 그녀의 등 뒤를 쫓아가자 주방까지 이르렀습니다.

"옆의 큰 방에서 기다려줘. 가져갈 테니까."

"……저기, 도와드릴까요?"

"됐어."

"……저기, 하지만."

"됐어."

"…………."

뭐라 대꾸할 수 없는 위압감에 진 저는 그녀의 말대로 물러났습니다. 쫓겨났습니다. 그리고 큰 방으로 향해 죽 늘어선 의자 중 하나에 앉았습니다. 그리고.

저는 실패했다고 생각했습니다.

물러나서는 안 됐는데, 하고.

옆의 주방에서 들려온 소리는 공사를 하고 있는 것인가 싶은 잡음. 으드득으드득. 질척질척. 설겅설겅. 벅벅. 북북. 부, 부탁하네, 딸의 목숨만은—— 꺄아아악. 쓱쓱. 치덕치덕.

같은 느낌.

절대 요리하는 소리가 아닙니다.

참고로 무언가의 비명까지 들려오는 상황. 장절한 요리(라고 칭해진 무언가) 탓에 제 식욕은 완전히 뚝 떨어졌습니다.

주방에서 만족스런 표정으로 요리를 들고 온 그녀를 맞이하는 제 얼굴이 파랗게 질려 있었음은 말할 것도 없습니다.

"어머, 괜찮아? 안색이 안 좋은 것 같은데."

"……대체 뭘 한 건가요?"

"그러니까, 요리라고—— 자, 이거."

제 앞에 접시가 놓였습니다. 하얀 접시 위에서 담겨져 있던 것은, 두 조각의 빵. 적당히 노릇노릇하게 구워진 빵 위에 걸쭉한 붉은 쨈이 발려 있는 것이 하나. 다른 하나에는 달걀 프라이가 얹어져 있습니다.

……요리?

그 소리는 대체……?

"잘 먹겠습니다."

제 맞은편에 앉은 그녀는 그렇게 인사를 하고 잼을 바른 쪽 빵을 베어 물었습니다.

"……잘 먹겠습니다."

저도 그녀를 따라 인사를 했습니다.

깊이 생각하면 생각할수록 머리가 이상해질 것만 같았기 때문에 세세한 건 신경 쓰지 않기로 했습니다. 아마도 이건 신경 쓰면 지는, 그런 부류인 겁니다.

저는 그녀와는 반대로 달걀 프라이 쪽을 먼저 입에 넣었습니다. 밀가루의 살짝 달면서도 부드러운 맛과, 딱 알맞게 구워진 달걀이 입안을 가득 채웠습니다. 먹으려고 하면 언제든 먹을 수 있는 소박한 맛이지만, 그렇기에 이런 요리를 먹는 것은 오랜만이었습니다. 무심코 뺨이 풀어졌습니다.

말하자면, 무척 맛있었습니다.

"지금 시간이 있을 때, 밤의 일을 이야기해두려고 해."

밀라로제 씨는 말을 꺼냈습니다.

"밤의 일인가요."

"응. 계획의 준비를 도와줬으면 하는데."

달걀의 노른자를 피하듯 먹으며, 저는 대답했습니다.

"아침 식사에 침대까지 받았으니, 그 정도는 말씀하지 않아도 도와드리겠습니다."

"그럼 자발리에를 쓰러뜨리는 건?"

"그건 좀."

애초에 어째서 싸워야만 하는 겁니까? 싸우지 않아도 저에게는 아무런 문제가 없다고 여겨졌습니다.

제가 단호하게 거절하리라는 것을 예측했던 것인지 밀라로제 씨의 표정은 부드러웠습니다.

"뭐, 농담이니까 안심해. 내 나라의 일은 내가 마무리할 테니까. 분명 그 편지를 쓴 사람도 그러길 바라고 있을 거야."

"…………."

그건 과연 어떨까요.

저는 침묵했습니다. 결코 달걀의 노른자 부분을 흘리지 않고 먹기 위해 필사적이었기 때문이 아닙니다. 아니, 정말로.

"일레이나 씨가 하고 있는 생각은 당연해. 그 편지 내용이 진실이라고는 할 수 없지. 중요한 건 아무것도 쓰여 있지 않은데, 전부 믿어버리다니, 바보 같은 얘기지."

제 마음을 읽은 것인가 싶어 깜짝 놀랐습니다.

말과 목이 막힌 저를 무시하고 그녀는 말을 이었습니다.

"하지만 판단 근거가 전혀 없는 지금, 내가 할 수 있는 일은 이것뿐이야. 게다가―― 어쩐지 그 편지, 거짓말이 쓰여 있다고는 좀처럼 생각되지 않아. 정말로 그 자발리에가 원망스럽고, 죽이고 싶어서, 그래서 그 편지를 내게 썼다―― 그런 느낌이 드는 거야."

제가 가슴께를 두드리며 괴로워하자 밀라로제 씨는 물이 담긴 컵을 조용히 건네주었습니다. 아, 상냥해라.

"……후우, 감사합니다."

저는 한숨을 돌리고 말했습니다.

"당신이 어떤 선택을 하든, 하찮은 여행자인 저는 관계없습니다. 하지만, 한 가지 말씀드리자면, 저라면 그 편지의 내용을 전부 무시할 겁니다."

"어째서?"

밀라로제 씨는 웃었습니다. 그것은 조소도 아니었고 쓴웃음도 아닌, 그저 단순히 대화를 즐기는 사람의 온화한 미소였습니다.

멋진 사람입니다. 정말로.

"의심스러우니까── 단지 그뿐입니다. 기억을 잃고 좌우도 분간할 수 없는 상황이건만, 편지에 쓰인 이야기를 『아, 그렇군요』하고 그대로 받아들이는 쪽이 오히려 이상합니다. 물론, 이건 제가 실제로 경험하지 않았기 때문에 할 수 있는 말일지도 모르지만요."

"그럼, 일레이나라면 어떻게 하겠어?"

"도망칠 겁니다. 쏜살같이 도망쳐서 다른 나라로 망명할 거예요."

저는 그렇게 단언했습니다.

"이 나라를 나가면 자발리에는 나를 뒤쫓아 올 거라고, 그 편지에 쓰여 있었는데."

"그게 제일 의심스럽습니다. 길에서 그저 날뛰고 다니는, 지성의 편린도 느낄 수 없는 그런 괴물에게 그런 일이 가능할까요? 게다가 이 성에는 오지 못한다는 것도 이해할 수 없는 데다, 누가 썼는지도 쓰여 있지 않고…… 정말로 수수께끼투성이인 편지입니다."

"그래서 편지 내용은 믿지 않는다, 라."

"네── 밀라로제 씨는 그래도 저 괴물과 싸우는 길을 선택할건가요?"

"물론이야."

그녀는 긍정했습니다.

그렇다면, 제가 할 일은 정해졌습니다.

나는 잼을 바른 빵을 한 입 베어 물었습니다. 신기한 맛이 나는잼이 입안에 철썩 달라붙었습니다.

○

준비는 순조롭게 진행되었습니다. 단, 저 혼자만의 힘으로.

"…………."

……괴로워.

우아하게 홍차를 마시며 제 작업을 지켜보던 밀라로제 씨가 "어때? 끝날 것 같아?"라며 느긋하게 물었습니다.

지팡이를 바들바들 떨면서 뒤돌 돌아본 저는 말했습니다.

"……차, 참고로 언제까지 하면 끝인가요?"

구덩이를 들여다보며 그녀는 밝은 목소리로 말했습니다.

"그러네, 앞으로 절반 정도 더 파면, 되려나?"

"……죽을 것 같아."

노동량과 보수가 너무나도 적절하지 않은 듯 보이는 것은 제 기분 탓일까요?

제가 대체 무슨 일을 하고 있는가 하면, 구덩이 파기입니다. 이 나라에서 제일 폭이 넓은 큰길에 자발리에 한 마리가 그대로 들어갈 수 있을 크기의 엄청나게 큰 구덩이를 마법으로 파주었으면 한다── 그것이 그녀가 말한 준비라는 것이었습니다.

그녀가 말하길 자발리에에게는 날개가 없기 때문에, 함정에 빠지면 지상으로 올라올 때까지 시간이 걸릴 거라고 합니다. 그 사이에 마법을 쉴 없이 구덩이를 향해 날리면 자발리에를 땅에 묻어버릴 수 있지 않을까? 하는 것이 그녀가 말한 계획이었습니다.

얼핏 무모한 시도처럼 생각되지만, 그러나 지금은 이런 원시적인 방법 외에는 그 정체불명의 괴물에게 손쓸 방법이 없다는 것도 사실입니다.

일격이라도 대미지를 받으면 몸이 조각조각 날아가 버릴 것 같으니, 반격을 봉인하기만 해도 효과는 충분하리라 생각합니다.

준비가 죽을 만큼 지겹다는 것이 단점입니다만.

"후, 후우…… 으우우우우……."

근처에서 크고 작은 삽, 그리고 통 등을 모조리 주워 모아 마법으로 조작하는 것으로 굴착 작업에 열심인 저. 이 얼마나 기특한지요. 이 노력과 노동, 누가 좀 칭찬해주었으면 좋겠습니다.

뭐 저도 『재의 마녀』라는 이름을 가진 그럭저럭 실력 있는 유능한 마녀인 만큼, 당연히 훨씬 뛰어난 방법으로 구덩이를 파는 것도 가능합니다. 예를 들면 지면을 통처럼 도려낸다든가. 하지만 그래서는 마력 소비량이 터무니없이 많아집니다. 마력 소비량과 저 자신의 노동을 저울에 올린 저는 지루한 작업을 선택했습니다.

그 결과가 이것입니다.

"……끄으으으으……."

참고로 엄청나게 후회하고 있습니다.

죽을 만큼 힘듭니다. 이거.

결국 밀라로제 씨의 도움을 받기도 하며 작업을 진행했습니다. 그러나 그래도 시간이 걸렸고, 함정이 완성된 것은 저녁 무렵이었습니다.

훌륭한 구덩이 앞에서 우리는 둘이 사이좋게 나란히 섰습니다. 둘이 함께 작업한 결과, 어쩐지 묘한 우정이 싹튼 듯한 기분이 듭니다. 제 기분 탓일까요?

"……이제 곧이네."

밀라로제 씨는 그렇게 말했습니다. 기분 탓인지 그 표정은 긴장으로 굳어진 것처럼 보였습니다.

"괜찮은가요?"

"괘괘괘괘괘괜찮아아. 응, 괜찮아."

아무래도 괜찮지 않은 것 같습니다.

"엄청 떨고 있는데요."

"이이이이건 설렘과 흥분으로 떨리는 거야. 몰랐어?"

"…………"

이대로는 제대로 싸우지 못하는 게 아닐까요?

어떻게 그녀의 긴장을 풀어줄까 생각에 생각을 거듭한 결과, 저는 화제를 돌리기로 했습니다.

묘안.

"그러고 보니 하나, 물어보는 걸 잊었는데요."

"응? 뭔데?"

저는 물었습니다.

"어째서 밀라로제 씨는 너덜너덜한 드레스를 입고 있는 건가요? 혹시 깨끗한 옷이 없나요?"

"아니야. 요리를 하면 늘 옷이 이렇게 되는데, 갈아입기 귀찮으니까 그대로 입고 있는 것뿐이야."

"무슨 요리인가요……."

어이없을 정도로 쓸데없는 이유에 낙담했습니다.

훨씬 중요한 비밀이 숨겨져 있으리라 생각했는데.

"참고로 오늘 옷은 승부복이야."

"이미 너덜너덜한 데다 흙투성이인데요."

"실은 속옷도 승부 속옷이야."

"자발리에에게 보여줄 생각입니까?"

"섹시 어택이라는 거지."

"효과가 있으면 좋겠네요."

등등 별것 아닌 대화를 나누는 동안 그녀의 얼굴에 미소가 돌아왔습니다. 다행이다. 제 작전은 성공입니다.

하지만 안도하며 가슴을 쓸어내리는 제게 그녀는 말했습니다.

"고마워."

라고.

"……네? 무슨 말씀인가요?"

저는 그녀에게서 고개를 돌렸습니다. 빨개진 뺨은 저녁놀 탓입니다. 분명.

"네 마음, 전해졌어. 내 긴장을 풀어주려고 했던 거잖아."

"어라라? 그저 단순히 잡담을 했을 뿐인데 그렇게 생각해주실 줄이야. 나쁘지는 않은데요?"

"바보처럼 정직한 주제에 솔직하지는 못하네."

밀라로제 씨는 지팡이로 제 옆구리를 쿡쿡 찔렀습니다. 간지러워라.

"괜찮아. 나는 죽지 않으니까."

그녀는 말했습니다.

"이따 다시 만나. 저녁밥으로 내가 만든 요리를 대접해줄 테니까."

"거절합니다. 오늘 저녁 식사는 제가 만들 거니까요."

저는 말했습니다.

"그러니까, 죽지 말아주세요."

"당연하지."

그렇게 말하며 밀라로제 씨는 마법으로 구덩이의 표면을 감추어두었습니다. 이러면 자발리에는 구덩이가 있다는 것도 모르고 당당하게 걸어와 빠질 겁니다.

먼 하늘을 붉게 물들이는 석양은 약하게 빛났습니다. 적색과

청색이 명료하게 구분된 하늘은 곧 어둠에 가라앉겠지요.

그리고 곧이어 자발리에가 여기까지 올 겁니다.

"자, 어서 가."

밀라로제 씨는 제 등을 밀었습니다.

"……이따 봐요."

제 말에 그녀는 다시 부드러운 미소를 지어 보여주었습니다.
그렇게 저는 그녀에게서 등을 돌려 걷기 시작했습니다.

○

아, 누가 돌아간다고 말했나요?

무슨 그런 농담을. 이대로 돌아가 버리면 인간으로써 끝장이지
않습니까. 아니, 뭐, 맨 처음에 거절한 시점에서 충분히 냉철한
모습을 보였다고 생각하지만요.

저는 지금 함정 너머에 있는 집 안에서 조용히 그 때를 기다리
고 있습니다. 협공하는 작전입니다.

솔직히 말하면, 정말로 정말로 도울 생각은 없었습니다. 그게,
저와는 관계없는 일이니까. 목숨을 걸 의미가 있는 것인지도, 쓰
러뜨릴 필요가 있는 괴물인지도, 몰랐으니까.

하지만 마음이 바뀌었습니다. 저 멋진 사람을 죽게 해서는 안
된다고, 아주 살짝 생각했던 것입니다. 그래서 저는 싸웁니다.

당연히, 죽지 않을 정도로.

이제 와서 "돕겠습니다!"라고 솔직하게 말하지 못하는 저를, 부

디 용서해주었으면 합니다.

"…………."

잠시 후.

지옥에서 기어 올라온 것 같은 역겨운 포효가 꽤 가까운 거리에서 들려왔습니다. 몰래 밖의 모습을 살펴보니, 검은 비늘이 천천히 지나쳐 가는 것이 보였습니다.

이대로 가면 함정에 깔끔하게 떨어져줄 겁니다.

"……후우."

한 없이 한숨에 가까운 심호흡.

신기한 일입니다. 어제 막 만났을 뿐인 사람이건만, 그녀가 살아주었으면 하고 바라게 되니까요.

이 일이 끝나면 그녀와 함께 저녁밥을 만들어야겠습니다. 덤으로 그녀의 장절한 요리 과정을 보여달라고 하죠. 어라? 정말로 신경이 쓰이기 시작했습니다.

이런 느낌으로 이런저런 생각을 하고 있는 사이, 드디어 때가 왔습니다.

괴물의 포효가 울려 퍼졌습니다. 날뛰고 있는지, 희미하기는 하지만 제가 있는 곳까지 진동이 전해져 옵니다.

바깥 상황을 몰래 살펴보니 밀라로제 씨가 절찬 전투 중이었습니다. 구덩이 안에서 기어오르려 하는 자발리에게 계속해서 용서 없이 마법 공격을 했습니다.

얼음 창, 불구슬, 마법으로 움직이는 검과 도끼, 바람과 우레의 검, 그 외에도 다수.

어? 어라? 이기려나? 하고 한순간 생각했지만, 그런 일은 없었습니다. 약간이지만 밀라로제 씨가 밀리고 있습니다.

자발리에는 불꽃을 하늘로 뿜어내서 밀라로제 씨가 펼치는 마법을 소멸시켰고, 구덩이에서 기어오르려 하고 있었습니다.

나간다면 지금이 절호의 찬스.

둘이서 마법을 날려대면 다시 구덩이로 떨어뜨리는 것도 가능할 것입니다. 그리고 그대로 땅속에 묻어주죠.

눈을 감고 심호흡을 했습니다.

그리고 지팡이를 꽈악 움켜쥐었습니다. 해치워버리겠습니다.

"——밀라로제 씨!"

각오를 다지고, 제가 기세 좋게 뛰쳐나간 직후의 일입니다.

제 옆을 무언가가 터무니없는 속도로 스쳐 지나갔습니다.

치덕, 제 얼굴에 무언가를 묻힌 후 등 뒤의 민가에 격돌했습니다.

꿍음이 울려 퍼졌습니다.

얼굴에 손을 대어보니, 살짝 쇠 냄새가 났습니다. 끈적한 느낌이 드는 미적지근한 액체는, 피였습니다.

……피. 설마!

아니, 그럴 리가——.

저는 미친 듯이 뛰는 가슴을 억누르며 뒤를 돌아보았습니다.

"…………어?"

산더미 같은 잔해에 묻혀 있는 것은.

그것은.

검은 드래곤 같은 머리. 자발리에의 머리였습니다. 날카로운 날붙이에 당한 듯한 깨끗한 절단면에서는 선혈이 흘렀고, 고인 피가 지면을 침식해갔습니다.

어째서 자발리에의 머리가? 어? 설마, 설마 내가 나서지 않았는데 이긴 거야?

좀처럼 상황을 잘 파악할 수 없었습니다.

"……자발리에를 공격하는 사이에 말이지, 나, 생각났어."

그런 목소리가 들려왔습니다.

등줄기가 얼어붙을 것만 같은, 차가운 목소리. 밀라로제 씨가 아닌 다른 누군가가 말하는 것이 아닌가 싶을 정도로.

하지만 다시 살펴보아도 목이 없는 자발리에 옆에 서 있는 것은 틀림없이 밀라로제 씨였습니다.

"전부, 전부, 전부전부전부전부—— 나, 생각났어. 아하, 아하하하하하, 하하!"

그곳에 있는 것은 정말로 제가 알던 그녀인 걸까요?

머리카락을 마구 흩뜨리며, 밀라로제 씨는 마법을 발동시켰습니다. 순간, 머리가 없는 자발리에의 사지가 잘렸고, 날아갔습니다. 피를 흩뿌리며 날아간 고깃덩어리가 이미 폐허가 된 마을을 덮쳤습니다.

"…………."

흠칫했습니다.

그녀는 피를 뒤집어쓰며 웃고 있었던 것입니다—— 오늘 아침 제게 보여주었던 다정한 미소 같은 게 아닌, 끝없이 일그러진, 검

273

고 검은 웃음이었습니다.

"아하, 아하하하하하하하! 하하하하하하하하!"

아무런 말도 나오지 않았습니다. 저는 그저 그 자리에 못 박혀 있는 것 말고는 아무것도 할 수 없었습니다.

○

성으로 돌아간 후, 저는 모든 것을 들을 수 있었습니다.

그것은 하나의 이야기였으며 전말이었습니다.

지금으로부터 몇 년 전, 밀라로제 씨에게는 연인이 있었습니다.

하지만 그 존재에 관한 것은 모두에게 비밀이었습니다. 연인은 그녀의 사용인이었던 것입니다. 신분이 다른 남성과 사랑에 빠진 것이 알려지면, 분명 아버지에게 의절당한다―― 두려웠던 그녀는 누구에게도 들키지 않도록 몰래 교제를 했습니다.

그 둘은 서로를 신뢰했고, 서로를 사랑했습니다.

하지만 비밀은 언젠가 들통 나는 것. 두 사람의 비밀 역시 예외는 아니었습니다.

그녀가 사용인과 사랑에 빠졌다는 사실은 최악의 형태로 주변에 알려지게 되었습니다.

밀라로제 씨는, 그의 아이를 가지게 되었습니다.

더는 숨기는 것이 불가능하다고 깨달은 두 사람은, 밀라로제 씨의 아버지인 국왕에게 모든 사실을 밝혔습니다.

두 사람의 이야기를 조용히 듣고, 몇 번이나 고개를 끄덕이며 진지하게 듣던 국왕은 이야기가 끝남과 동시에 고했습니다.

"그 사용인을 처형하라."

라고.

아무도 국왕의 분노를 가라앉힐 수 없었습니다.

국왕은 직접 기수가 되어 그를 마차에 매단 채 온 마을을 끌고 다녔고, 손톱을 하나씩 공들여 뽑았고, 이를 부러뜨리고, 물에 담그고, 죽지 않을 만큼의 식사를 주며 두 달 동안 생사의 경계를 오가게 했고, 제정신을 잃고 미칠 때까지 수많은 고문을 한 끝에 마지막으로는 백성들과 밀라로제 씨 앞에서 불태워서, 죽였습니다.

그리고 사용인의 처리가 끝난 다음은 밀라로제 씨 차례였습니다.

사랑하는 딸인 동시에 이 나라의 유일한 마녀였기 때문에 죽이지는 않았지만, 사용인 따위의 아이가 뱃속에 있다는 것을 용서할 수는 없었던 모양인지── 국왕은 나라에 살던 의사에게 큰 돈을 주고, 뱃속의 아이를 죽였다고 합니다.

당연히, 몇 개월을 기다려도 아이는 태어나지 않았습니다.

그리고 모든 것을 잃은 그녀는 맹세했습니다.

모든 것을 죽이리라.

그 후로 그녀는 공들여 계획을 짰습니다. 우선 맨 처음에 했던 것은 성에 결계를 치는 일이었습니다. 계획을 위해서는 성이 확실하게 안전한 장소가 되어주지 않으면 안 되었던 것입니다. 준비를 하는 데 방해였기 때문에, 성에 있던 인간은 성의 지하에 모조리 가둬두었다고 합니다.

단, 국왕은 빼고.

국왕을 잡은 그녀는 그를 성 밖으로 내쫓고 결계를 펼쳤습니다. 강한 마력을 가진 자 이외에는 튕겨나가는 결계였습니다——그래서 마녀인 저는 들어올 수 있었던 것입니다.

그리고 이어 미래의 자신에게 편지를 보냈습니다—— 아니, 보내게 했습니다. 그녀는 지하에 가둬두었던 인간을 꺼낸 다음 옆에서 지시를 내리며 글을 쓰게 했습니다. 밀라로제 씨의 글씨로 쓰면 일이 잘못될 수도 있다고 예상했던 것이겠지요.

그리고 쓰게 한 편지를 책상 서랍에 감춰둔 그녀는 성에 들어오기 위해 온갖 수를 쓰고 있는 국왕을 방 창문을 통해 내려다보았습니다. 국왕은 그녀의 모습을 보자마자 화를 냈다고 합니다. "네가 사용인 따위의 아이를 가졌으니까" "너는 이제 내 딸이 아니다" 등등의 말을 했다던가요.

아우성치는 국왕을 향해 그녀는 조용히 지팡이를 들고 저주를 걸었습니다—— 자신의 기억을 대가로.

그녀의 기억과 절망이 뒤섞인 마력을 뒤집어쓴 국왕은 모습이 바뀌었습니다. 몸집은 거대해졌고, 표피에는 비늘이 자라났고, 사람으로서의 지성을 잃은 그 모습은.

검은 용.

국왕의 이름은 자발리에.

그 괴물과 같은 이름인 것은 단순한 우연이 아닙니다. 밤에만 활발하게 움직이는 괴물을 만들어낸 것으로 그녀의 계획은 완료되었습니다.

몸속에 있던 마력의 대부분을 짜내 써버린 그녀는 한동안 깊은 잠에 빠졌습니다.

그 후에 눈을 떴을 때, 그녀는 모든 것을 잊어버렸습니다. 그러나 모든 것은 예정대로 순조로웠습니다. 모든 것이 정해진 길 위를 걸어온 것일 뿐.

그녀가 검은 용을 쓰러뜨리는 것도 예정대로였습니다. 공격하는 동안, 괴물에게서 넘쳐흐른 기억이 그녀에게 돌아오는 것 또한, 계획대로.

하지만 그 부분에서 의문이 생겨났습니다.

어째서 그녀는 일부러 기억을 대가로 삼았던 것일까요? 기억을 잃은 탓에 밀라로제 씨는 무척 고생했을 것입니다. 그리고 기억을 유지했던 편이 더 마음이 풀리지 않았을까? 하고 생각했습니다.

제가 묻자 그녀는 살짝 웃었습니다.

"내가 기억을 왕에게 준 건, 내 절망을 보여주기 위해서였어."

검은 용이 된 자발리에 왕은 지성을 잃었던 것이 아니었습니다. 몸을 괴물에게 빼앗겼을 뿐, 사람으로서의 의식은 분명히 있었다고 합니다. 그렇게 되도록 밀라로제 씨가 계획했던 것입니다.

일부러 번거로운 방법을 취할 정도로, 그녀는 국왕을 괴롭히고 싶었던 것이겠지요. 괴물이 된 자발리에 왕은 자신의 손으로 국민들을 짓뭉개고, 밀라로제 씨가 억지로 떠넘긴 기억이 머릿속을 채우며, 사랑하는 백성들을 죽이고 죽이고 죽이기를 계속했습니다. 그리고——.

그리하여 모두 그녀의 계획대로 순조롭게 진행된 이야기는 드디어 끝을 맞이했습니다. 지금은 백성 없는 나라의 왕녀가 된 그녀 자신의 손에 의해.

○

다음 날 이른 아침.

저는 그녀가 만들어준 음식에 전혀 손을 대지 않은 채, 성을 나왔습니다.

"벌써 가는구나."

그리 슬퍼 보이는 얼굴도 하지 않고, 그녀는 태연하게 말했습니다.

"죄송합니다. 저는 여행자니까요. 길을 서두르지 않으면 안 된답니다."

"어머, 그렇구나—— 아쉽네. 당신과 얘기하는 거, 꽤 즐거웠는데."

"…………."

"좀 더 느긋하게 있다 가면 어때?"

"그러지 마세요."

"농담이야."

그녀는 웃었습니다. 그 웃음에 상냥함 따위는 전혀 없었습니다. 그저 검은 감정이 소용돌이치는 일그러진 웃음일 뿐이었습니다.

이제 제가 알던 그녀는 어디에도 없는 것입니다.

"밀라로제 씨는 앞으로 어쩔 셈이신가요?"

"글쎄, 어떻게 할까—— 뭐하면, 여행이라도 떠날까."

"추천하지는 않겠습니다."

"따라가도 될까?"

"정말 그러지 말아주세요."

"이것도 농담이야—— 사실, 아직 아무 생각도 없어. 지금은 적을 쓰러뜨린 여운에 빠져 있고 싶어."

그녀는 배 근처를 문질렀습니다. 마치 새 생명을 뱃속에 품은 어머니처럼.

더 이상 할 말은 아무것도 없습니다.

그래서 저는 서둘러 마무리하기로 했습니다.

"그럼, 안녕히 계세요. 건강하시길."

그리 말하며 저는 빗자루에 올라탔습니다.

"당신도."

저는 빗자루를 타고 날았습니다.

바람을 가르며 일직선으로 나아갑니다.

분명, 그녀는 손을 흔들고 있겠지요. 하지만 돌아볼 마음은 생기지 않았습니다.

멀리, 멀리, 가능한 한 서둘러서, 저는 그 나라를 떠났습니다.

그 언젠가 한 나라였던 폐허를 달려서.

어린 시절, 저는 책을 정말 좋아했습니다.

대체 언제부터 책을 읽기 시작했는지는 기억나지 않습니다. 하지만 철이 들었을 때는 이미 책벌레가 되어 있었다고 생각합니다.

틈만 나면 집 책장에서 책을 꺼내 읽고, 가족들과 외출했을 때는 거의 매 번 새 책을 사달라고 졸랐습니다.

그 탓인지 또래 친구들은 그리 많지 않았습니다. 그다지 밖에서 놀거나 하지 않고, 방에 틀어박혀 있기만 한 탓에 부모님에게는 걱정을 끼쳤지만, 저의 하루하루는 충실했습니다. 언제나 제 옆에는 책이 있었습니다.

그중에서도 제일 좋아하던 것이 『니케의 모험담』이라는 소설입니다.

전부 다섯 권으로 된 단편집으로, 니케라는 이름의 마녀가 세계 각지를 여행하며 체험하는 일들로 엮인 모험 이야기입니다.

작가의 이름은 책 제목과 같은 니케. 그저 단순한 필명이기 때문에 본명은 전혀 다르다고 합니다. 책 뒷부분의 후기에는 "직접 체험한 일들을 바탕으로 썼다"고 쓰여 있었습니다.

평화의 나라 로베타에서 한 발짝도 나가본 적 없는 당시의 저는, 전 세계를 누비며 아름다운 세상을 구경 다니는 니케가 눈부셔 보였습니다.

너무나도 좋아한 나머지, 몇 번이고 반복해 읽었습니다. 책이 너덜너덜해질 정도로, 몇 번이나.

어느샌가 저는 니케에게 동경을 품게 되었습니다.

──나도 이런 여행을 해보고 싶어. 그렇게 생각하게 되었습니다.

그래서 어린 저는 어머니에게 선언했습니다.

"나, 크면 니케처럼 모험을 할 거야"라고.

어머니는 제 머리를 다정하게 쓰다듬으며 말했습니다.

"그래, 크면 말이지."

그리고 웃으며 이런 말을 덧붙였습니다.

"하지만 여행을 하고 싶다면, 우선은 니케처럼 마녀가 되어야 겠네."

"마녀가 되면 여행자가 될 수 있는 거야?"

"그럼. 그러니까 열심히 마법 공부를 해야만 해."

"공부해서, 마녀가 되면, 여행하게 해줄 거야?"

"물론이지."

"정말로?"

"그럼, 정말이야."

"정말로 정말?"

"그럼, 정말로 정말이지."

"와아아."

계기는 그 정도의 사소한 일이었습니다.

그저 그것만으로, 저는 마녀가 되기 위해 몇 년이나 소비했던 것입니다.

여행을 하고 싶다는, 단지 그 이유를 위해 노력을 계속했습니다.

아무튼 매일같이 혼자서 공부했습니다.

마법 연습은 어머니가 함께해주었습니다.

마도사라고는 생각할 수 없을 정도로 마법에 능숙한 어머니는 가르치는 실력도 훌륭해서 순식간에 마법을 다루는 데 익숙해졌습니다.

그야말로 열네 살에 마녀 견습생이 될 수 있을 정도로.

마녀를 목표로 노력하는 과정에서, 포기해야겠다고 생각한 일은 단 한 번도 없었습니다. 저는 그저 우직하게 노력을 계속했습니다.

그리고 프랑 선생님과의 수행을 거쳐, 저는 마녀가 되었던 것입니다.

○

별을 본뜬 브로치를 달고 본가로 돌아간 후, 며칠이 지났을 무렵의 일입니다.

아침 식사를 마친 다음, 저는 테이블을 사이에 두고 앉은 두 분에게 이야기했습니다.

"저, 마녀가 되었어요. 그러니까 여행을 하게 해주세요."

신문을 보다가 고개를 든 아버지는 찡그린 표정을 짓고 있습니다. 어머니는 특별히 놀란 기색도 없이 태연하게 식후의 홍차를 즐기고 있습니다.

슬쩍 어머니의 안색을 살핀 아버지가 어색하게 기침을 한 다음 신문지를 접어 테이블 한쪽에 두었습니다.

그리고 실로 데면데면한 태도로 이런 말을 했습니다.

"아, 아직 그렇게 서두르지 않아도 괜찮지 않니?"

살짝 울컥했습니다.

"이야기가 다르잖아요. 제가 마녀가 되면 여행을 떠나도 좋다는 약속을 하지 않았나요?"

"아니, 약속은 했을지도 모르지만…… 이렇게 일찍 마녀가 될 줄은…….."

"시기 같은 건 관계없어요. 저는 여행을 떠나기 위해 죽을 만큼 노력해왔다고요."

"……으음."

정곡을 찔려 쩔쩔매던 아버지는 "크으으" 하고 신음한 다음, 옆에서 우아하게 홍차를 계속 마시고 있는 어머니의 어깨를 두드렸습니다.

"이, 있지, 당신도 뭔가 말 좀 해줘."

"어머, 일레이나가 여행을 떠나는 걸 반대하는 건 당신뿐인데? 나는 딱히, 이제 여행을 떠나도 괜찮다고 보니까."

"……아니, 하지만."

"게다가 마녀가 되면 여행을 떠나게 해주겠다고 한 건 이 애가 어릴 때부터 해온 약속이잖아?"

"그건 당신이 멋대로 정한 약속이——."

"당신도 동의했잖아. 잊었어?"

"……하지만."

"동의했지?"

"…………"

아버지는 침묵했습니다.

그렇다기보다는 강제적으로 당했습니다.

"일레이나, 진심인 거지?"

어머니는 제게 물었습니다.

저는 고개를 끄덕이며 대답했습니다.

"당연하죠."

"그럼 여행을 가려무나."

"네."

잠시 사이를 둔 다음, 어머니는 말했습니다.

"단── 세 가지를 약속해주었으면 한단다."

"……네? 약속이요?"

고개를 갸웃거리는 저를 향해 어머니는 손가락 세 개를 세워 보였습니다.

"그래. 이 약속을 지킬 수 없다면 설령 마녀가 되었다 해도 여행을 떠나는 걸 허락할 수 없어. 그게, 위험한걸."

"……뭘 약속하면 되나요?"

이제 와서 물러날 수는 없습니다.

"일단── 들어보렴."

그리고 어머니는 약지를 접었습니다.

"첫째, 위험한 상황에 처할 것 같을 때는, 가능한 한 도망칠 것. 쓸데없는 일에 참견하려고 하지 말렴―― 잘못하면 죽을지도 모르니까."

"네."

말하지 않아도, 그 정도는 당연히 지킵니다. 저도 아직 죽고 싶지는 않으니까.

어머니는 이어서 중지를 접었습니다.

"둘째, 자신이 특별한 인간이라고 생각하지 말 것―― 마녀든 뭐든, 너는 여행자일 뿐. 절대 거만하게 굴지 말고, 남과 똑같다는 걸 잊어선 안 돼."

"네."

프랑 선생님 아래서 수행을 한 경험 덕분에, 이상하게 거만해져서 우쭐 대던 저는 이제 과거의 존재가 되었습니다.

이 점에 관해서는 문제없으리라 생각합니다.

"세 번째――."

살며시 쥔 주먹을 내리고, 그리고.

어머니는 웃었습니다.

"반드시 돌아오렴. 돌아와서, 건강한 모습을 우리들에게 보여 줬으면 해."

"…………."

"지킬 수 있니?"

"……네."

저는 천천히 고개를 끄덕였습니다.

그때를 맞춰 아버지가 울기 시작했습니다.

"저, 정말로 가버리는 거니? 일레이나……!"

"여보, 이 애가 스스로 정한 일이야. 우리는 응원해줘야지. 게다가 이 애와 약속했던 건 우리야. 그 약속을 깨다니, 부모가 할 짓이 아니잖아."

"아까 아빠는 깨려고 했었는데 말이죠."

그렇게 작게 말해주었습니다.

다행히도 들리지 않았는지, 아버지는 눈물을 훔쳤습니다.

"소중하게 키운 외동딸이, 이제 독립해버리는 건가…… 공허해. 가슴에 뻥 구멍이 뚫린 것 같아……."

"아니, 언젠가는 돌아오거든요."

"당신, 일레이나가 결혼하면 충격으로 죽을 것 같네."

"하지 마! 딸의 결혼 이야기 같은 건 지금 여기서 하지 말라고!"

아버지는 다시 울기 시작했습니다.

…………．

뭐, 이런 느낌으로,

제 여행은 그리하여 정식으로 결정되었습니다.

○

그 다음 날.

"응, 사이즈는 딱 좋네."

저는 새로운 복장으로 몸을 감싸고 있습니다.

검은 삼각 모자에 검은 로브.

어머니가 물려주신 것들입니다.

"지나치게 수수하지 않은가요?"

저는 거울 앞에서 빙글 돌아보았습니다.

"어머, 여행자는 수수한 게 딱 좋은 거란다. 게다가 잘 어울리는걸."

"고마워요."

"돈은 챙겼니?"

"잔뜩이요."

"함부로 쓰면 안 된다."

"당연하죠."

"그리고―― 아, 맞다 맞다. 만약을 위해서 이걸 가져가렴."

"……?"

퐁, 손 위에 놓인 것은 검은 삼각 모자.

방금 어머니가 씌워주었던 것과 완전히 똑같은 디자인의 모자였습니다. ……어째서?

"혹시라도 삼각 모자가 바람에 날아갔을 때는 이걸 쓰렴."

어머니는 고개를 갸웃거리고 있는 저에게 그렇게 말했습니다.

그 말은 즉,

"예비용인가요?"

"예비용이지."

그렇다면 받아두겠습니다.

그리고 준비를 모두 마친 저는 현관 앞에 섰습니다.

뒤를 돌아보자, 두 분이 있었습니다.

"다녀오렴, 일레이나."

어머니는 웃는 얼굴로 손을 흔들어주었습니다.

"으, 크읏……, 우으으으……."

아버지는 또 울고 있었습니다.

아버지의 머리를 쓰다듬으며 어머니는 제게 말했습니다. 다정한 미소를 보이며.

"언젠가 돌아오면, 일레이나 너의 여행 이야기를 들려주렴."

"기대하면서 기다려주세요."

"그래—— 그럼, 다녀오렴."

저는 인사하며, 말했습니다.

힘껏 미소를 지으며, 말했습니다.

"다녀오겠습니다."

제14장

평원 위를 빗자루로 나아가자 풀꽃이 그것을 뿌리치듯 파도쳤습니다. 햇빛을 받은 풀들이 작은 반짝임과 냇물이 흐르는 소리와도 닮은 음색을 흩뿌리며 지나쳐갑니다.

숨을 가슴 가득 들이쉬며, 저는 눈을 크게 떴습니다.

초원 저편.

그곳에 있던 것은 벽에 둘러싸인 나라.

대체 어느 정도의 크기일까요? 빗자루로 빙글, 벽 주위를 돌아볼까 생각했지만 해가 저물 때까지 돌아오지 못할 것만 같아서, 그만두었습니다.

무엇보다도 문은 눈앞에 있으니, 일부러 날아다닐 필요는 없을 테죠.

경치를 만끽하며 나아간 저는 빗자루에서 내렸습니다.

문지기가 나와서 조용히 인사를 했습니다.

"환영합니다. 어서 오십시오, 마녀님. 실례지만, 이름을 물어도?"

그것은 늘 있는 입국심사였습니다.

"일레이나입니다."

"체재 기간은 얼마 동안입니까?"

"아마도 사흘 이내에 떠날 거예요."

"마녀명은?"

"재의 마녀입니다."

"……재의 마녀?"

문지기 병사는 저를 빤히 바라보았습니다.

"응? 왜 그러시죠?"

저는 의아한 표정을 짓고 있었을 겁니다.

"아, 아뇨. 아무것도 아닙니다. 실례했습니다."

서둘러 원래의 태도로 돌아간 병사는 제 앞에서 물러났습니다.

질문은 그것으로 끝인 모양입니다. 저는 입국비로 은화를 한 개 내고 문을 통과했습니다.

"어서 오십시오. 왕립 세레스테리어에."

○

딱딱한 이름 탓에 자세를 바르게 하게 되었지만, 눈앞에 펼쳐진 거리는 활기에 넘쳤습니다.

왕립 세레스테리어라니, 나라 이름으로는 무척 특이합니다.

벽돌처럼 교차로 짜 맞춘 모양의 지면을 사람들이 오갔습니다. 어린아이를 안은 행복해 보이는 부부. 뛰어다니는 아이들. 산책을 하는 노인. 모두가 일상 속에 있었습니다.

저는 걸었습니다.

높다란 건물이 길 양쪽으로 늘어섰고, 그 사이로 로프가 걸려 있습니다. 로프에 널린 옷에 햇볕이 내리쬐고 있습니다. 빨래를 말리는 모양입니다.

심호흡을 하자, 희미하게 달콤한 향기. 어느 창가에 꽃병이 있었습니다. 색색의 꽃들이 눈부시게 보였습니다.

그만 시간을 잊어버릴 듯한, 멋진 마을이 펼쳐져 있었습니다.

한동안 목적지도 없이 이리저리 거리를 어슬렁거리고 있으려니, 무척 훌륭한 건물이 나타났습니다. 왕궁인가 싶을 정도로 커다란 건물에는 시계탑이 세워져 있습니다. 부지가 무척이나 넓어보였고, 철책으로 가로막힌 안쪽에는 접근조차 할 수 없었습니다.

저는 시계탑을 바라보며 철책을 따라 걸었습니다.

그리고 입구 발견.

『왕립 마법학교』

라고 문에 쓰여 있었으니, 그 말 그대로의 장소겠지요.

이런 시설이 존재했던 건가요……. 제가 살던 나라에는 없었는데요. 이런 친절한 곳.

이 나라의 아이들이 부럽기 그지없습니다.

……아주 조금 안이 궁금합니다.

들어가도 괜찮을까요?

들어갈까요?

들어가죠.

저는 그 부지에 발을 들여놓았습니다.

"거기 너. 뭐 하는 거지?"

잠시 걷고 있으려니 제지를 당했습니다.

덥석, 어깨를 잡혔던 것입니다.

"여기는 관계자 이외는 출입 금지야. 밖에서 보는 건 괜찮지만, 부지 안에 들어오지는 말도록 해."

돌아보자, 힘이 세 보이는 남자가 있었습니다. 근육도 울퉁불퉁하고, 양복이 꽉 끼어 보입니다. 경비인 모양입니다.

"…………."

"……어라?"

그는 제 가슴께에 시선을 주더니 태도를 홱 바꾸었습니다.

"실례했습니다. 마녀님이셨습니까…… 무례한 발언을 용서해 주십시오."

"아뇨."

저는 손을 저으며 다시 학교 쪽으로 걸음을 옮기려——.

"실례지만, 들어가지 말아주십시오."

제지당했습니다.

"아, 역시 안 되나요?"

"안 됩니다."

"마녀라도?"

"외부인은 절대 출입 금지라는 명령인지라."

"그건 누가 내린 명령인가요?"

"이 학교를 운영하는 숭고한 마녀님입니다."

"……네에."

"학교에서 어떤 교육을 하고 있는지, 외부로 새어 나가는 것을 원치 않습니다. 타국에서 따라 하는 건 참을 수 없으니까요."

"그렇다면 문을 닫아두면 되지 않나요?"

"그럴 수는 없습니다. 곧 숭고한 마녀님이 이 학교에 오실 때가 됐으니까요."

"……네에."

저는 할 수 없이 그 자리를 떠났습니다.

아쉽네요.

아직 숙소를 정하기엔 이른 시간입니다.

저는 어슬렁어슬렁 나라 안을 걸어 다녔습니다.

이 나라, 걸어 다니기만 해도 즐겁군요.

"…………"

고개를 들어 보니 빗자루가 집들 위를 날고 있습니다. 그저 날고 있는 것은 아닌지, 빗자루에 걸터앉은 한 남자는 집들 위를 지그재그로 날며, 뭔가를 떨어뜨렸습니다.

그가 신문 배달을 하는 사람이라는 사실을 깨달은 것은 집 베란다로 나온 사람이 그 자리에서 신문지를 펼치는 모습을 봤을 때였습니다.

큰 길을 걷고 있으려니 노점가에 다다랐습니다.

길 양옆에 줄줄이 늘어선 것은 과일 가게, 채소 가게, 정육점, 등등.

빵 가게도 보였습니다. 『갓 구운 빵!』이라는 간판이 세워져 있습니다. 거짓말 냄새가 풀풀 풍깁니다. 겉이 말라 보였으니까요.

"저기, 빵 주세요."

마음씨 좋아 보이는 아주머니가 빙긋 웃었습니다.

"동화 한 닢이에요."

저는 지갑에서 동화를 꺼내 그녀에게 건넸습니다.

아줌마는 빵을 하나 집어, 봉투에 넣었습니다. ……맨손으로 만지는 겁니까.

"여기, 또 와요."

"아…… 감사합니다."

저는 그것을 받아 들고, 빵을 베어 물며 노점가를 걸었습니다. 분명히 갓 굽지 않은 가늘고 긴 빵은 퍽퍽하고 딱딱했습니다.

걸으면서 빵과 격투를 벌이고, 노점가를 나왔습니다.

그리고 거기서 또다시 마법사를 발견했습니다. 빗자루에 커다란 짐을 매단 남성이 찻집 주인과 이야기를 나누고 있습니다.

"서쪽 거리에 사는 아마나 씨 집에 이걸 배달해줘. 조심하게 날라야 해. 안에는 중요한 점심밥이 들어 있으니까."

"예엡."

"너 믿어도 되는 거냐……."

얼굴을 찡그린 가게 주인을 무시하고, 남자는 천천히 떠오르더니 어딘가로 날아가 버렸습니다.

빗자루를 써서 배달을 하는 거군요. 과연.

아무래도 이 나라는 마법사 수가 그럭저럭 많은 모양입니다.

마법을 가르치는 학교가 있는 것도 납득되었습니다.

신문과 짐 배달만이 아니라, 사람을 실어 나르는 마법사도 있었습니다. 빗자루에 짐받이를 달고 하늘을 날고 있습니다.

──하지만 아무리 그래도 한 사람이 나르는 것은 불가능한지,

둘이 한 조로 일하고 있었습니다. 한쪽이 빗자루 조작을 담당하고, 나머지 한쪽이 마법으로 짐받이의 무게를 가볍게 하는 것 같습니다.

큰길가에서 마법을 선보이며 사람들을 즐겁게 하는 사람.

마법으로 인형을 조종하여, 연극을 하는 사람들.

마법으로 흥을 돋우며(뭔가 눈 같은 걸 뿜어내고 있습니다) 노래를 부르고 감동을 선사하는·사람.

마법사들 모두가 생기 넘쳤습니다.

그나저나 조금 신경 쓰이는 점이 있습니다.

마법사들이 웃으며 살 수 있는 것은 좋다고 생각하지만, 힘들지는 않을까요?

그래서 물어보기로 했습니다.

모르는 것은 물어보는 게 제일 빠르지 않습니까?

"저기."

우연히 발견한 마을 광장.

벤치에 앉아 책을 읽는 마법사 여성(브로치도 코르사주도 없으니 아마 마도사이겠지요)에게 저는 말을 걸었습니다.

"응? 뭐죠?"

여성은 온화한 표정으로 저를 바라보았습니다.

"저는 여행자입니다만, 조금 신경 쓰이는 점이 있어서요. 괜찮다면 가르쳐주시겠습니까?"

"어머, 무척 귀여운 여행자네요."

그 여성은 키득 웃음을 터뜨렸습니다.

"그래서, 무슨 일이죠? 내가 아는 일이라면 대답해줄게요."

잠시 사이를 두고 저는 물었습니다.

"이 나라 마법사들은 하늘을 날기 힘들지 않은가요?"

그녀는 고개를 갸웃거렸습니다.

"날기 힘들다고요……? 아뇨, 특별히 그렇지는 않은데요?"

"저런 게 있는데요?"

저는 손가락으로 가리켰습니다. 그 끝에 있는 것은 높다란 건물 사이에 걸린 로프. 늘어뜨려진 것은 옷.

그녀는 그것을 보고, 아아…… 하고 목소리를 흘렸습니다.

"그건 말이지, 일부러 만들어둔 거예요."

"일부러?"

"그래요── 이 나라는 마법사가 무척 많잖아요? 그래서 저렇게 날기 힘들게 해놓은 거죠."

"……네?"

의미를 모르겠습니다.

"어라? 설명이 부족했나요?"

"조금 더 자세히 부탁드려요."

여성은 책을 옆에 두고 설명을 시작했습니다.

"빗자루로 하늘을 날 때, 지면에서 멀어지면 멀어질수록 피곤해지잖아요? 그래서 다들, 가능한 한 낮게 날고 싶어 하지요."

"네."

저는 수긍했습니다.

"하지만 다들 낮게 날아다니면 정체가 생겨버리죠. 어쩌면 지나쳐 가는 마법사를 피하려다가 집에 부딪칠지도 모르고. 마법사가 많다는 건, 그만큼 위험도 있다는 거죠."

아, 그렇군요.

"그래서 집 사이를 날지 못하도록 로프와 옷으로 막고 있는 거군요."

그녀는 웃으며 말했습니다.

"맞아요. 이 나라에서는 마법을 쓸 수 없는 사람을 위해서 마법사 쪽이 배려를 해야 한다고 생각되고 있죠."

"……불만을 말하는 마법사는 없었나요?"

"그건, 이 나라의 모습을 보면 알 수 있잖아요?"

○

저는 빗자루를 꺼내 하늘을 날았습니다.

무슨 목적이 있어 나는 것은 아닙니다. 그저 어쩐지, 상공에서 경치를 바라보고 싶어졌던 것입니다.

"……우와아."

상공에서는.

지상과는 또 다른 경치가 펼쳐졌습니다.

빨강과 파랑, 물색과 노란색 같은 다양한 색이 어우러진 지붕이 거의 같은 높이로 늘어서 있습니다. 스쳐 지나가는 바람은 상쾌했고, 지붕 위에 드러누워 하늘을 올려다보면 무척이나 기분이 좋을 것 같았습니다.

오늘 묵을 숙소를 여기서 찾는 것도 괜찮을지 모르겠습니다.

저는 정처 없이 날아다녔습니다.

지나쳐 가는 마법사들에게 인사를 하고, 짐받이 안에서 손을 흔드는 아이에게 손을 흔들어주기도 하며, 그렇게 즐거운 한때를 보냈습니다.

그러고 보니.

전에 방문한 나라에서는 하늘을 날다가 갑자기 여자아이가 격돌해 왔던가요. 그녀는 지금, 어떻게 지내고 있을까요? 아직 고향에서 마녀가 되기 위해 특훈을 하고 있을까요?

"…………."

저는 빗자루를 멈추었습니다. 꾸욱, 억지로 빗자루를 기울이며 공중에 정지했습니다.

사야 씨를 떠올리고 감상적인 기분이 되어버렸기 때문……은 아닙니다. 당연하지만.

반대로 눈앞에 그들이 나타났기 때문에 그녀를 떠올렸다고도 할 수 있습니다.

"저기, 무슨 일이죠?"

제 비행을 방해하듯 진행 방향에 나타난 소년 소녀.

검은 망토 아래는 검은 바지와 스커트에 흰색 커터 셔츠. 목에는 빨간 넥타이를 하고 있습니다.

두 사람 모두 마법사라는 사실은 가슴께를 보면 명백했습니다.

"안녕하세요. 당신이 재의 마녀죠?"

남자아이가 말했습니다.

"아, 저, 저희는, 왕립 마법학교의 학생, 입니다."

여자아이가 말했습니다.

왕립 마법학교.

그렇군요. 저를 들여보내 주지 않았던 그 학교인 건가요.

"학교의 학생들이 제게 무슨 용건인가요?"

"그게…… 저기, 아무것도 묻지 말고 저희를 따라와 주시겠어요?"

여자아이 쪽이 주저주저하는 느낌으로 그런 말을 했습니다.

더할 나위 없이 수상쩍습니다.

"어째서죠?"

"아뇨, 그러니까 아무것도 묻지 말고……."

"싫습니다."

즉답해주었습니다.

"에엑?! 어째선가요?"

남자아이가 몹시 놀랐습니다.

"그냥 싫으니까, 싫습니다."

신분을 밝히기는 했지만, 어째서 갑자기 따라가야만 하는 겁니까? 게다가 아무것도 묻지 말라니? 수상함이 배가 되지 않았습니까.

무리입니다. 무리.

"저기, 하지만……."

"우선 이유를 들려주세요. 그 다음에 갈지 말지를 정하겠어요."

눈에 띄게 소심해 보이는 여자아이에게 저는 의연하게 말했습니다.

"그건…… 무리예요."

"그렇다면 저도 무리입니다."

남자아이가 옆에서 끼어들었습니다.

"그걸 좀 어떻게 부탁드릴 수 없을까요? 재의 마녀님! 이유를 묻지 마시고 따라와 주세요!"

"그러니까, 이유를 알려주지 않으면 무리라고 말하지 않았습니까. 끈질기네요."

…………

결말이 명백할 듯한 느낌입니다.

분명 이대로 대화를 계속해본들, 평행선상을 달릴 뿐이겠지요.

도망칠까요?

도망쳐버릴까요?

저는 빗자루의 방향을 빙글 반전시키며 "그럼 미안해요. 급한 용건이 생각나서요"라며 거짓말을 했습니다.

그리고 그들과 반대 방향으로——.

"……어라?"

반대 방행으로 나아가려고 했습니다.

그러나 또다시 진행 방향을 마법사가 막아섰습니다. 그것도 조금 전 두 사람과 완벽하게 똑같은 차림을 한 남녀가 여럿.

아아, 이건 뭔가요? 점점 더 이상한 일이 되어가는데요.

좌우로 시선을 주니 역시 같은 차림을 한 무리가 계속해서 제

곁으로 모여드는 것이 보였습니다.

저는 순식간에 포위당했습니다. 수수께끼의 학생 집단에게.

그 수는 약 스무 명 정도.

"어이, 너희들. 지금부터는 협력 플레이로 가자." "그래." "다 함께 하면 잡을 수 있을 거야. 아마도." "응." "알았어." "공은 독차지 하지 말라고." "너도 말이지."

학생들이 조금씩 움직였습니다.

뭐가 뭔지 전혀 알 수 없는 상황에서 단 하나 확실하게 아는 것이 있었습니다── 이대로는 잡힌다.

잡히면 무슨 일이 일어나는지 전혀 모르지만.

"…………."

저는 천천히 빗자루를 하강시키고, 그리고.

"에잇."

빗자루를 차며 급발진했습니다.

갑자기 전속력으로 하늘을 질주하는 빗자루에, 날아가지 않도록 한 손으로 삼각 모자를 누르며 저는 마을 위를 날아다녔습니다.

즉, 도망친 것입니다.

뒤를 돌아보니 학생들이 무언가를 외치며 이쪽을 향해 오는 것이 보였습니다.

목적을 알 수 없는 이 추격전은 이렇게 막을 올렸습니다.

하지만 역시 마녀와 마도사로는 실력 차가 너무 큰 모양입니다.

"…………."

그들은 끈질기게 제 뒤를 쫓아오기는 했지만, 점점 그 거리가 벌어지고 있었습니다. 완전히 떨쳐내는 것도 시간문제겠군요.

하지만 떨쳐낸들, 이렇게 탁 트인 경치 속에서는 제 움직임이 그대로 드러납니다. 어디로 도망쳤는지 일목요연합니다.

그렇다면 어떻게 해야 할까.

이렇게 하죠.

"……으차."

저는 고도를 낮추고 옆으로 방향을 튼 다음, 집의 지붕보다 조금 아래를 날았습니다.

집 사이에 걸린 로프가 보입니다. 제가 그 사이를 빠져나가자 널려 있던 옷이 펄럭펄럭 휘날렸습니다.

이 높이라면 지붕이 방해가 되어 멀리서는 보이지 않을 겁니다.

한 번 놓쳐버리면, 저를 찾기 힘들 테지요.

뒤를 돌아보자, 그래도 끈질기게 저를 뒤쫓는 학생이 몇 명 있었습니다. 전부 해서 스무 명이었으니, 다른 학생들은 포기한 걸까요?

하지만 다시 앞을 본 순간, 아무래도 그렇지 않았다는 사실을 알 수 있었습니다.

제가 나아가는 길 앞에서 학생 몇 명의 모습이 보였던 것입니다. 이쪽을 향해 날아옵니다.

"……아아."

저를 앞질러 갔나 봅니다. 학생들은 뿔뿔이 흩어져 행동했습니다.

지리적으로는 저쪽이 유리합니다. 완전히.

저는 빗자루를 왼쪽으로 선회시켜 뒷골목으로 들어갔습니다. 이렇게 되면 끝까지 도망치도록 하죠.

조금 나아가자 출구가 보였습니다.

하지만.

"아, 찾았다!"

저편에서 나타난 여자아이가 출구를 막고, 제게 손을 뻗어왔습니다.

또 앞질러 간 건가요.

하지만 이 정도라면.

"얌전히 잡혀주세── 어?"

빗자루 하나 정도 되는 거리까지 쫓아왔을 때, 저는 빗자루에서 뛰어내렸습니다.

그리고 놀란 여자아이의 바로 아래를 빠져나간 다음, 빗자루를 다시 불러 날아갔습니다.

공중 이탈이라는 기술입니다.

허를 찌를 수 있는 데다, 어쩐지 멋있기 때문에 가끔 사용합니다.

여자아이를 상대한 다음에도 학생들은 가는 방향을 막아서거나, 앞뒤로 쫓아오거나 했습니다. 저공비행으로 숨으려 했었지만, 제 위치는 완전히 들통 나버린 모양입니다.

그렇다면, 하고 생각하며 이번에는 하늘로 상승했습니다.

"…………."

어느 정도 높이까지 올라갔을 때 길가를 내려다보았습니다.

집 사이에서, 혹은 길에서, 제 동향을 눈치챈 학생들이 모여드는 것이 보였습니다. 아무래도 피로가 약간 쌓였는지, 속도는 그다지 나오지 않았습니다.

그들이 저를 쫓아올 때까지, 저는 상공에서 기다렸습니다.

드디어 한 남학생이 제 바로 옆에서,

"으라차아아아아아아아아아아."

같은 괴성을 지르며 날아들었습니다.

가볍게 빗자루를 움직여 피해주었습니다.

"아아아아아아아아아아아아아."

또다시 괴성을 지르며 남학생은 그대로 저를 통과해 가버렸습니다.

그것이 신호가 된 것처럼, 이번에는 사방팔방에서 일제히 학생들이 덮쳐 왔습니다. 그 수는 약—— 열 명 정도에서 세는 것이 귀찮아져서 그만두었습니다. 아마도 맨 처음에 저를 둘러싼 전원이겠지요.

그들은 이제 사람의 말을 할 여유도 없는지, 입에서 흘러나온 목소리는 대부분이 괴성이었습니다.

"그아아아아아아아아." "냐아아아아아아아." "오우아아아아아아." "햐아아아아아아아." "샤아아아아아아아아." "제엔자아아아아앙."

같은 느낌.

저는 침착하게 덮쳐드는 학생들을 연이어 피했습니다. 오른쪽으로, 왼쪽으로, 위로, 아래로, 때로는 빙글빙글 회전하며.

아무튼 계속해서 피했습니다.

그들이 제게 공격을 해 오지는 않았기 때문에, 저도 지팡이를 꺼내지 않고 그저 빗자루로 피하기만 했습니다.

"끄아아아아아아." "아아아아아아아아……." "아아……." "우아……." "하아……." "히이이이이익……." "아, 안 돼에……."

그런 상황이 얼마나 계속되었는지는 기억나지 않습니다.

정신을 차려보니 학생들의 움직임이 둔해져 있었고, 이내 모두 저를 향해 덤벼들지 않게 되었습니다.

이미 한계인 모양입니다.

그들은 한곳에 모였습니다.

"더, 더는 무리……."

그중 누군가가 숨을 몰아쉬며 말했습니다.

"주, 죽을 것 같아……."

그중 누군가가 새파래진 얼굴로 말했습니다.

저는 어디까지나 평온한 말투를 유지하며 물었습니다.

"여러분의 목적은 대체 뭔가요? 제게 무슨 용건인지요?"

하지만 대답은 없었습니다. 그들의 입에서 흘러나온 것은 숨소리뿐.

"당신들이 한꺼번에 덤벼도 저를 잡을 수 없다는 건 이 정도면 충분히 알았을 테죠. 포기하세요."

그런 말을 해도 역시 아무 말도 돌아오지 않았습니다.

신경 쓰지 않고 저는 말을 이었습니다.

"그래서, 당신들은 대체 누구에게——."

부탁을 받은 건가요? 라고, 입 밖으로 하려던 말을 삼켰습니다.

말을 잃었던 것입니다.

마녀가, 있었습니다.

학생 중 누군가가 저와 같은 쪽을 보고 "아, 선생님……" 하는 목소리를 냈습니다. 그 목소리에 이끌려, 다른 학생들도 일제히 자세를 바로 했습니다.

우리 곁으로 빗자루를 타고 날아온 그녀는, 숨을 헐떡이는 학생들을 향해서 말했습니다. 생글생글한 미소를 지으며.

"여러분, 고생했어요. 어땠나요? 실제로 마녀를 잡으려 해도 전혀 상대가 안 됐죠? 이것이 마녀와 당신들의 실력 차예요. 나이 같은 건 관계없습니다. 저기 있는 재의 마녀는, 당신들과는 비교할 수 없을 정도의 실력자니까——."

밤의 어둠 같은 검은 머리카락. 그에 맞춘 듯한 검은 로브와 삼각 모자. 가슴에서 빛나는 것은 별을 본뜬 브로치.

3년 전과 전혀 달라지지 않은 모습의 그녀는, 저를 향해 미소를 지어주고 있습니다.

그 사람은 선생님이었습니다.

"오랜만이에요. 일레이나."

프랑 선생님이었습니다.

○

"미안해요, 일레이나. 자세한 사정은 제가 설명할게요—— 하지만, 일단 학교까지 함께 가주겠어요?"

프랑 선생님은 면목 없다는 듯 그리 말하며, 저와 학생들을 왕립 마법학교로 데려갔습니다.

그녀의 요청을 거절한다는 선택지는 없었습니다. 그녀와 이야기하고 싶은 것들이 산처럼 많았으니까요.

스무 명 정도 되는 마법사가 한곳에 모여 날아가는 모습은 철새 같아 보일지도 모르겠습니다.

프랑 선생님의 뒷모습을 멍하니 바라보며, 옛날하고 전혀 달라지지 않았네, 지금 몇 살이신 걸까, 같은 생각을 하는 사이에 학교에 도착했습니다.

그리고 학교 부지 안에서 빗자루를 내린 프랑 선생님은 모두를 향해 말했습니다.

"여러분, 오늘 과외수업은 이걸로 끝입니다. 고생했어요—— 오늘의 감상은 내일 아침까지 제출하도록 하세요."

"네." "감사합니다."

영혼이 전혀 담기지 않은 대답을 한 다음 학생들이 흩어져 갔습니다.

무척이나 지쳤는지, 비틀비틀하며 하늘을 날아가는 아이도 있는가 하면, 하늘을 나는 것 자체를 포기하고 걸어서 돌아가는 아이도 있었습니다.

그 모습에 프랑 선생님은 소리 내어 웃었습니다.

"이런 이런. 지나치게 괴롭힌 거 아닌가요? 일레이나."

"제 탓인가요?"

"제 탓이기도 하죠."

"……프랑 선생님은 이 학교에서도 선생님을 하고 계신 건가요?"

"네. 일레이나에게 수행을 해주기 전에 이 나라의 국왕님에게 권유를 받았어요."

"…………."

처음 듣습니다.

"그 말은 즉, 1년 내내 학교를 비웠었다는 건가요? 용케도 안 잘리셨네요."

"네. 뭐, 저, 평소에는 수업을 맡지 않으니까요. 가끔씩 이렇게 희망자에게만 과외수업을 해주거나, 선생님들을 지도하는 게 전문이에요. 게다가──."

프랑 선생님은 저를 바라보며,

"당신에게 마법을 가르쳤다고 이야기하니 다른 선생님들도 납득해주었어요."

그런 말을 덧붙였습니다.

네? 어째서?

"저에게, 요?"

"네. 상대가 당신이 아니었다면, 어쩌면 저는 해고당했을지도 몰라요."

"저는 그렇게 대단한 인간이 아닌데요."

"글쎄요. 어떨까요?"

그녀는 평소처럼 웃으며 말했습니다.

그리고.

"일단 안으로 들어가죠. 당신과는 이야기하고 싶은 게 잔뜩 있으니까."

그녀는 뒤쪽에 있는 교사를 가리키며 말했습니다.

그 마음은 저도 마찬가지입니다.

교사 안은 매우 소박했습니다.

네모난 교실에 같은 간격을 두고 늘어선 책상과 의자. 그 앞에는 커다란 칠판. 쓸데없는 장식은 전혀 없었습니다.

같은 풍경이 교사 한편에 죽 펼쳐져 있습니다.

반대쪽에는 창문. 그 창밖으로 학교의 넓은 부지가 보였습니다.

"이 학교는 말이죠, 원래는 평범한 학문을 가르치는 장소였어요."

그리고 가르쳐주었습니다.

"하지만, 새로운 교사가 신설되게 되어서—— 그래서 필요 없게 되어버린 이곳을 마법과 학문 양쪽을 가르치는 학교로 사용하게 되었어요."

"저를 잡으려고 했던 학생들도…… 이 학교의 학생인 거죠?"

선생님은 고개를 끄덕였습니다.

"그래요. 과외수업의 일환으로서 사정을 알리지 말고 제가 있는 곳까지 데려오거나, 혹은 억지로 끌고라도 데려오라고 지시했었죠."

"……어째서 그런 걸 시키셨나요?"

"말하지 않으면 모르는 건가요?"

"모릅니다."

"…………."

잠시 침묵한 후.

프랑 선생님은 툭 제 어깨에 손을 올려두더니 속삭이듯 자그마한 목소리로 말했습니다.

"당신과 만나고 싶었으니까요."

"…………."

어떤 불분명한 감정이 제 안에서 피어나는 느낌이 들었습니다.

이 사람은 약은 사람이다, 라고 생각했습니다. 그런 말을 들어버리면 화낼 수가 없어집니다.

저는 이야기를 바꾸었습니다.

"어떻게 제가 이 마을에 온 걸 아셨나요?"

"당신, 이 학교에 멋대로 들어오려고 했었죠?"

"……아."

창밖으로 보이는 커다란 문. 분명 저는 저곳에서 강해 보이는 남자에게 제지를 받았습니다.

프랑 선생님은 제 시선을 좇으며 고개를 끄덕였습니다.

"맞아요. 제가 학교에 왔을 때 말이죠, 문지기가 말해줬어요. 『

잿빛 머리카락의 어린 마녀가 여기에 잠입하려 했었다. 어쩌면 다른 나라의 스파이일지도 모른다』라고."

"스파이라니⋯⋯."

무척이나 비약했군요⋯⋯.

"그 특징을 들었을 때 저는 생각했죠. 『아, 일레이나가 틀림없다』라고. 곧바로 저는 문지기 병사가 있는 곳까지 가서, 정말로 당신이 입국했는지를 확인했어요."

복도가 끝나는 곳.

프랑 선생님은 모퉁이를 돌아 계단을 올랐습니다. 저는 그녀의 뒤를 따랐습니다.

"입국 기록에는 분명히 당신의 이름이 있었어요. 오늘 아침 입국했죠?"

"네."

저는 고개를 끄덕였습니다.

"⋯⋯이 나라에 내 제자가 와 있다. 그렇게 생각했더니, 참을 수가 없었어요. 그래서 저는 당신을 찾기로 했죠── 학생들을 동원해서."

"⋯⋯⋯⋯⋯."

"학교로 돌아왔을 때가 마침 성적이 우수한 학생들만으로 구성된 과외수업 시간이었거든요. 그래서 저는 학생들에게 이렇게 지시를 내렸답니다."

계단을 다 올랐을 때 나타난 것은 하나의 문.

프랑 선생님은 거기에 손을 대고, 열었습니다. 문은 잘 맞지 않는지, 끼익 하는 거슬리는 소리를 냈습니다.

"이 나라에 재의 마녀라는 소녀가 있습니다. 사정을 아무것도 알려주지 말고 그 마녀를 여기까지 데려오세요. 혹은 억지로, 강제로라도 데려온다면 성적을 올려주겠어요——라고."

"어째서 그런 귀찮은 일을……."

평범하게 찾으면 되지 않습니까?

선생님은 후우 하고 한숨을 내쉬었습니다.

"이 넓은 나라를 저 혼자서 찾아본다는 건 불가능에 가깝다고 생각하지 않나요?"

그리고 열린 문에 등을 딱 대고 "자, 들어오세요"라고 말했습니다.

저는 그 말에 따라 그녀의 곁을 지나 안으로 들어갔습니다.

그곳은 서재와 응접실을 겸한 방인 모양입니다.

방 한가운데에 있는 것은 소파와 그 사이에 놓인 테이블. 그 너머에는 책상이 있고, 다양한 서류와 책이 어지럽게 쌓여 있습니다.

등 뒤에서 문이 닫히는 소리가 들렸습니다. 또다시, 거슬리는 소리.

"왜 그러죠? 앉아요."

선생님은 제 옆을 지나 소파로 향했습니다.

"아, 네."

저는 프랑 선생님의 맞은편에 있는 소파에 앉았습니다. 푹신푹신합니다.

"당신이 이 나라에 왔다는 걸 알고, 정말로 놀랐다니까요. 여행자가 되었다는 건 알고 있었지만."

⋯⋯네? 어라?

"아셨어요?"

"네, 알았어요."

"저, 프랑 선생님께는 여행자가 되었다는 얘기를 하지 않았을 텐데."

애초에 몇 년 만에 만났고 말이죠.

제가 여행자가 된 것을 아는 사람은 저와 부모님을 포함해, 평화의 나라 로베타에 사는 사람들뿐입니다. 프랑 선생님이 알고 계시다는 건, 아무리 생각해도 이상합니다.

당황하는 제게 프랑 선생님은 말해주었습니다.

"일레이나, 수행을 마쳤을 때 내가 당신에게 뭐라고 말했는지, 아직 기억하나요?"

──안녕, 일레이나. 언젠가 또 놀러 올게요. 즐거운 마음으로 기다려주세요.

아니, 뭐, 확실히 그렇게 말하기는 했지만요.

장난스럽게 그녀는 웃었습니다.

"용건이 있어서, 수행했던 다음 해에 한 번 더 로베타에 들렀지요. 그랬더니 일레이나의 어머니가 『여행을 떠났다』고 알려주셨어요."

"어머니를 만나셨나요?"

"네── 당신을 무척이나 걱정하고 계셨어요. 고향 근처에 들르면 한 번 집으로 돌아가 주세요."

"그럴 생각이에요."

꽤 멀리까지 와버렸으니, 분명 다시 만나는 것은 아직 먼 일이 될 것만 같지만요.

"다행이네요."

그리고 프랑 선생님은 잠시 사이를 두고 제게 질문을 던졌습니다.

"그러고 보니, 일레이나는 어째서 여행자가 될 생각을 한 건가요? 역시 어머니의 영향인가요?"

"······?

어째서 지금 어머니 이야기가 나오는 걸까요? 저는 고개를 갸웃거렸습니다.

"아뇨, 아닌데요······. 어릴 때 『니케의 모험담』이라는 소설을 읽었거든요. 그 영향이 가장 컸죠."

"············어머."

프랑 선생님은 살짝 눈썹을 치켜 올리더니 "흐음······ 그렇군요"라며 그대로 생각에 잠겨버렸습니다.

기묘한 반응입니다.

"저기, 왜요?"

프랑 선생님은 제 물음에 휘휘 고개를 저었습니다.

"아뇨, 아무것도 아니에요—— 그보다, 『니케의 모험담』인가요? 좋은 취미네요. 저도 좋아한답니다. 그 책."

"우후후. 저, 벌써 몇 번이나 읽어서 다섯 권에 실린 단편의 내

317

용을 전부 외우고 있어요."

자랑했습니다.

"어머 어머. ……참고로, 제일 좋아하는 이야기는 뭔가요? 저는 맨 마지막에 있는 『마녀 견습생 프라』를 가장 좋아해요."

"……아! 저도 그게 제일 좋아요."

그 이야기는 분명—— 어느 한 나라를 방문한 마녀 니케가 프라라는 마녀 견습생 여자아이를 제자로 삼아서, 마녀로 성장시키는 이야기입니다.

그 이야기의 마지막에서 니케는 마녀로서의 삶을 버리고, 한 여성으로서 시골에서 살게 됩니다. 그리고 마녀가 된 프라가 새롭게 여행자가 된다——라는 내용입니다.

"참고로 마녀 견습생 프라는 저이기도 하답니다."

프랑 선생님은 이상한 말을 했습니다.

"무슨 말을 하시는 건가요?"

"글쎄요, 무슨 말일까요?"

우후후, 프랑 선생님은 웃었습니다.

"『니케의 모험담』은 명작이죠. 이 나라에서도 큰 인기랍니다."

"하지만 꽤 오래된 소설이잖아요."

"좋은 작품은 오래 살아남는 법이지요."

"……그러네요."

오랜 팬으로서는 그보다 기쁜 일이 없습니다.

어쩌면 여행의 일환으로서 제가 직접 『니케의 모험담』을 선전하며 다니는 것도 좋을지 모르겠네요. ……예산적인 문제로 좌절

할 게 뻔하지만요.

"그러고 보니."

저의 사고를 끊듯, 문득 프랑 선생님은 말을 꺼냈습니다.

"일레이나는 언제쯤 이 나라를 떠날 생각인가요?"

"……모레 아침에 출국할까 생각하고 있습니다."

"모레라고요."

"네."

너무 오래는 있을 수 없으니까요.

——프랑 선생님과 함께라면, 더욱.

"내일 예정은? 뭔가 해야만 하는 일이 있나요?"

"내일이요? 아뇨, 딱히 아무것도……."

"그럼 한가하다는 거군요?"

프랑 선생님은 끈질기게 물고 늘어졌습니다.

뭔가요?

조금 당황하면서 저는 "네, 한가합니다…… 하지만" 하고 대답했습니다. 할 일이 없는 건 아니지만, 어차피 관광하며 돌아다닐 뿐이기 때문이라 한가하다고 해도 틀리지는 않습니다.

"그거 다행이네요."

프랑 선생님은 웃었습니다.

"뭐가요?"

"저기, 내일 당신이 도와줬으면 하는 일이 있어요."

"아, 네. 딱히 상관은 없지만—— 뭘 도와드리면 되나요?"

"학생 지도를 도와주었으면 해요."

"…………."

뭔가 수상한데…….

"학생 지도를 도와줬으면 해요."

어째선지 두 번 말했습니다.

무척 수상한데요…….

그 후로 우리 둘은 여러 이야기를 했습니다. 시간을 잊고, 정신 없이 이야기했습니다.

여행 도중에 만난 다양한 사람들의 이야기. 방문했던 나라의 이야기. 이름도 모르는 어딘가, 누군가의 이야기.

언제까지고, 언제까지고 우리의 대화는 멈출 줄을 몰랐습니다.

이대로 시간이 멈춰버리면 좋을 텐데. 저는 그런 생각을 했습니다. 하지만 즐거운 시간은 순식간에 지나가 버리는 것인지, 정신을 차려보니 밝은 색을 덧바른 듯 새카매져 있었습니다.

"어머, 벌써 이런 시간이. 오늘은 그만 돌아갈까요?"

솔직히, 더 이야기하고 싶었는데.

교사를 나왔을 때 프랑 선생님은 "우리 집에서 묵을래요?"라고 권했습니다만, 거절했습니다.

그녀에게 어리광을 부리면 부릴수록, 저는 분명 다시 여행을 떠나기 힘들어질 테니까요.

이별이 괴로워질 테니까.

저는 어둠 속에서 숙소를 찾아 방황했습니다.

그러다 어느 집 창문이 문득 시야에 들어왔습니다. 달빛을 반사하는 창문은 바깥 풍경을 선명하게 비추고 있었습니다.

그곳에는.

무척이나 표정이 풀어진 제 모습이 있었습니다.

○

다음 날 이른 아침.

찾아 헤맨 끝에 발견한 싼 숙소에서 눈을 뜬 저는 바로 마녀다운 복장으로 갈아입고 밖으로 나섰습니다.

숙소의 출입구에서 빗자루를 타고 하늘로 오른 다음 향한 곳은 물론 왕립 마법학교. 아침부터 집에 신문을 떨어뜨리며 돌아다니는 오빠나, 마차를 대신해 하늘을 나는 2인조와 가볍게 인사를 나누며 저는 날아갔습니다.

이른 아침의 바람은 쌀쌀해서 아직 남아 있던 졸음기를 어딘가 멀리로 날려 보내주었습니다.

큰 탑이 표식이 되어주는 덕분에, 헤매는 일 없이 바로 도착할 수 있었습니다.

상공에서 학교를 내려다보니, 부지 안에 사람들의 모습이 드문드문 흩어져 있는 것이 보였습니다—— 그것은 학생들이었습니다.

수는 약 스무 명 정도. 어제 낮에 저를 쫓아다녔던 수와 거의 같습니다.

그중에는 프랑 선생님의 모습도 있었습니다.

저는 그녀 옆에서 빗자루를 멈추고 땅에 내려섰습니다. 땅의 단단한 감촉이 두 다리에 전해졌습니다.

"어머, 좋은 아침. 꽤 일찍 왔네요. 정확한 시간은 지정하지 않았을 텐데."

프랑 선생님은 미소를 지어주었습니다.

"시간을 정해주지 않으셔서 일찍 왔는데요."

"어머, 어머. 혹시 탓하는 건가요?"

"아뇨, 아뇨. 칭찬해줬으면 하는 거예요."

"잘했어요, 잘했어요."

"그거 감사합니다."

"하지만, 이러면 예정보다 일찍 시작할 수 있을 것 같네요——."

그리고 선생님은 짝짝 손뼉을 두 번 쳤습니다.

그러자 학생들은 마법 훈련을 황급히 멈추고 모여들었습니다. 그것도 전력 질주로. 초조했는지 연습에 사용한 물을 지면에 들이붓는 학생도 보였습니다.

"여러분, 이쪽이 재의 마녀 일레이나 씨예요. 어제도 만났으니까, 알고 있죠?"

모여든 학생들을 향해서 프랑 선생님은 저를 소개했습니다.

저는 꾸벅 고개를 숙이고 "아, 안녕하세요"라는 말만 했습니다.

"오늘은 일레이나에게 특훈 강사를 부탁하려고 해요. 여러분과 나이가 비슷하다고는 하지만, 훌륭한 마녀랍니다. 얕보지 않도록 하세요."

그리고 프랑 선생님은 학생들이 몇 번인가 고개를 끄덕이는 모습을 확인한 다음.

"일레이나에게 질문하고 싶은 게 있나요?"

그렇게 물었습니다.

곧바로 손을 든 것은 머리가 좋아 보이는 산뜻한 청년이었습니다.

"저요, 저! 남자 친구는? 남자 친구는 있나요?"

이런, 틀렸습니다. 머리가 나빠 보이는 불순한 청년이었습니다.

"없습니다. 여행자니까."

"마법에 관한 질문만 하세요."

싹둑, 프랑 선생님이 잘라버렸습니다.

"그 외에는?"

다음으로 손을 든 것은 소심해 보이는 여자아이였습니다. 분명 저와 처음 대치했던 학생 중 한 명이었던 것 같습니다.

그녀는 주저주저하는 모습으로 저를 보며 말했습니다.

"저기…… 특기인 마법은, 어떤 건가요……?"

제대로 된 질문에 안심했습니다.

"특별히 특기인 마법은 없어요. 공격 마법도 조작 마법도, 변신이든 뭐든 그 나름대로 할 수 있어요."

"그 외에는?"

누군가가 손을 들었습니다.

"지금까지 방문한 나라 중에 어느 나라가 제일 좋은가요?"

"이 나라요."

"어머, 인사치레?"

프랑 선생님이 옆에서 참견을 했습니다.

그리고 또 누군가가 손을 들었습니다.

계속해서, 끊임없이.

"마녀가 되려고 마음먹은 계기는 뭔가요?"

"『니케의 모험담』이라는 소설을 읽고서……라는 게 제일 큰 이유예요."

"일레이나 씨의 고향은 어디인가요?"

"평화의 나라 로베타라는—— 멀고도 멀리 떨어진 나라예요."

"마법의 요령을 알려주세요!"

"노력할 뿐입니다."

"여행자는 즐거운가요?"

"네, 무척."

"저요, 저! 팬티는? 팬티 색——."

머리가 나빠 보이는 불순한 청년이 프랑 선생님에게 물리적으로 뭉개지게 되면서, 질문 시간은 강제 종료되었습니다.

아침 과외수업은 조심스럽게 진행되었습니다.

하지만 학생들에게 어떤 지도를 하면 좋을지 전혀 알지 못하는 저였기 때문에, 일단 프랑 선생님이 어떻게 가르치는지를 멀리서 지켜보기로 했습니다.

그녀는,

"어머. 마법의 흐름이 흐트러졌어요. 더 마음을 가라앉히고, 마력을 안정시키세요."

"마력을 너무 내고 있어요. 더 누르세요."

"이 녀석, 물을 검 모양으로 만들어서 노는 건 안 돼요."

……이런 식으로, 학생들 한 사람 한 사람 옆을 걸으며, 무척이나 제대로 된 지도를 하고 있었습니다.

흠흠, 과연.

그럼 저도 그녀의 흉내를 내보도록 하죠—— 저는 학생들 사이를 느릿한 걸음걸이로 걸었습니다.

마법 조작 훈련은 계속되는 중입니다. 조금 전과 마찬가지로, 학생들은 병 안에 담긴 물을 움직이게 하고 있습니다. 기초적인 훈련이지만, 이렇게 자신의 생각대로 물건을 움직이는 것이 마법 기술 향상의 첫걸음입니다.

적당히 걸어 다니고 있을 때였습니다.

"아, 일레이나 선생님. 물이 예쁜 구체가 되질 않는데, 어떻게 하면 좋을까요?"

한 남학생이 물었습니다.

손이 쥔 지팡이 끝에 있는 물은 공중에 떠 있기는 했지만, 끓기 직전인 것처럼 일렁일렁 파도치고 있습니다.

과연, 그렇군요.

"쓸데없는 마력을 더하고 있군요. 힘을 조금 더 빼주세요."

"네!"

그 직후.

철퍽 하는 물소리와 함께 남학생의 발치에 물웅덩이가 생겼습니다.

"······어쩐지 제어가 안 되게 됐는데요."

"힘을 너무 뺐네요."

안타깝군요.

풀죽은 남학생에게 동정 어린 시선을 보내고 있으려니 "저, 저기······" 하고 등 뒤에서 자신감 없는 작은 목소리가 들려왔습니다.

뒤를 돌아보니 주저주저하는 여자아이가 있었습니다.

"네? 왜 그러죠?"

고개를 살짝 갸우뚱해 보였습니다.

"아, 네······ 저기, 가르쳐주셨으면 하는 게 있어서······."

"네네. 뭔가요?"

"저기, 아무리 해도 저, 물 조작이 서툴러서······ 들어 올리는 것도 벅차요······ 어떻게 하면 좋을까요?"

여자아이는 한 호흡을 두고 고개를 숙인 채 그렇게 말했습니다.

흠흠.

"어디 한번 해보겠어요?"

"네? 아, 네······."

그녀는 양손으로 지팡이를 쥐고, 물이 담긴 병을 향해 마력을 담아 보냈습니다.

병에 움직임이 생겨난 것은 그 후로 십여 초가 지난 다음이었습니다.

　우선 맨 처음에는 병째로 지면에서 떠올랐고, 그 다음에야 겨우 생각났다는 것처럼 물만 떠올랐습니다. 그리고 그녀의 머리 높이까지 올라갔을 때, 구슬 모양이 된 물은 상승을 멈추었습니다.

　──그렇게 생각했는데, 갑자기 지면으로 떨어져 터져버렸습니다.

　"이런."

　"⋯⋯어쩌면 좋을까요?"

　여자아이는 눈물을 글썽이고 있었습니다.

　심각한 사태라고 생각하는 모습입니다.

　"아직 요령을 잡지 못한 것 같네요── 우선 병에서 물을 꺼내는 연습을 더 하는 편이 좋을 거라고 봐요."

　"아, 네⋯⋯."

　"병에서 물을 꺼내면 다시 원래대로 되돌리고, 또 병에서 물을 꺼내요. 이 과정을 계속 반복하는 사이에 어느 정도 익숙해질 거예요. 차분히 시간을 들여서, 자기 나름대로의 방법을 발견해보도록 하세요. 그게 제일 가까운 지름길이에요. 열심히 하세요."

　"⋯⋯아, 네!"

　제가 할 수 있는 조언이라고 하면, 이 정도였습니다.

　여자아이가 물을 뜨러 달려가는 것을 지켜본 다음, 저는 다시 걸어 다녔습니다.

　그러자 등 뒤에서 저를 부르는 목소리가 들렸습니다.

"저요, 저! 일레이나 선생님 좀 봐주세요! 이거, 멋지죠?"

머리가 나빠 보이는 불순한 남학생이 물로 만든 왕관을 쓰고 있었습니다.

무시합니다.

학생들은 매우 열심(일부를 제외하고)이였고, 제가 말을 걸지 않아도 학생 쪽에서 먼저 조언을 구해 왔습니다. 역시 나이가 비슷하니, 제 쪽이 묻기 편한 걸까요?

나쁘지 않은 기분입니다.

프랑 선생님이 다시 손뼉을 두 번 칠 때까지, 그들의 훈련은 쭉 계속되었습니다.

아침 과외수업을 마무리하는 것으로 프랑 선생님의 오늘 업무도 끝인 모양입니다.

어제 본 대로라면, 저녁에도 과외수업이 있는 거 아닌가? 하고 생각했습니다만, 선생님의 말에 따르면 "아침에 한 날은 저녁은 안 해요. 아침에 안 한 날은 저녁에 하죠"라고 합니다. 즉 하루 한 번인 과외수업이란 거군요.

"어째서 한 번밖에 안 하나요?"

"지치니까요."

즉답이었습니다.

"하루 두 번이나 하면 학생들이 지쳐버리니까, 배려하는 건가요?"

과연, 그렇군요.

"아뇨, 제가 지치니까 안 하는 거예요."

"…………."

뭐라 말할 수 없는 기분이 들었습니다.

○

과외수업을 마친 다음, 저는 프랑 선생님에게 이끌려 교사를 나왔습니다. 그리고 유유히 하늘을 날아서 도착한 곳은 어느 높다란 곳. 그 정상에서 프랑 선생님은 빗자루를 멈추었습니다.

저도 그녀를 따라 빗자루에서 내렸습니다. 부드러운 잔디가 자박 하는 소리를 냈습니다.

눈앞에는 옅은 녹색이 완만한 곡선을 그리며 자라나 있습니다.

나무로 만들어진 간소한 울타리 너머에는 마을이 펼쳐져 있습니다.

각기 다른 색의 민가들. 그 앞에 있는 나무들이 바람에 흔들렸고, 나뭇잎이 어딘가 멀리로 날려갔습니다. 그 너머에는 존재감을 강하게 주장하는 탑이 눈에 띄는, 교사가 있었습니다.

맑게 갠 하늘에는 구름이 흘러가고 있습니다. 멈추지 않고 떠가는 흰 구름입니다.

"여기는 내가 좋아하는 장소예요."

──좋은 경치죠? 프랑 선생님은 말했습니다.

"네, 무척이나."

"그거 다행이네요."

살며시 불어온 바람에 프랑 선생님의 검은 머리카락이 살짝 흩날렸습니다.

그리고 그녀는.

"이 나라를 떠나기 전에, 당신에게 한번 보여주고 싶었어요. 내가 제일 좋아하는 풍경을."

그렇게 말하며 웃었습니다.

저도 그녀에게 이끌리듯 입가가 풀리는 것을 느꼈습니다.

"고맙습니다."

"천만에요―― 내일 아침에는 떠나는 건가요?"

"네. 너무 오래 있을 수는 없어서요."

"아쉽네요…… 우리 학생들은 당신을 무척 마음에 들어 하는 것 같았는데."

"어린 마녀를 신기해하는 것뿐이에요."

"그래도 마음에 들어 해준다는 건 대단한 일이에요. 저는 아직까지도 학생들이 멀리하는 걸요."

"…………."

멀리한다기보다는, 종잡을 수 없는 성격 탓에 선생님과의 거리감을 파악하지 못하는 거 아닐까요?

말하지는 않겠지만요. 말할 수 없지만요.

"왜 그러죠?"

"……아뇨, 아무것도."

저는 프랑 선생님의 시선에서 도망치듯 멀리 보이는 학교 쪽으로 눈을 돌렸습니다.

"그러고 보니, 저 학교에서는 마법을 가르치고 있는 거죠?"

"음? 네."

"졸업하면 어떻게 되나요?"

"평범하게 나라 안에서 일하죠. 예를 들면, 짐을 배달하거나, 사람을 태우고 날거나. 이 나라를 관광했다면, 몇 번인가 봤겠죠? 지붕 위를 날아다니는 마법사."

그렇군요.

"마을에서 마법을 선보이던 사람들도 이곳 학교를 졸업한 사람인가요?"

길가에서 마법을 보여주거나, 인형을 조종하거나, 마법으로 연출을 더하며 노래하는 사람.

마을에서 본 마법사는 모두 왕립 마법학교에서 마법을 배운 사람들이겠지요.

프랑 선생님은 수긍했습니다.

"네—— 뭐, 그들은 취미로 하고 있는 것뿐이지만요. 정식 직업은 아니랍니다."

"취미인가요…… 그래도 돈을 받는군요."

"그건 뭐, 받겠죠. 쥐꼬리만큼도 안 되겠지만. 하지만 그들은 돈이 필요해서 마법을 선보이는 게 아니에요."

"그럼 뭘 위한 건가요?"

"좋아하니까, 예요."

프랑 선생님은 분명하게 말했습니다.

"일레이나도 좋아하니까 여행을 하는 거잖아요? 그것과 같아요. 그들도 사람들을 즐겁게 하는 게 좋으니까 하는 거예요."

"…………."

돈을 위해서가 아니라, 자신을 위해.

혹은, 누군가를 위해.

좋아하니까.

이 나라에 들어온 후, 저는 몇 번이나 멋진 나라라고 느꼈습니다. 아름다운 거리와 넓디넓은 영토. 미소를 머금고 살아가는 사람들. 그것들과 마주칠 때마다 한숨을 흘릴 정도로 마음이 움직였습니다.

그것은 어쩌면 왕립 세레스테리어라는 나라가── 어딘가 제 여행 그 자체와 겹쳐 보였기 때문인지도 모릅니다.

"그러고 보니, 일레이나가 좋아하는 건 뭔가요?"

프랑 선생님은 갑자기 그렇게 물었습니다.

"여행이요."

즉답했습니다.

"여행 이외에는?"

"…………."

여행 이외라면, 뭘까요?

역시 여행의 계기가 된 그것일까요?

"책일까요?"

"책……."

잠시 사이를 두고 "그것 말고는?" 하고 프랑 선생님은 다시 물었습니다.

너무 노골적인데요.

"저기, 뭐하시는 건가요? 아까부터."

"아뇨, 조금 신경이 쓰여서요."

"혹시 작별 선물이라도 주시려고요?"

저는 농담스레 말했습니다.

"네, 뭐."

그러자 곤란하게도 그녀는 냉큼 긍정하고 말았습니다.

어, 어라. 무슨.

"……아, 아뇨, 딱히 괜찮아요, 작별 선물이라니. 마음만으로 충분해요."

"자아, 그런 말 말고. 좋아하는 걸 말해보세요. 예를 들면, 꽃 같은 건 어떤가요?"

"그건 이미 유도하는 거 아닌가요?"

"어떤가요? 꽃. 아, 나비 같은 것도 좋겠네요."

"그건 프랑 선생님이 좋아하는 거잖아요."

"제가 좋아하는 거니까, 제자인 당신도 좋아하죠?"

"뭔가요? 그 엉터리 같은 이론은."

"안 좋아하나요? 나비."

"그냥 평범합니다."

"과연. 평범하게 좋아한다는 거군요."

"좋고 싫고의 중간이라고 말하는 편이 좋을까요."

"그래서 어떤가요? 꽃."

"처음으로 돌아왔군요."

"어떤가요?"

"뭐, 좋아하기는 하지만요……."

"그럼 잘됐네요."

"……네? 뭐가요?"

"그냥 혼잣말이에요."

변함없는 미소로, 프랑 선생님은 말했습니다. 사람한테 이것저 것 질문을 던지면서, 이쪽에서 물으면 아무것도 대답해주지 않습 니다.

그녀와 1년 동안 함께 생활했어도, 오랜만에 만났어도, 역시 프 랑 선생님은 변함이 없었습니다. 여전히 그녀가 어떤 사람인지 잘 모르겠습니다.

하지만 알 수 없는 게 그녀인 것이겠지요.

이젠 익숙합니다.

"뭔가요? 신경 쓰이잖아요."

돌아올 말은 이미 알지만, 일단 물어보았습니다. 그리고 제가 예상했던 대로 프랑 선생님은 말했습니다.

장난스럽게 한쪽 눈을 찡긋 감으며,

"그건 내일의 즐거움이에요."

라고.

과연 무슨 말을 하시는 건가요.

"저, 내일 아침에는 이 나라를 떠나는데요……."

"네, 그러니까 이곳을 떠나기 직전의 즐거움이라는 말이에요── 내일 아침 문 앞에서 만나요."

○

　그리고 시간은 흘러, 다음 날 이른 아침.

　마을의 큰길을 천천히 걸어―― 첫날 걸었던 길을 되짚어, 문으로 향했습니다. 상점가를 지나, 하늘을 나는 마법사들을 바라보며. 마치 아치처럼 건물 사이에 걸린 로프를 빠져나가며. 어딘가에서 활짝 핀 달콤한 꽃향기를 느끼며.

　저는 계속 걸었습니다.

　이별을 아쉬워하듯.

　"…………."

　하지만 걷다 보면 언젠가는 도착하고 마는 것이 당연한 섭리입니다. 저는 문 바로 옆에 이르렀습니다.

　문지기 병사가 저를 눈치채고 인사해주었습니다. 저도 한 박자 늦게 고개를 숙였습니다.

　이제 조금 더 나아가고 나면, 이 나라를 떠나게 됩니다. 하지만, 주변을 살펴보아도 프랑 선생님의 모습은 어디에도 보이지 않습니다.

　……정확한 시간을 정하지 않았기 때문에 아직 오지 않은 것인지도 모릅니다.

　"…………"

　의외로, 이대로 아무 말 없이 이 나라를 떠나버리는 게 좋을지도 모릅니다.

　프랑 선생님이 무엇을 주실지는 모르지만―― 뭐, 아마도 어제

한 말을 생각하면 꽃을 주실 셈이겠지요. 하지만, 받는다고 해도 저는 곤란할 뿐입니다.

언젠가 시들어 썩어서, 버려야만 하게 되는 것은 허무하니까요.

그리고 또 어딘가에서 그 꽃을 발견하게 되면, 그때마다 저는 프랑 선생님과 이 나라를 떠올리고 말지도 모릅니다.

그것은 여행자에게 그리 좋은 일은 아닐 겁니다.

슬퍼져버리니까요.

"…………."

이대로 떠나버리면 슬픈 기억을 만들지 않고 끝낼 수 있을까요?

그렇다면, 역시 저는 이대로 떠나는 편이——.

"……어?"

내딛으려던 다리가 그대로 딱 멈추었습니다.

하늘에서 꽃잎이 떨어져 내렸기 때문입니다. 빨강, 파랑, 노랑. 분홍, 보라. 가지각색의 꽃잎이 눈처럼 팔랑팔랑. 달콤한 향기를 퍼뜨리며, 유유히.

이런 건, 상식적으로 생각하면 있을 수 없는 광경이라는 사실을 바로 깨달았습니다—— 고개를 들어보니, 그곳에는 역시 그녀의 모습이 있었습니다.

"꽤나 일찍 왔네요—— 일레이나. 하마터면 우리들의 준비가 제때 끝나지 않을 뻔했어요."

——우리들.

제게 손을 흔드는 프랑 선생님의 주위에는 학생들의 모습이 있었습니다. 그들은 손에 든 바구니에서 꽃잎을 떨어뜨리며 하늘을 날고 있습니다.

그들은 모두 하나같이, 미소 띤 얼굴입니다.

"일레이나."

프랑 선생님은 빗자루 위에서 말했습니다.

"스스로 바라던 여행자가 된 당신을 잡을 권리는, 제게 없습니다. 제가 할 수 있는 일은, 이 정도뿐이에요."

"⋯⋯선생님."

"기뻐해주는 건가요?"

"⋯⋯⋯⋯."

저는 대답했습니다.

숨을 힘껏 들이쉬고, "네, 무척이나요"라고.

그리고 저는 걸음을 옮겼습니다. 색색의 꽃잎이 빙글빙글 돌며 저를 스쳐 지나갑니다.

"일레이나."

프랑 선생님이 저를 불렀습니다.

"나랑 학교의 학생들은, 당신의 여행을 진심으로 응원하고 있어요. 부디, 그걸 잊지 말아주세요."

"⋯⋯⋯⋯."

저는 하늘을 올려다보며 대답했습니다.

"저도 여러분을 잊지 않을게요."

드디어 저는 문 앞에 섰습니다.

문지기 병사가 고개를 한 번 숙이고 문을 열었습니다.

그 너머에 펼쳐진 것은 완만한 평원 지대.

"일레이나."

마지막으로 하나만 더——라고 공중에 있는 프랑 선생님은 말했습니다.

"언젠가 또 만나요. 그때까지, 안녕."

그런 말을 했습니다.

분명 그녀는 언제나 그렇듯 웃고 있겠지요.

그래서 저도 미소로 답했습니다.

"……네!"

○

평원 지대를 빗자루로 달려가고 있습니다.

풀꽃은 밝은 빛을 받으며 빛났고, 스쳐 지나가는 바람에 흔들렸습니다. 구름 한 점 없는 푸른 하늘은 어디까지고 끝없이 이어져 있습니다.

빗자루에 올라탄 사람은, 마녀이자 여행자였습니다.

나이는 아직 어린, 10대 후반.

잿빛 머리카락은 흩날렸고, 보랏빛을 띤 푸른 눈동자는 끝없이 펼쳐진 초원과 푸른 하늘 사이를 향하고 있습니다.

검은 삼각 모자에 검은 로브, 별을 본뜬 브로치를 단 그녀는 풀꽃을 흩날리며 계속 날아갔습니다.

아직 보지 못한 세계가 있는 쪽으로, 빗자루를 타고 날았습니다.

다음에 갈 나라는 어떤 나라일까요? 다음에 만날 사람은 어떤 사람일까요? 마법사들로 가득한 나라일까요? 어쩌면 물가가 이상하게 높은 나라일지도 모릅니다. 어쩌면 나라 그 자체가 멸망했을지도.

그런 생각을 하며, 여행자는 하늘을 날았습니다.

그 여행자는 대체 누구일까요?

바로 저입니다.

처음 뵙겠습니다. 시라이시 죠우기라고 합니다.

이 『마녀의 여행』이라는 작품은 2014년 말에 Amazon Kindle 스토어에서 개인 출판한 것으로, 완벽한 초짜였던 제 소설에 GA 문고 편집부분들의 손이 더해져 이렇게 대폭 수정되어 나왔습니다. 저 혼자서는 깨닫지 못했던 실수와 kindle 스토어에 출판했어도 여전히 원고 속에 몸을 감추고 있던 오탈자들을 모조리 지적해주셨습니다. 다시 읽어보니 이상한 부분이 어찌나 많은지……

참고로 자비 출판 시기에 읽어주셨던 분들의 감상 중에 가장 많았던 것이 '타이틀을 못 읽겠다'였습니다. 죄송합니다. 『마녀의 여행』입니다.[*] 처음에는 단순히 '마녀가 여행을 하니까 『魔女の旅』로 할까?' 했었습니다. '그걸로 괜찮을까? 그렇게 하자'라고 생각하다가, 너무나도 단순한 데다, 검색하면 거의 확실하게 다른 것과 겹친다는 사태가 발생할 것이 뻔했기 때문에 『旅々』로 했습니다. 그런 흐름으로 붙였습니다. 깊은 의미는 없습니다. 그리고 원래 그런 단어는 없습니다.

개인 출판을 했을 때의 제 필명은 『죠우기(定規)』였습니다. 하지만 이미 눈치채신 대로 그 이름으로 검색해도 저는 나오지 않습니다. 그런고로 필명에 성까지 붙이게 되었습니다.

그런 연유로 『마녀의 여행』을 손에 들어주셔서 감사드립니다.

[*] 원제 『魔女の旅々』의 旅々를 어떻게 읽어야 하는가에 관한 이야기. 旅는 여행을 뜻하며, 々는 旅를 두 번 반복한다는 표기이다.

이 작품은 이상한 사람들만 나오는 이상한 이야기로 구성되어 있습니다. 요컨대 이상한 이야기이며 이상한 책입니다. 하지만 그런 이야기를 당신의 책장 속 한 권에 포함해주신다면, 그보다 기쁜 일은 없을 겁니다. 참고로 여기에서만 하는 이야기입니다만, 이 책을 책장에 꽂아두면 좋은 일이 생긴다는 모양입니다(개인차 있음).

이 이야기의 뒷내용이 혹시 나오게 된다면, 그때에도 이 책 옆에 나란히 꽂아주시면, 어쩌면 더욱 좋은 일이(개인차 있음)!

그럼 사죄의 시간입니다.

담당인 M 님. 언제나 정말로 감사드립니다. 앞으로도 폐를 끼치겠지만 영원히 함께해주시면 좋겠습니다…….

GA문고 편집부 분들을 비롯하여 SB 크리에이티브 여러분. 저의 작품을 선택해주신 것에 대해서는 아무리 감사해도 부족합니다. 게다가 설마 새로운 레이블의 창간 라인업에 함께할 수 있게 해주시리라고는 꿈에도 생각하지 못했습니다. 여담입니다만, 그 창간 라인업을 보고 "어? 이렇게 대단한 사람들과 나란히 있어도 괜찮은 걸까……?" 하고 진심으로 걱정이 되었습니다. 아니, 지금도 그렇게 생각하고 있습니다.

그리고 일러스트를 담당해주신 아즈루 님. 귀여운 일러스트 정말 감사드립니다. 아, 아아…… 일레이나 씨가 귀여워……. 아니, 모든 캐릭터가 귀여워……. 너무 귀여운 나머지 권두 일러스트와 삽화 등을 다시 보며 싱글벙글하는 하루하루를 보내고 있습니다. 고맙습니다.

마지막으로, 이 책을 읽어주신 여러분. 이렇게 만날 수 있게 되어 저는 정말 행복합니다. 또 언젠가 어딘가에서 만나요. 그럼 이만!

[마녀의 여행]

2024년 7월 15일 1판 13쇄 발행

저　　　자 시라이시 죠우기
일 러 스 트 아즈루
옮 긴 이 이신
발 행 인 유재옥
담 당 편 집 정영길

부 사 장 이왕호
이　　　사 조병권
출판본부장 박광운
편 집 1 팀 박광운
편 집 2 팀 정영길 조찬희 박치우 정지원
편 집 3 팀 오준영 이소의 권진영
디자인랩팀 김보라
디지털사업팀 박상섭 김지연 윤희진
라이츠사업팀 김정미 맹미영 이윤서
영업마케팅팀 최원석 박수진 이다은
물 류 팀 허석용 백철기
경영지원팀 최정연
인쇄제작처 ㈜코리아피엔피
발 행 처 ㈜소미미디어
등　　　록 제2015-000008호
주　　　소 서울시 마포구 토정로222, 502호 (신수동, 한국출판콘텐츠센터)
판매 및 마케팅 (070) 8822-2301

ISBN 979-11-5710-753-7
ISBN 979-11-5710-752-0 (세트)